郁子 立民 著

咱家有女初长成

追梦无悔

天津出版传媒集团

百花文艺出版社

图书在版编目（CIP）数据

咱家有女初长成. 追梦无悔 / 郁子, 立民著. -- 天津 : 百花文艺出版社, 2024.1
ISBN 978-7-5306-8526-6

Ⅰ. ①咱… Ⅱ. ①郁… ②立… Ⅲ. ①纪实文学–作品集–中国–当代 Ⅳ. ①I25

中国国家版本馆 CIP 数据核字(2023)第 202789 号

咱家有女初长成:追梦无悔
ZANJIA YOU NV CHU ZHANGCHENG:
ZHUI MENG WUHUI

郁子　立民　著

出 版 人：薛印胜
责任编辑：朱佳瀛　装帧设计：丁莘苡
出版发行：百花文艺出版社
地址：天津市和平区西康路 35 号　邮编：300051
电话传真：+86-22-23332651（发行部）
　　　　　+86-22-23332656（总编室）
　　　　　+86-22-23332478（邮购部）
网址：http://www.baihuawenyi.com
印刷：天津新华印务有限公司
开本：900 毫米×1300 毫米　　1/32
字数：180 千字
印张：8.75
版次：2024 年 1 月第 1 版
印次：2024 年 1 月第 1 次印刷
定价：68.00元

如有印装质量问题,请与天津新华印务有限公司联系调换
地址：天津东丽开发区五经路 23 号
电话：(022)58160306
邮编：300300

曾经得到的，已书写成无数个传奇，招展为
高悬墙上的面面旗帜；曾经失去的，则沉淀为生
命的淬火与岁月留白。那些故事，终将深藏于我
们不甘言败、不轻易低头认输的心底……

——题记

序

如果，一种体育项目，能够直接影响一座城市的性格、气质、意蕴、文化习俗，甚至市民的生活方式，那么，这座城市的细胞与血脉里，散发着的定是那种"历曲折、克艰难、求兴盛，逆转而生"的勃发气息。

如果，一支团结协作的集体，能够永远地和一座城市联系在一起，那么，就有两种可能：一是其为这座城市留下了许多令后人不断传颂的精彩传奇，二是其为这座城市的繁荣发展做出了不可磨灭的重大贡献。

人类的历史，是寻着人类的脚步前行的。而"顽强拼搏、坚持不懈、挑战强手、永不言败"作为生命中的意志力因子，同样催发了人类的精神成长。

一座城市，正是有了这种精神守望而有了韧性、力量，也由此涌现出一批被大写的人与无数次"打不垮、拖不烂、努力去赢"的血脉偾张，我们相信，这座城市从而变得更加坚定、自信，富有激情和活力。

"女排精神"是第一批纳入中国共产党人精神谱系的伟大精神。早在二十世纪八十年代，老一代中国女排便创造了辉煌成绩，也是从那个时候开始，中国女排精神开始被广泛学习。几十年过去了，中国女排队员不断更新换代，中国女排精神也在时间的沉浸中历久弥新，并渗透到各行各业，为人们带来鼓舞和激励。

同样，《咱家有女初长成》(上部"追梦无悔"、下部"青春风暴")这部长达三十五万字的文学作品，留下的不是某个人的故事，而是一座城市几代排球人的足迹，是我们的思考、我们的追求、我们的愿望、我们的价值观和我们的铭记与镌刻。

心中有梦
你就让它插上翅膀
星光璀璨
你就让它有诗有歌有绽放

沐浴星月,追逐太阳
青春无悔,生命闪亮
我在这里开始飞翔

渴饮渤海,举击沧浪
我在这里种下希望

渴饮渤海,举击沧浪
我在这里豪迈成长

渴饮渤海,举击沧浪
我在这里扬帆起航

渴饮渤海,举击沧浪
冠军的旗帜高高飘扬

是为序。

郁子　立民

序 幕

3月的倒春寒里，抗震纪念碑广场四周的松柏冬青还挂着白霜，有几个人架着摄像机、支着遮光板，正顶着风在这里拍摄企业产品广告。

几遍下来，效果并不理想。裹着军大衣、头戴八角莕荠帽的导演连连摆手，高声命令女演员杨絮再来一遍。

杨絮身穿单薄的白纱裙，手托硕大的塑料瓶，摆出各种姿势，冻僵的嘴唇竭力笑着……她也盼着快点儿过关，可四十号尺码的大脚实在穿不惯八寸高跟鞋，加之心中起急，迈起猫步总是夸张又摇晃。

见剧务、场记们绷不住乐出声，杨絮越发找不到感觉，看着细汗津津不停给自己说戏的导演，羞愧难当得不想再挪一步。杨絮抬眼望向对面高耸的国际大厦，更觉得自己喘不过气来。它似乎是一夜间拔地而起的，连同一旁南京路上的幢幢高层建筑，无时不昭示、提醒着打此经过的每个人：变，其实早已迅猛开始。只不过它来到自己身边时，是悄然无声的。

背着教练出来拍广告的杨絮，就像刚偷完人家东西急于销赃的小贼，既窃喜得手又万般惶惑。她自幼练球，由体育特长生到市队主攻手，似乎人生已被设计成中规中矩的标尺线。怎奈，刚刚开启的航行却被突然降临的解散风波无情打断。韶华岁月弹指过，杨絮茫然无措，还好凭借出众的身高和大长腿，有人介绍她出去走穴当模特。眼前这个广告摄制组，虽说是临时组建的草台班子，可她只需简单摆俩姿势，所得的收入就顶大半年工资。只是这条路真的能走远吗？排球打了十几年，除去脚大，要命的还有自己这双手，无论怎么掩饰，就是无法改变它粗大的骨节。杨

1

絮本想戴副白手套,导演还不准许,杨絮心里更嘀咕了,这万一上了电视,画面再定格在自己的手上……

"好啦,各就各位。再来一遍!"导演挥着手势的叫嚷声传过来,杨絮提起白纱裙慌乱地站在镜头前。制片看不下去了,抢步过来好心提醒杨絮道:"尽快入戏呀,这次要是弄砸锅,剧组可损失不起那么多胶片,导演也不会向别的公司推荐你了!"

话不多,却句句扎心。杨絮觉着很难堪,但既是签了合同,现已退无可退。纵使能退出,难道还回去打球?球队连年惨败,排名已跌至乙级倒数。大势如此,自己再要强再不甘,也于事无补。一旦球队解散,女排队员还不就是断了线的风筝,结局甚至都不如投奔到国营大厂的男排队员。面对现实吧,必须把头单广告拍好。想到这儿,杨絮努力平复心绪,集中精神投入拍摄。

但天公不作美,广场外忽然刮来一阵劲风,遮光板被刮得东倒西歪,杨絮的薄纱裙也被高高吹起。她忙丢掉大塑料瓶,双手前后按住裙摆,很是尴尬狼狈……

如今拍广告这种事,老百姓已司空见惯。南京路上人车如流,只有极少数人驻足停留,顶多瞥一眼便匆匆走开。仅几个路过的,瞅剧组这边乱成了一锅粥,乐不可支地指指点点。

杨絮的脸臊得红到耳根,用力扭过头去,却见路边停了辆二六弯梁的飞鸽自行车,被提得极高的车座上坐着一个头蒙纱巾的女人,她一只脚踩住便道牙子,正不错眼珠地紧盯着自己。杨絮一怔,坏了,这不是新任主教练韩珍吗?

虽然接触没多久,但看得出这位韩教练真心想保住球队,近些天不是带大伙儿苦练,就是四处召唤流散的球员。怎么这么倒霉,此次自己偷着出来拍广告,偏就被她给撞见了。杨絮不敢与之对视,慌忙低下头。

韩珍凝望许久,深叹了口气,重新蹬上自行车,继续朝前骑去……

1

谁都没想到,再有几年就退下来的韩珍,这一天被叫去了体委领导办公室。几句开场白后,体委领导便引入正题。

"这些年您始终在抓青少年和群众的排球运动,虽说是业余训练,但工作搞得有声有色。女排很受国人喜爱,也曾是我市的传统优势项目。目前咱的女排成绩惨淡,现已陷入低谷,这么说吧,津海不能没有女排队伍,体委希望您出任女排主教练一职。您有什么困难吗?"

韩珍直直地望向领导,极力克制着胸中的澎湃,简洁道:"只要有领导大力支持,我个人没困难。"怎就答应得这么急促又直接,连今后寻找借口的余地都没留?好多天后,韩珍依然在追问自己。也许,"女排"二字刻录着自己曾经的青春光华,更承载着自己太多太多的寄托和梦想吧。

总之,那一刻她万千感慨,却不能让眼泪流出来。

但是,果真没有困难吗?眼下的津海女排,不敢说是支离破碎的烂摊子,却实实在在是一支娄队,几个位置的人员尚码不齐,那个杨絮还偷跑出去拍广告,若不是顾及她下不来台,当时就喊她过来在大庭广众之下劈头盖脸给数落一顿了。如此,要想重整旗鼓谈何容易?还有,远在意大利的女儿原本已请好长假,准备等自己过去陪着住一段时间,计划也只能泡汤了。择一事终一生,既然答应领导了,其他的事都得为女排让路。

骑着自行车竟不知不觉到了裕园邮局,韩珍提笔给女儿回了封电报:"新接手市队,暂不能去陪你。独自在外,望保重身体,安全第一。"

离开邮局,韩珍想都没想,径直奔往轧钢厂职工宿舍。

杨絮跑出去走穴,其他队员撂挑子,二传手戴颖更是连着几个星期不见人影。不行，今天无论如何也得把她找回来。

钢厂宿舍是二十世纪五十年代初建的成排的老式筒子楼，外表几乎一个模样。韩珍七绕八拐，好不容易才寻着戴颖家，但怎么敲门，里面也没回应，向邻居打听后方知，她们全家都出去找狗了。

全家人跑出去找狗？乖乖，这又闹的哪一出？

原来，数月前在钢厂负责码锭的戴颖父亲意外出了工伤，被一根拇指粗的钢筋刺穿了小腿，一米八出头的大块头就这么废了。虽说医疗费、抚恤金都由厂里包，但自此再不能上班，整天关在家里无聊地看喜鹊掐架，戴颖爸憋得要疯。为了让丈夫分神开心，戴颖妈从狗贩子手中买了条金黄色京巴。这狗鼻瘪脸短，四条小矮腿，两只大圆眼，憨憨萌萌，要价不低。当时见戴颖妈有些犹豫，狗贩子一脸的不屑："嘛事就怕遇上外行。知道宫廷京巴吗？就是慈禧老佛爷抱过的正黄旗贵族狗，御用叫法'太阳红'。"戴颖妈听傻了，生怕对方变卦，丢下钱，抱着"太阳红"就跑。戴颖爸见它四肢粗壮能跑善窜，便欣喜地叫它"贝利"，此后每天一瘸一拐地牵着贝利出去遛弯。自此，家里终于迎来了久违的说笑声。

好景不长，这两天得知女儿的排球队可能要解散，戴颖爸好不容易有了一丁点儿火花的生活又陷入了一团灰暗，再没心思遛狗，接连多日找厂领导，希望能给孩子找份工作。

"如今厂子效益越来越差，面临全面整改，在职的工人都得下岗，哪有空闲岗位安置家属？"

这也是实情。无功而返，戴颖爸只得联络各路朋友，让大伙儿帮着想个辙。他整日四处奔走，贝利便被撂在一边。那天戴颖妈下班回家晚了，顾不得关严房门便到厨房做饭，没留意贝利啥时溜出去了，待到怎么喊都没动静时才发现狗不见了。戴颖妈心里有点发毛，急急下楼搜寻，四周楼群、车棚转了个遍,依然踪迹全无……

嘛叫添堵?这就叫。女儿工作还没着落,可爱的贝利又丢了,夫妻俩一场大吵在所难免。所幸戴颖及时赶回,她先将暴怒的父亲拉进里屋,转头再劝哭成泪人儿的母亲。

戴颖深知父母都不容易,自小无须督促,学习、练球样样刻苦用功,被选进市队后更加努力,本指望能早日有所成就,也让父母把头抬得高高的。可天不遂人愿,近些年球队整体水平大幅下滑,现已排到全国三十几位。春节假期后,原先的教练又选择离开,虽说球队没立马散伙,可希望渺茫前程黯淡,若非韩珍教练接手,队伍也就放羊了。有门路的队友相继到外边求职应聘,自己也得抓紧寻个去处。

戴颖不想顶替父亲进钢厂,也不愿到任何企业里当工人,她打算自谋出路。但以自己现在的学历,进政府机关或事业单位势比登天。戴颖有些后悔,当初若听班主任的话,放弃进市队,多读两年书,作为特长生,自己也能到名牌大学打主力。一朝文凭在手,哪有今日之忧愁?

虽涉世不深,在现实的逼迫下,戴颖还是无师自通地利用起人脉来。她毕竟是市级女排的二传手,工商局王科长便是她的铁杆球迷,不止一次求签名合影。见戴颖找上门来,他当即提供一条招聘信息:新港开发区新成立了一个"国际经贸文化发展协会",正缺名速记员。不过,要求除了能速记,还得掌握基本的英语口语。

"我能行。"

话是这么说,戴颖心中一点儿底都没有,但这是迄今为止最好的一条消息,她无法抗拒这种诱惑。半个月里,戴颖白天去培训班学速记,晚上到外院找应届学生练口语,回家简单扒拉两口饭,再熬夜苦读。

眼瞅临近应聘日期,孰料,王科长来电话说:"那位置没了,让人给占了。没法子,对方关系比咱硬。"戴颖一听,胸口几乎要炸开,撂下电话,飞奔到河边,对着无声的河水呜呜抽泣起来。

失魂落魄返回家后,她见父母二人又吵得昏天黑地,真想跟着宣泄一通。但看到他们铁青煞白的脸,她立刻软了下来,耐着性子好言规劝。夫妻俩也明白,吵闹于事无补,这大冷的天,不尽快找回贝利,后边的日子也不得安生。由此三口人齐出动,结果折腾到后半夜,依旧失望而归,和衣上床,勉强歇了歇乏,转天早上继续出去寻找……

　　"唉!人生在世,有多少幸福快乐,就有多少苦痛和残酷。"得知事情经过,想到戴颖四处求援奔波无助的样子,韩珍更坚定了必须拉她回队的决心。于是她向邻居借了条板凳,坐等在戴家大门前。直至晌午,三口人才陆续回来。见是新上任的主教练,戴颖爸已猜出其来意,脸上变了颜色,直截了当道:"韩教练,您是临危受命,打算担起拯救津海女排的重任,可我不打算让戴颖跟您回去接茬儿受罪了。眼瞅着二十出头了,球没练成,文凭也没有,再不抓紧找份好工作,她将来怎么办?"

　　自己尚未开口就被硬生生撅回来,搁以往,韩珍肯定得杠对方几句。但眼下切忌动火,一旦闹僵,便无转圜余地。

　　韩珍故意绕开正题问:"您家的狗找着没有?"

　　"它叫贝利!唉,腿都跑细了也没个影。这到底是跑哪儿去了,万一遇上卖狗肉的,再给剥了皮……"戴颖爸不敢往下说了,心痛得差点儿哭出声来。

　　"戴颖爸,别这样。您原先也是钢厂篮球队的大前锋,何时变成老小孩儿了?咱有事说事,要不,在报上登个寻狗启事试试?"韩珍提示道。

　　"登报当然管用啦,可,那得多少钱哪?"戴颖妈说。

　　韩珍干脆地说:"我在《津海晨报》报社有熟人,这事就包在我身上了。你们把狗长啥样、何时丢的都写清楚,最好再有张相片。"

　　戴颖爸听闻,立刻翻出一张贝利的照片,戴颖妈简单写了几行说明材料,戴颖通通拿上,与韩珍前往报社。

2

一路上，戴颖不知该跟教练说些什么，几次欲言又止。韩珍见她极不自然，也没急于开口。就这样，二人并排骑行至《津海晨报》报社。

广告部的人问明原委，点了点头："这种寻狗启事只能登中缝，三天后见报，一楼交费吧。"

"多少钱？"韩珍问。

"二百元。"

一百字不到，一张小小的照片，就要这么多钱？戴颖不禁一激灵。她也看出来了，韩教练在这儿根本没熟人。迟愣时，韩珍已下了楼。戴颖疾步追过去，等进入财务室，韩珍早将两张百元大票递到会计手里了。

"这，怎么能让您——"

"你家现在不宽裕，咱先紧着事办。千万别跟你爸妈说，省得他们又不踏实。"

戴颖只觉心头热乎乎的，竟不知如何表达。

离开报社，二人骗腿骑上车。韩珍故作随意地问："找着工作了？"

戴颖无奈地摇摇头。

"还是回来吧。你那么好的条件，半途而废，多可惜。"

戴颖没应声。

韩珍看透了她的心思，径直说："不就是怕把自己耽误了吗？那就给你颗定心丸。我保证：明年咱们乙级夺冠，后年回甲级，大后年进前三。如达不到目标，我就是舍一回老脸，也给你在体委安插个位置。"

原本跟韩教练并不熟识，但从帮自家找狗这事看，她应该值得信任。跟她走，学会忍耐，兴许会有希望……一周后，贝利果真被找到，戴颖家又有了笑声，戴颖也现身女排训练大厅。

给戴颖许诺的三年目标，仅是韩珍对球队规划的初步愿景，最终目标是将津海女排打造成国内真正的顶级强队，并为国家队输送优秀的人才。看似不着边际的大胆狂妄，韩珍自己却想得有来道去，她坚信事在人为：捷径造就的只有昙花一现，成就自己的人选择眼前，而成就事业的人选择将来。自己看重的就是将来。

可排球毕竟是集体项目，场上场下都唱不了独角戏，总得有支说得过去的教练班子。而如今的津海女排，不但缺兵少将，要啥没啥，且军心不稳。这样的队伍能出啥成绩？怪不得同行们纷纷闪避。

无可奈何间，韩珍蓦地想起曾经的业余体校优等生、原男排主攻手徐国祥。此人脾气肉，天生慢性子，大伙儿背后都叫他"曼德拉"。但其球技出众，为人实在，且重情重义，应该能助自己一臂之力。

韩珍抄起电话，电话那头果然没令她失望，"曼德拉"奔儿都没打就满口答应了。韩珍甚为感动，向体委领导请示后，忙将徐国祥由人民体育馆调回体工大队，走马上任津海女排助理教练之职。

虽然有了徐国祥做帮手，韩珍依旧压力山大。巧妇难为无米之炊，尽快重新聚拢球员才是当务之急。戴颖回来了，而原先的接应和副攻，一个调入银行，一个调入卫生局，有了那么体面的工作，自然死活不肯归队。至于主攻手杨絮，私底下拍的那条"朝阳牌生发水，让您的乌发在朝阳照耀下茁壮成长"的商业广告已经上了电视，《津海晚间新闻》结束后常能见到。此番成功出道，杨絮更是铁了心要进娱乐圈，任凭韩珍嘴皮磨破，杨絮就是无动于衷。

奔波了俩多月，就连主力阵容都没凑齐，更别说那些替补。韩珍正着急上火，又听闻变故：市消协收到大批用户投诉朝阳牌生发水为假冒伪劣产品的信件。

投诉人纷纷表示，使用这种牌子的生发水后，秃的地方并未长出他们日期夜盼的头发，原先的头发却脱了不少，严重者甚至掉得一根不剩，生发水竟成了要命的"秃发水"。

将此情况反映给工商部门的同时，市消协强烈要求厂家做出解释，并给予相应赔偿。可厂家一味敷衍拒不认账，以致矛盾激化。各路媒体闻讯介入，新闻报道很快便铺天盖地，在社会上引发巨大反响。

国内刚开始搞市场经济，监督管理尚做不到规范完善。机制上的缺陷漏洞，让一些追逐利益的黑心商人有机可乘，假冒伪劣泛滥成灾，侵害消费者权益的事件屡见不鲜。老百姓对此深恶痛绝、怨气冲天，市面上流传起各种顺口溜："朝阳朝阳，头发光光""要想当和尚，请您用朝阳"……随着朝阳牌生发水负面消息的迅速蔓延，杨絮受到牵连在所难免。

原本，杨絮是受雇去拍这则产品广告的，生发水质量问题与她并无直接关系。然而一旦深究的话，你身为代言人却对根本不了解的东西大肆宣传，赚了大钱揣进口袋里，出了麻烦想脸一抹装聋作哑充大傻，也太便宜你了，必须负连带责任。

所谓社会舆论，向来都实施无差别攻击，还特别能自创煽情热点。当时还没有发达的网络实施"人肉搜索"，受害者仍然很快地挖出了杨絮的底细。"市女排主力队员下海当模特，为劣质产品做广告严重坑害消费者"，这一话题炒起来，直闹得满城风雨。跟进的媒体再推波助澜，杨絮算是卷进了舆论的旋涡。

在强势的舆论面前，渺小的个体毫无还口之力。为逃避各种质问骚扰，几天来杨絮连家都不敢回，一直躲在自己发小那儿。此刻她才初次体会到，娱乐圈不只是个名利场，更是个是非窝。

杨絮事件负面信息满满，一时间体委内也沸反盈天。尽管长时间没有归队，她仍是现役津海女排成员，搞出如此特大丑闻，致使体委无端蒙羞，体工大队颜面扫地。于是有人提出：此人必须立即除名。

韩珍也是气不打一处来，真恨不得揪住杨絮给她几下子。但话说回来，一个刚满二十岁的女孩子，打小接触的除了排球就是排球，简单盲目，外加肤浅，凡事又不懂多个心眼儿。有首歌怎么唱来着："外面的世界很精彩，外面的世界很无奈。"面对洪水般的滔天诱惑和甜蜜陷阱，阅历一大车的人都未必躲得过，何况正处在人生岔路口的杨絮。猛然被搞得声名狼藉，自己不定多么懊悔。此时必须有人站出来拉她一把，而不是直接放弃。再者，放眼整个津海排球界，杨絮这种能挑大梁的主攻手的确凤毛麟角。人才难得，一旦被除名，不仅市队受损，她本人也就此毁了。

韩珍的说情虽有几分道理，可倘若就此庇护，体委必将承受舆论的压力，更不利以儆效尤："我们要人才，更要自律有德的人才。"

"那就给个处分吧。"韩珍说。

"太轻了。私自离队，偷拍广告，性质极其恶劣。"一位处长在旁边道。

"眼下国家号召一部分人先富起来，市政府也允许咱事业人员下海，没错吧？"韩珍以退为进，不温不火，却都说在点子上。

"那倒是没错。但就算没这档事，这两年经济下滑，市财政不断缩减下面开支，体委的经费尤其困难，明年又要办世乒赛，钱还不知从哪儿来呢。像女排这样根本没前途的球队，投入再多也是白搭，不如跟男排一样，砍掉算了。"处长接着说。

"砍了？你当这是自家的丝瓜架，想砍就砍？"韩珍转过身，着急道，"领导，上任前您可是答应会支持我的。"

"没变啊！"体委领导笑了，"力保津海女排是党委的决定，其意义重大。作为三大球中唯一获得过世界冠军的项目，女排有着深厚的群众基础，凡亲历过二十世纪八十年代五连冠的中国人，都存有浓得化不开的女排情结。我们之所以慎重指派您这位老将出马，就是期望您率领球队重新崛起。"

上层的表态给韩珍吃了颗定心丸，她难掩激动，脚步轻盈地离开了机关大楼，难得地去了趟菜市场。但是，令韩珍万万想不到的是，一场更大的风波正直逼自己而来。

为了抢头条，某报一位记者于杨絮广告事件即将平息之时，忽地爆料韩珍在任职业余体校期间，曾向队员索取财物。此番广告事件，杨絮更是不知出了多少血，才使得她出面竭力为其开脱。

读着体育版这篇占据显著位置的报道，韩珍嘴角滑出一丝苦笑。十八岁时自己作为中国女排年轻队员，不但与国家元首合过影，更在享誉世界排坛的魔鬼教练大松博文的训练下摸爬滚打过，如今竟也被人泼了一身污水。本想找上那家报社当面理论，但她知道，善使小绊子的人常常出其不意，让那些勇于挑担、实心做事的人被一剑封喉。

韩珍真是动了气，加之连日的操劳过度，没等回家便一头栽倒，被大家送到医院一查，发现是急性阑尾炎发作，必须立即手术。连开刀带休养，至少得半个月。这段日子，球队由助教徐国祥暂时管理。

3

主教练遭人算计，徐国祥心中窝着一股子火，特想找朋友喝顿酒。周六这天，常规训练结束得早，徐国祥蹬上自行车，直奔卫津河。

这是一条由早年间的护城河重新开挖的人工河，西岸并排坐落着三所大学，东岸则盖有一溜平房。改革开放后，这些平房一夜间变成了商铺门脸和小饭馆。对面源源不断的师生为稳定客源，只要东西物美价廉，生意想不火都难。

近来最火的小饭馆当属师大门口的"砂锅李"。除去切墩儿，无须雇厨子，此营生没多少成本，学生们花销不多，吃着还热乎舒坦，每到饭点儿，"砂锅李"总是爆满。

生意这么红火，老板李和平很是开心，忙里忙外的，总是笑脸盈盈。

从男排退役至今,他还没如此快活过。今天刻意将三位老队友请到自己小店里,其中就包括徐国祥。吃喝全是现成的,砂锅排骨、砂锅丸子、砂锅豆腐,外加四碟凉菜,"直沽高粱"每人一瓶,啤酒敞开了管够。

"李哥,你这一步算走对啦!赶明儿,我也琢磨着干个啥买卖。"四人中,年岁最小的赵亮不无羡慕道。

李和平一听,反暗下脸来:"干饭馆,叫'勤行'。但凡有别的辙,谁愿受这份苦?我上有老下有小,指着职业体校挣那半壶醋钱,等着喝西北风呀?"

"没错,商品经济时代了,往后端铁饭碗的就不吃香了。"赵亮扭脸对徐国祥说,"就属你顽固不化,跑回体工大队抓女排,这不自个儿往坑里跳吗?"

徐国祥把酒瓶往桌上一蹾,"咣"的一声,脸红脖子粗地说:"啥时代也不能人人都去做买卖。照你这想法,咱的体育谁来管?"

李和平劝道:"还头次见'曼德拉'起急,哥儿几个难得一聚,有话好好说!"

"我就想好好说个理。咱都是从小打球的,对排球总该有份感情吧?眼瞅着男排完了,回头女排再解散,心里过得去吗?"

李和平说:"过不去又怎样?大势所趋,谁都无力回天。"

"未必。"桌对面始终一语不发的章志强蓦地开口道。哥儿仁停下手中筷子,不约而同望向这位前国家女排陪打教练。

章志强乃前津海男排唯一入选国家队的人,退役后还曾在国家女排当过一阵陪练,单论资历,他在四人中绝对最牛。但言罢"未必"二字,章志强却没了下文,伸筷子夹起块排骨,闷头吃起来。

李和平忍不住道:"那什么,也甭吊大伙儿胃口,抖抖你的干货。"

章志强吐出嘴里的骨头:"肋排是肋排,排骨是排骨,二者不能掺和着煮。"

憨了半天,他就蹦出这么一句,仨人气乐了:"哪儿跟哪儿啊,说点儿正文行吗?"

"这就是正文。"章志强看着李和平,"顾客到你这儿吃饭图的是实惠,赶上排骨多的,就觉着不划算;赶上肋排多的,自然吃得痛快。问题是你得回回做到肋排比排骨多。"

李和平频频点着头:"除非肋排择出来单卖,可价格怎么定?"

"砂锅肋排还按现在这价,普通排骨便宜五毛。"章志强说。

"那我不赔大发啦?"

"你的客源大多是兜里没几个钱的大学生,表面看是亏了,可禁不住回头客越来越多,你说是赔是赚?"

"薄利多销?"李和平竖起大拇指,"怪不得大伙儿叫你'智慧囊',高!"

章志强不好意思地摸了把自己的奔儿头:"过去,体校那帮坏小子爱瞎琢磨人,跟这砂锅不挨边。"

徐国祥道:"挨不挨的搁一边,你到底是出了名的点子王。能否给咱女排也出出主意?"

"专业点儿说,你觉得巴塞罗那那一仗,咱因何输得那么惨?"章志强反问。

"还不是打法老旧,技不如人。"赵亮抢先说道。

"都说我们这代球员生不逢时,就说我这个二传手,当队员,没赶上国家男排的黄金时代;当陪练,国家女排又走下坡路。去年女排兵败巴塞罗那,奥运赛程一结束团队即遭解散,我回到津海,到现在工作还悬而未决。赵亮兄的话没错,当初袁伟民执教那阵儿,女排运用了多少新技战术:加塞、背飞、短平快、时间差、前交叉、双快一游动……现在呢?咱们不但理念、科研、引进人才全面落后,就是本土人才的培养也跟不上趟儿。组织管理方面也亟待改革,应尽快引入俱乐部制。所以我准备走出去,看看人家欧美排球发展到什么水平。"

听章志强这么说，徐国祥端起大号玻璃杯："前些天就听说你要出国，我以为是想多挣几个钱呢。难得老弟心里一直装着排球，冲这，咱哥儿俩得干一个。"

"啪"，用力碰杯后一饮而尽。徐国祥立时红了脸："你想法挺好，可远水不救近火。没等你回国，咱津海女排就散摊儿了。能否先帮哥哥迈过眼前这道坎儿？"

章志强还没应声，赵亮又插言道："咱市女排真够呛，本来水平就低，再加上杨絮这事，口碑也完了。"

"可不！"徐国祥愤愤道，"还有那些无良媒体，要不是他们成事不足败事有余，韩指也不至于挨这一刀。"

"徐哥，也别太着急上火。让我想想，但凡有办法，我一准不藏着掖着。"章志强真诚地说道。

离开"砂锅李"，章志强脑瓜一直不停在琢磨。业内人都清楚，欲彻底改变津海女排现状，绝非朝夕之功。短时间内，自己一样想不出可行办法。赵亮不是说女排口碑完了吗？那就先从挽回声誉入手。

转天一早，章志强在胡同口买了套煎饼馃子，三口两口吞下肚，嘴一抹，骑上车飞也似的赶到体委，他要找自己好友——群众体育处的萧科长。

自当初在体工大队结识后，章志强便与萧科长结下了深厚情谊。这位萧科长原本是踢足球的，虽球技一般，但活动能力超强，退役后仕途越发顺风顺水，如今专门负责协调全市群众体育工作。章志强打算借助其能量，组织津海女排与本市知名企业举行几场联谊赛。这样既可拉近球队与社会各界的关系，扩大球队的影响，又有助于树立津海女排在公众中的良好形象。

章志强乘兴而来,萧科长的办公室却紧锁着。

今天是周六。虽说国内个别企业已开始实施"大小礼拜轮休",但包括体委在内的事业单位仍执行"六天工作制"。都快九点还不见人,甭问,这家伙肯定没来上班。传言说萧科长利用大舅哥在北京的路子,起了营业执照卖盘条,今天没准又倒腾买卖去了。放下公务干私活儿,倒退三五年,这情形简直难以容忍。可眼下是全民经商热,再稀奇搞笑的事都能被理解。章志强实在等不起,好在现在人人都有传呼机,萧科长那台还是汉显的,章志强来到传达室,立马打电话呼他。

接连呼了三次,萧科长才回电。章志强客气了几句,随后找重点将自己的想法说了。电话那边,萧科长连连嘬牙花子:"你这事不大好办。时代不同了,现如今国营企业家家闹钱荒,老总们个个急得火上房,好多单位的球队都解散了,职工下岗压力越来越大,谁还有心思搞比赛?"

章志强听明白了,事情的困难程度远超想象。但也不能轻易放弃呀,有道是"人怕见面,树怕扒皮",不当面谈,隔空对话绝说服不了对方。仔细再打听,方知萧科长正在新港开发区,明后天未必能赶回市里。看来,自己得去趟开发区。

那时候,津海市还没有轻轨,私家车更是做梦都不敢想。去开发区,如果搭不上公交车,就得到火车站前广场乘区间公交 621 路,加之快速路也未建成,单程将近五十站,要两个多小时才能抵达。

由于交通不便,若非要紧事,市里人轻易不到新港去。此番来新港,这里乾坤大挪移般的翻天变化,简直令章志强目瞪口呆。望着远处巨幅宣传牌上"开发区大有希望"七个鎏金大字,章志强不得不感佩国家领导人高瞻远瞩的战略眼光。当初领导人来此视察时,新港成片的盐碱荒滩令老人家心潮激荡,他欣然提笔写下七个遒劲的大字"开发区大有希望",津海经济开发区由此诞生并得以蓬勃发展。但当时有多少人会想到,开发区落户生根的地方,正是当年新港盐场的卤化池,这个遍布盐渍的不毛之地,夏天水汪汪,冬季披盐霜,呈现给人们的是寸草不生、鸟兽绝迹的荒凉景象。回首过去,可以说,开发区是在白茫茫的盐碱滩上站立起来的,而今也定会于大片的盐碱荒滩中腾飞崛起。在港口和市区之间有很多荒滩,有荒滩就有空地,有空地就可供开发,仅仅过去了六七年,开发区经济总量已占全市 GDP 的四分之一。

如今全国的发展速度实在令人匪夷所思,也许打个盹儿的工夫,你就被时代甩下一大截。在栉比的高楼与穿梭的车流间,章志强蓦地觉出,先前的主意实在有些老土,要想让津海女排被公众刮目相看,自己必须斟酌出新鲜的点子才行。

4

章志强边琢磨边呼萧科长的汉显机,后者万没料想对方会追到新港来。"哥们儿,至于这么急?我正跟人谈生意呢。好吧,下午三点半,你去第一大道金元街西头,那儿新开了家西式餐厅,我请你喝咖啡。"

"我可准点等你,咱不见不散!"

尽管规定得很死,萧科长还是迟到了一小时。既是求人家帮忙,章志强也是没脾气,瞅见萧科长一脸春风,估摸生意谈得挺顺利。他心情好就好,给自己办事就能痛快些。

萧科长要了两杯美式咖啡,坐到章志强对面:"你不知道,跟外国人做买卖别提多费劲了。"

"嚯,多日不见,都做国际贸易了。您这是要发洋财啊。"

"少您您的。有事说事,我后边还有约会。"

"没别的,还是女排那点儿事。这个忙,你帮也得帮,不帮也得帮。"

"我就不明白了,眼下你与女排八竿子打不着,人家是好是赖,碍得着你吗？不在其位不谋其政，就不怕别人说你狗拿耗子？"

章志强咧嘴笑笑："你我可都是吃体育饭的，帮自己的女排，就是拿回耗子又能咋地？"

"实话讲，你电话里说的那个办法行不通。"萧科长直截说。

"那就另想个辙。不管怎么着，只要把声势搞起来就成。"

看章志强不达目的不罢休的架势，萧科长无奈地点点头："也行，但丑话说前头，就是孙猴子大闹天宫，那辙也得你自个儿想。"

"当然了。你萧大科长肯出面运作，小弟这里已是感激不尽。"章志强拱手开心道。

二人又闲聊了几句天，萧科长看看手表说："你今天就别回市里了，晚上新港体育馆有场中国风大型旗袍表演，据说国内最红的十大名模都来了，跟我一块儿开开眼？"

"好家伙的，十大名模跑咱这咸地方来，万一给腌着，那也太屈尊人家了。"章志强挖苦道。

"这就叫'文化搭台，经济唱戏'！别说几个名模，只要出得起钱，你信不信，就是玉皇大帝驾前的众娘娘，也赶着过来下凡。"

见章志强笑得直不起腰，萧科长也乐了，一拍他肩膀："再告诉你个事，神户不是同咱结为友好城市了吗？他们已派来一支阵容强大的商贸团。为此，开发区近期还要举办一系列交流活动。"

章志强止住笑，那根敏感的神经提醒他，这可能是一次千载难逢的好机会，必须要抓住。于是他爽快答应萧科长："好，瞧瞧热闹去，顺便也沾沾你的光。"

新港体育馆位于开发区中心大道上，造型是新颖的阶梯式，外墙全部采用先进的钢化玻璃，颇具现代韵味。馆内借鉴了香港红磡体育馆的设计理念，既适合室内体育项目的比赛，也是各类公益活动以及大型文艺晚会的绝佳演出会场。高达五层的环形座位，让人无论身处哪种方位，都不存在观赏障碍。

萧科长带着章志强赶到时，上千平方米的主馆内已座无虚席。因事先打了招呼，二人很快在主办方预留的两个嘉宾席上落座。

闪耀炫目的灯光、奢华气派的舞台、喧沸震耳的音乐、满坑满谷乌泱泱晃动的人头，章志强被强烈震撼抑或说被严重刺激到了。他觉着有些心慌，不知何时，鼻翼唇角已挂着一层细汗。

萧科长递过一张节目单，内行地嘲讽道："'中国风·旗袍秀'，竟然把大爷大娘们的公园把式拉来凑数，也是没谁了。"

章志强仔细看了一下，还真是的，开场第一个节目就是"神功太极"，后面依次为各类歌曲舞蹈，还有两个相声小品。

"可不，就一大杂烩。这头场戏的主要演员都是咱武校学员，另外几个是来自神户的太极拳爱好者——"

"东亚、东南亚都喜欢咱的太极拳，尤其日本人。看来，开发区就透着不一般。问题是，他们如何同日本太极拳爱好者挂上的钩？"章志强满脸的好奇与不解。

"你不是'智慧囊'吗？思想还是不够开放啊。市场经济了，得活泛。日本人不是喜欢太极拳吗？中国的才正宗，又是正根。只要他肯来，那就不在乎花钱，晚会先让他们展示几下子，源源不断的大笔赞助还在话下？"

章志强听着，一个大胆的运作方案也混沌出世般在他脑海中滚滚而生。他不认为这叫敢为天下先，但好的点子一定是出于其类拔乎其萃的。

章志强两眼紧盯着前方的舞台，随着悠扬的古筝曲《云水禅心》响起，只见巨大的红地毯上，身着男黑女白太极服的二十四名演员健步而出，一个敬手礼后，便缓缓操练起来。

老实讲，对于太极拳，章志强关注得不太多，随着时代变迁，其健身意义早已取代其攻防技击的传统功能，越来越多的中老年人纷纷加入这项运动的练习队伍中。而日本人似乎对中国传统武术太极拳更怀有敬畏之心,他们不但一招一式地潜心学习,更追求太极服面料的考究与做工的精细,眼前泾渭分明的黑白太极服,正是象征着太极的"阴阳两翼"。至于什么中正平衡、大气安舒,什么连绵不断、行云流水等学问大了去了。所谓投其所好,也许开发区策划这台晚会之初,早已想到了接下来的"隔山买牛"与"借鸡下蛋"……

后面又演了些什么,章志强一个也没看进去。见萧科长又拍巴掌又叫好的,章志强忽地打断他的兴奋:"刚才提到的那个日本赞助商,你跟他熟吗?"

"一面之交而已。人家可是神户制钢株式会社的二老板。神钢,世界五百强啊。我芝麻大一小科长,根本搭不上话。"萧科长用手指点着,"我明白你那鬼心思,想都别想,神钢再有钱,也不会赞助咱女排一个子儿。"

"不是拉赞助。他们能搞中日太极拳联合表演,就不能搞个两国球类比赛?尤其女排运动,在日本可是最受欢迎了。"

萧科长眼前一亮:"你不提我还忘了,神钢旗下的足球俱乐部,正筹划同咱津海男足踢场友谊赛,下月应该就能成行。"

章志强立刻高兴起来:"那不正好? 你想办法运作运作,再加场女排友谊赛。"

"不过,这种涉外赛事轮不着我管,即使跟上面说了,怕也没下文。"

章志强连忙打气道:"你那能耐,只要想办,没不成的。这事真成了,可使多方受益,既促进中日体育和商贸交流,又提升津海女排的声誉,体委也多了项政绩。你老哥立功受奖不说,还跟国际名企拉上了关系,往后抓个机会就能有大钱赚。"

正说时,现场忽地暗下来,随之台上喷出大量干冰,瞬间烟雾缭绕。顶排灯、脚灯、幕灯同时亮起,七色绚烂中,整个舞台宛如仙境。

在经典民乐《茉莉花》的烘托下，一排身着旗袍的女模特猫步而出。都是一米八以上的高挑冰美人，再配以款式各异的精美旗袍，惹得台下的几千人嗷嗷直叫。为抓人眼球，主办方特别要求女模特穿高开衩旗袍。二十世纪九十年代初，谁见过这满台大长腿呀？不少年轻人甚至吹哨跳脚，"中国风·旗袍秀"果然惊世骇俗。

忽地，一个熟悉的身影惊住了台下二人，虽然她身量最高，化着浓妆，踏着八寸高跟鞋，裹着闪亮光鲜的时装，但当她款款走向观众时，眼中多了一丝惶恐，少了几分优雅诱人的眼波。

"啊，是杨絮！"二人同时叫出声来。

仿佛一把无形的钝锤重重地劈来，章志强顿感四肢凉麻，胸口却疼痛无比："多么好的一块材料呀，可惜了！"

"也是没办法，她利用自己的身高优势出来挣钱，无可厚非，不见得非吊死在排球这一棵树上吧？"萧科长表示理解地说道。

章志强摇了摇头："我不这么看。高个儿女孩当模特很容易，但能打好排球的却没几个。老话讲，十年能出个状元，十年未必能出个好唱戏的。津海哪怕再有一个像杨锡兰那样的顶级国手，咱的女排也不至于落赔到这种地步。杨絮虽算不上天才球员，眼下也是队里不可或缺的。她也真够可以的，这个节骨眼儿上，就不怕再让记者撞上？"

5

自上次生发水事件后，在家等待处理的杨絮好久没敢抛头露面，却架不住那位广告制片人再三怂恿。这次他通知杨絮，有个旗袍展示会，台上走两圈，就有三千元的进项。诱惑力实在太大了，何况自己现在工作尚无着落，万一被球队开除了呢？想到这儿，杨絮心一横，坐上 621 路公交就来了开发区。

广告制片人引着杨絮去见模特公司总监。那是个即使你知道她真实年龄，也会觉着风姿绰约的女人：衣着入时，顾盼生辉，一支细长的凉烟架在指间，红唇内则缓缓飘出缕缕烟圈。对于杨絮的身高、三围、气质，女总监都挺满意，当场拍板认可。

但女总监并没与杨絮签订合同，杨絮疑心会上当受骗，几经向广告制片人打听，方了解到一些内幕。

原来，女总监的这家公司在模特界也算小有名气，旗下签约过的模特不下二三十人。因为到处走穴，手下人员流动得比较快，接下旗袍秀这单生意时，能调过来的只有将将九个人，当时国内模特业并不发达，条件好的都进京发展了。但对外宣传是"十大模特"，谁来补齐这个空额呢？主办方霍地想到，近来闹得沸沸扬扬的"朝阳生发水事件"，为其做广告的女孩是个排球运动员，身高外形都不成问题，由此立马联系了制片人……

杨絮觉得，在这种大型晚会上走模特总胜过在马路上拍广告，于是定下神来全力投入排练。本以为能轻松完成此次演出，万没想到，晚会刚开始，女总监突然变了脸，提出要将事先谈好的打包价五万元翻涨到二十万元。

主办方措手不及，那么多钱一时往哪儿弄去？本打算据理力争，哪知女总监竟一屁股坐在地上，不给涨钱，坚决不上。这下主办方可作了难，场内坐着几千观众，眼见着区领导和日本商界代表已在前排首要位置就座，旗袍秀一旦临时取消，如何向上边交代？

这一幕，杨絮看了个满眼。她看不懂，一个走南闯北见过无数大世面的女总监，怎能无视合同不顾底线？就连做人的颜面也不要了，这也太无耻了吧？今后，自己怎能同这路货色为伍？这样的娱乐圈不混也罢！

就在杨絮羞愧难当之际，主办方已被迫向女总监做出妥协，答应单独给其四万元,另外给带队模特两万元,余者每人一万元。女总监勉强答应的同时又提出必须现金支付的条件。主办方骑虎难下,只得派人跑到新港百货商厦,打了个白条,临时从商厦当天营业款中借出十五万元。也就是当时的财务制度不算严格,否则,这些钱根本没法弄到。见钱眼开的女总监这才一展往日的甜蜜微笑,指令模特们一一出场。

演出结束后,杨絮木然地坐在后台休息室,女总监踱着碎步走过来:"小杨,演得不错。给,拿着!"说着,她将一大沓钞票塞给杨絮。天啊!一个晚上不到一小时的走台步,就能得到一万元呀!

在当时,谁家能拿出一万元来,就是响当当的万元户,即使在十年后的今天,一万元对于平民百姓来说仍是个不小的数字。杨絮不是在做梦,真真切切的一百张百元大票,就这么沉甸甸地压在自己手上。

要钱途还是要前途?要苟且还是要尊严?是进还是退?杨絮茫然无措。一个刚满二十岁的女孩,真的不知如何抉择……

晚会结束后,随萧科长走出体育馆,听说要去吃夜宵,章志强随口应着,脑海中挥之不去的仍是 T 台上杨絮涣散不宁的眼神、步伐节奏难言专业的步点。

新港临近渤海湾,开发区成立后,市政府准许私人个体经营,白塘一带逐渐发展成海鲜一条街。随着各地食客的大量涌入,天一擦黑,这里的排档夜市就火爆起来。

已是初夏,尚感凉人的海风裹挟着浓厚的鲜盐气味,还是那么的肆意任性、不管不顾。而白塘海鲜更是集齐渤海优质海产品,或蒸或烧或爆炒,无不香气鲜美。

"夜里吃海鲜,看海景,人生之惬意呀!"萧科长显然被调动起内心的情愫,兴奋难抑地对章志强道,"瞧这买卖干的。明天我再带你转转洋货市场,录音机、录像机、洋烟洋酒……只有你想不到的,就没人家弄不来的。"

见章志强没应声,萧科长颇为好笑地说道:"还在想那个杨絮呢?我劝你算了。看看开发区这边的大动静,体育界、体育人已被边缘化。如此环境下,你还不遗余力去挽救一支地方球队,请问,接下来津海女排的路在何方?"

此时,服务员端过姜蒜醋碟与四份压桌小菜。萧科长倒满一杯啤酒:"现如今,咱搞体育的,就像碟中的姜末、蒜末和老醋,没它们,螃蟹照样受人追捧。"

"不对。"章志强忽地反驳道,"别小瞧姜蒜醋,吃螃蟹要是没有它,保不齐拉稀毁肠子。再说,女排精神也曾鼓舞了无数国人,姜蒜醋能跟它比吗?"

"你这小子咋一时机灵一时杠头的?"见虾蟹已热腾腾摆上桌,萧科长忙摆了摆手,"Stop!不辩论,趁热吃。"

德性!还拽上了。章志强有心损上几句,担心对方回去后变卦,他提醒带找补地顶上一句:"友谊赛那档子事呢,你必须给我个准话。"

萧科长拱手讨饶:"服你了!包在我身上,这总成了吧?"

章志强知其为人虽有些油滑,但对朋友还是蛮靠谱的。转天回到市里,萧科长果然很快草拟出一份比赛方案,周一一大早便递了上去。倘若按程序走等着层层审批,不知要拖到猴年马月,章志强又不厌其烦跑到竞赛处处长耳边吹风。处长也是受了感动,终于将比赛方案亲自交到领导手中。领导看罢即予首肯,并指派办公室配合竞赛处。

但因涉及与外商合作,仅体委一方还远远不够。还需向市里汇报,获得市里其他部门的助力,最终结果怎样尚且不明。

章志强还是很开心,为着自己的提议,市里方方面面都出面了,这就叫一举多得,只要有人肯运作,换来的就是皆大欢喜。眼下应马上通知徐国祥，让他也做好充分的准备。

章志强骑车赶到体工大队，见楼前台阶上坐着几个女排小队员。令他诧异的是，她们每人抱着根一米多长的甘蔗，嘎吱嘎吱啃得正欢。一细瞧，小队员们泛旧的运动服上，或多或少都贴有几块橡皮膏。

章志强踩下车撑，走到近前一打听，几名小队员乃女排青少队的。她们刚吃过午饭，正在享用餐后水果。

真叫人心里不是滋味。排球那么大的训练量，体力严重消耗，就啃根甘蔗，能补充多少营养？按说，体委一向支持女排，绝不会在资金上卡脖子。可眼下正值经济转型期，看来不发展体育经济，单靠财政拨款吃饭，体育界早晚得饿死。

待见到徐国祥，章志强提及刚才那一幕，后者也是无奈摇头。据徐国祥讲，因经费紧张，现在每个运动员全年下来，只有两双球鞋和一套运动服。整天摸爬滚打，一旦球鞋球衣出现破损，她们就用橡皮膏粘上。基本伙食还行，但并不配给水果。队员出现不满情绪时，他们就给上忆苦思甜课，说郎平、孙晋芳等老一代中国女排，条件比现在差多了，不照样夺取五连冠。

章志强苦笑，忙言归正传，将市里准备进行中日友谊赛的事细致讲给徐国祥，进而道："神户那边派来的球队再业余，只要是国际赛关注度就高。接下来就看徐兄你的了，抓紧训练，务求必胜，趁机将咱女排的声望抬起来。"

徐国祥非但没有章志强想象的兴奋，反面现愁色。他坦白地告知章志强，二传戴颖虽已回归，队内却少了杨絮那样的大主攻。此外副攻、接应位置上，替补指望不了，那些吃甘蔗的小队员又都太嫩，一时半会儿还扛不起大旗。仅凭残存的半拉阵容，比赛怎么打？又何谈必胜？

"徐兄说得是，都怪我思虑不周。"章志强稍顿了顿，"反正也没了退路，干脆一条道走到底。你只管专心练队伍，缺啥短啥，我来帮着补齐。"

6

章志强意识到：对即将到来的这场中日女排友谊赛，自己想得过于乐观，甚至出现了主观的误判。

在亚洲，因中国女排的主要对手就是韩国和日本，所以长期以来，国内业界对日韩女排的发展状况有着较深研究。章志强多年在国家队任陪练，由此也掌握了不少相关信息。章志强知道日本神户地区的女排整体水平并不高，最顶尖强队不过为千藏大学女排，搁到中国连甲 B 都进不去。只要津海女排重点集训些日子，取胜不是问题。他却没料想到，二十世纪六十年代在国内排坛成绩斐然，甚至以 3∶2 战胜国家女排的津海女排，如今已衰落到这种地步。倘若再于此次国际赛中告负，球队极可能被临时解散，那自己岂非成了罪人？

章志强越想越惶急，希望赶快琢磨出个应对的招法，这才跑去求助已经营卖砂锅的师哥李和平。后者笑道："你离开这么久，对津海好多情况都不熟悉喽。"

章志强点点头："知己知彼，百战不殆。我这就叫'不知己'呀。"

李和平寻思些许，尚未开口又将话咽了回去。章志强看得清楚，连声追问。李和平方提醒说："你还记不记得那个柳城中学？"

闻此，章志强猛地一拍脑袋，他咋会不记得呢？那可是有着四十多年排球史的体育名校。就是现在，这个学校的男女队实力依然不俗，经常在全国中学生排球比赛中赢得冠军，不久前还夺了世界中学生排球比赛的亚军。

"对呀，我何不到那儿去'借兵'？"章志强说着，起身就要走。

李和平拦道："坦白说，这兵你可不大好借。柳城中学现任主教练林旭东可是出了名的刺儿头，连体委的账都不买。"

林旭东的名号，章志强也略有耳闻，但一个中学教练，不但敢跟同行掰手腕，更敢叫板体委，多少令人难以置信。

"觉着新鲜吧？那我就给你讲讲他同体委过招的三大回合……"

当年，从体院一毕业，林旭东就被分配到柳城中学教排球。近二十年里，学校培养出诸多排球人才，却少有选手留在津海。为避免人才外流，体委常派人去学校挑选好苗子。两年前，该校初三年级冒出个条件相当出色的男生，没待体委出手，那男生竟被军旅男排相中。体委希望林旭东说服男生留下，孰料林旭东竟毫不讳言地讲，市男排都快解散了，留下人家就是耽误孩子的前途。在他的鼓励下，那男生最终选择了军旅男排。

这第二个回合发生在去年，有位家长想让儿子以体育特长生身份免试进入柳城中学，林旭东认定这学生不够资格。家长烦人托窍到体委一位副处长那里，碍于朋友情面，副处长亲自出马来见林旭东。林教练死活不松口，非但当场撅回了副处长，还实名将其告到上面。到头来，不但那名学生未能进入柳城中学，副处长还被体委通报批评了。

林旭东与体委闹得最僵的还是第三回合。根据多年执教经验，林旭东写了本针对学生排球训练及选拔后备人才的指南手册。手稿寄到晨光体育出版社，偏巧该社编辑乃体委宣传处主任的一位亲戚，他便把稿子拿给那主任看了。后者觉得该书很有价值，但希望能添加上体委如何指导基层工作的一些内容，便打电话找林旭东商议合作事宜。没承想，林教练死活不同意。双方争执到翻脸，林旭东索性将书稿交由外地出版社出版。

三大回合过后，林旭东刺儿头的声名远播。既惹不起，又犯不着，体委上上下下都不太爱搭理他。

听李和平讲罢，章志强却对林旭东产生了极大兴趣。反正现在是有病乱投医，自己就去会会他。

出了"砂锅李",章志强蹬上自行车,顺卫津河往南,一猛子扎向柳城中学。

路上,章志强两腿紧蹬,才骑到一半,只听"砰"的一声,自行车前轱辘就爆胎了。望着偏西的日头,章志强心焦如火,咋这么不顺!

为整顿市容环境,如今大道边一律不准摆摊儿,推着车走了二里多地,章志强拐弯抹角好不容易才找着个修车的地摊。

换车带得些工夫,章志强蹲在一旁与修车师傅闲聊起来。他问师傅爱不爱看津海女排的比赛,师傅头都没抬:"没听说过。再者,看它干啥,顶吃还是顶喝?"再细聊,敢情修车师傅是唐山地震后才搬来的,那时的津海女排已是明日黄花,近十几年未有过名堂,报纸、广播、电视更没有宣传报道。难怪人家不知情,再不打造声势,这支无人关注的队伍也就销声匿迹了。

换好车带,章志强上了满弦一样拼命往前蹬,即便这样,也是下午五点才抵达柳城中学。校门口一派清静,除去毕业班,其他年级早放学了。章志强知道,这个时候体育特长生们一准在训练,教练自然在旁边紧盯不放。

当时还没保安一职,学校负责传达室的看门人多为退休补差职工。章志强推车刚迈过角门,即被喝住。他掏出工作证,说有公事要找林旭东教练。看门人见果然是体委的,挥手道:"进去吧。往后操场走,林教练正带队练球呢。"

柳城中学虽被认定为培养少年基础排球的传统学校,但由于财力所限,就连唯一的训练馆也装不起空调,天热后,只能在室外训练。章志强到时,二十几个队员已通身是汗。尤其练防守的几个队员,在破旧帆布垫上连滚带翻,倒地后已累得爬不起来,可一枚枚球弹仍冰雹般接连砸向她们。

冰雹般的球弹，全部来自球网对面。章志强发现，一位年纪四十开外、身着蓝色运动衫的男教练正站在一条长腿条凳上，左手从大号铁丝筐内捞出球，右手疾速将球击出，动作迅捷娴熟，其连贯程度就像事先编好的程序在操作。

行家看门道。章志强明白，这嗖嗖抛出的球，线路、落点、劲道颇有讲究，绝非只用蛮力地乱扔乱砸。甭问，凳上之人准是林旭东。再看那些女球员，单说接球技术，并不比甲级队专业选手差。当中最瘦高的那个，不仅技术动作标准，身体柔韧性也上乘，是个人才……

他正伫立观望，忽地，一个排球被个小队员失手垫偏，竟斜向朝章志强飞过来。章志强有心露一手，便顺势接住飞过的排球，高高向上一抛，随之迅疾跃身挥动左臂，用自己的大手直击下去。但见那个挂着风声的排球划出一道美丽的弧线，带着转儿地朝前场而来，越过球网忽地下沉，不偏不倚正落进铁筐。

随着在场队员的几声尖叫和鼓掌喝彩，条凳上的林旭东也是一怔：厉害呀！这种跳飘球，由于肩臂掌腕都吃功夫，最能反映个人的发球水平。且这还是位左撇子选手，何方高人？事先招呼都不打竟来此炫技？

林旭东跳下条凳朝章志强走来，细一打量觉着眼熟，忽地想起来了："哟嚯！我说是谁呢，章教练吧？贵客贵客！"

章志强奇怪，林旭东怎会认得自己？他不知，这十多年来，但凡国家男女排的比赛，只要电视转播，林旭东场场不落，对章志强这个左手二传自然印象深刻。

"大家都过来！"林旭东高声介绍，"这位就是津海的前男排国手章志强教练，咱们热烈欢迎！"说着带头拍起巴掌。

被小队员们球星般的膜拜，章志强真有些不自在，同时也感到林旭东的热情背后似乎夹带着几分嘲讽。也难怪，之前毫无交往，自己贸然登门，双方生分自不必说，就是人家心存戒备也能理解。照常理，就该主家询问客人来意，可林旭东非但不接这个茬儿，还一把拉过章志强，让他给队员做发球表演。

当着这么多队员，章志强不便谈及友谊赛的事。他发现林旭东有意在磨自己的耐性，这谁耗得起？章志强急如星火，忙推说天太晚了，改日，而后低声对林旭东道："我找老兄有要事商议，能否借一步讲话？"

"要事？机密啊？那就现在，话讲当面。"

章志强心说：这家伙脑瓜确实不好剃，干脆打开天窗得了。由此，他便简明扼要讲了市里要举办排球友谊赛的事。

林旭东心头漫过一丝窃喜：就是说，这友谊赛，体委又玩不转了。章志强找到这儿搬兵借人，按理说自己应该动点儿真格的，这也是对外展示柳城中学实力的一个机会，怕只怕这帮人干不来正事，之后又白拿他老林当枪使。"与日本人办友谊赛嘛，当然是件大好事，也关乎咱津海排球人的脸面，这忙应该帮。不过——柳城中学女排得以联队的名义参赛。"

条件有些苛刻，国际比赛，市级女排去联合一支中学女排组队，这样的先例从未有过。即使是场友谊赛，体委也铁定不会开这个口子。章志强不想两边谈崩，便回问："柳城中学女排与津海女排并列，你觉着合适吗？"

"可要是名不正言不顺的，这活儿怎么接？总不能让我的队员当萝卜填坑吧。"林旭东满心不痛快，"我一小小中学教练，怎敢跟体委讲条件，只是哑巴亏吃多了，不得不先小人后君子。"

7

初次碰面，最终不欢而散。但章志强并没把口封死，临走前再次期望林旭东能以大局为重，又特意留下自己的呼机号，以便随时保持联系。

"柳城借兵"空去白回，中日女排友谊赛却很快敲定了，紧接着还有男足比赛。这是津海与神户结成友好城市后，双方首次大规模的体育交流活动。各个媒体都在卖力进行宣传，市民观赛热情被调动起来，还引起周边外埠球迷的兴趣，两场球赛门票很快售罄。

赛事越受关注，徐国祥这边越是坐蜡。离比赛满打满算不到三十天，凭手头攥着的这个阵容，简直愁惨了。等韩指回来，他如何向她交代？

与此同时，韩珍也获知了友谊赛消息。她又惊又恼，心说：徐国祥这是搭错哪根筋了，还"曼德拉"呢，咋猛不丁捅咕出这么大个事？事先也不跟自己通个气，就津海女排眼下这斤两，居然还要打国际赛。韩珍慌忙提前出院，急匆匆找徐国祥问询。徐国祥自知理亏，便一五一十讲述了原委。韩珍连声叹息，麻烦虽因章志强而起，但他也是难得的一番好意，怪只怪咱的球队太不提气。

事情既挤对到这份儿上，踩雷也得往前冲。韩珍一面加紧训练，一面继续召唤离队球员，至少要把杨絮拽回来，要不连个牢靠的得分点都没有。可多次呼她都不回电，家里也没人接电话，韩珍只得联系杨絮父母单位，她父亲回复说，杨絮到北京大姑那儿玩去了，俩礼拜后才回来。唉！真是的！

眼见韩、徐二人栖栖惶惶，章志强甭提有多郁闷了。自己长这么大，还从没给朋友帮过倒忙。不行！无论怎样也得破解眼下困局。他八方奔走求援，切实感受到津海女排的基础何其薄弱，多数业余体校都将精力放到相对省钱又易出成绩的个人项目上，没谁愿意用心抓排球这种集体项目。别说当扛大梁的，就是称意的后备力量也难找。此刻，他还是想起了柳城中学。

章志强本能地认定：林旭东尽管表面冷硬，但仍怀有一份体育人的责任心与荣誉感，绝不会袖手看津海女排的笑话。但苦等多日，仍未盼来林旭东的电话，没法子，他只好二访那个刺儿头。

章志强骑上那辆二八老飞鸽，再次赶奔柳城中学。半路上，胯间的传呼机忽地嗡嗡响起，显示是个陌生号码。章志强忙寻了处公共电话，拨通后，电话那边传来清脆稚嫩的女声，听上去顶多十五六岁。

"章志强教练吗？我叫林庭，是柳城中学的。"

柳城中学的，还姓林。章志强眼前一亮："那，林教练是你——"

"是我老爸！"林庭脆声应道，"章教练，您别太在意。我爸那人好话没好说，就那不顺南不顺北的脾气。其实他对咱津海女排可上心了，就因当初跟体委闹了点儿小别扭，老拧不过劲儿来。他其实挺想帮您一把的，却死要面子活受罪，都这节骨眼儿了还磨不开面儿。昨天晚上，我和我妈把他一顿臭数落……"

哒哒哒，小丫头说话跟机关枪似的，让人听着痛快又心忙得喘不过气来。最终的意思是，林旭东现已不再坚持自己联合组队的要求，并诚邀章志强莅临柳城中学，详议双方具体合作事宜。

仿佛推开了被钉死的两扇门，这一转机，让章志强焦虑多时的心豁然开朗。

林旭东同体委疙疙瘩瘩的那几年，章志强尚在国家队，之后拉拉杂杂也听过几耳朵，有些别扭他觉着完全没必要，但林旭东深埋已久的心结他也能理解。当年在体院，成绩优异的林旭东也曾踌躇满志，但一米七五的身高就是个天坑，很难入专业队法眼，因此直至毕业仍未成为职业球员，只得服从分配，到柳城中学做了名体育老师。自那时起，林旭东便憋了口气，发誓要培养出一批出类拔萃的球员，然后保送到南部、军旅等国内强队，以此证明自己的存在和价值。

堪堪二十年，一大把的时光一晃而过，卧薪尝胆的林旭东不但做到了桃李满天下，更将高级教师、优秀教练员等头衔揽于怀中。林旭东自觉不是个贪婪无度的人，但自己就是畅快不起来。为着什么呢？说白了，无非是自己还没被体委当作人才来认可。

被认可才会被尊重。专业同行们瞟个白眼，就能让人沮丧大半年。自己也没招谁惹谁，咋就这么憋闷？

上次章志强登门拜访，按说是给了个台阶，自己非但没就着下，反而漫天要价把人给崩跑了。但很快，中日友谊赛被媒体见天报道，这下可好，津海女排成了市民最热门的话题，自己却白白葬送了大显身手的好时机。嘛叫患得患失？就是斤斤计较呗。反过来他再觍着脸找章志强，这不成了"活鱼摔死了卖"？真是牵着不走，打着倒退。

他正拿捏不好时，家里那娘儿俩已结成统一战线。被老婆女儿一通狗血喷头，林旭东讨饶的同时，也窃喜抓到了挽回面子的稻草。

同父亲的脾气秉性截然相反，林庭自小的风格就是风风火火，行动更是雷厉风行。转天大课间，她一个电话打过去，干净麻利，事情立马搞定。

待到章志强二访柳城中学时，林旭东人虽软和了许多，但口气依然强硬："首先，白纸黑字，此番请我们参加中日女排友谊赛，须由体委开具正式函件，免得咱官盐当私盐卖；其次，凡柳城中学所派主力队员须列入首发阵容，不能当替补；第三，比赛集训期间，我不但要加入教练组，更要有一定话语权。"

要求有点儿高，但并非全无道理。章志强再不敢当面大包大揽，忙返回体工大队去见徐国祥。后者也是被韩珍骂怕了，万不敢自作主张，拿起电话征求主教练的意见。

"前两条还说得过，第三条想都别想！"韩珍态度明确，十分坚决地说，"林旭东的队员只要够水平，可以加入，但津海女排就是津海女排，他跑这儿来指手画脚，岂不乱了套？"

"万一谈崩了，咋办？"

"崩就崩！也不能由他定规矩。"韩珍气不打一处来。

"时间太紧啦，除去柳城中学，再没地方找援兵了。"徐国祥急迫道。

"你告诉林旭东，就说我说的，他这叫趁火打劫！"韩珍那边摔了电话。

见徐国祥对着话机呆呆发愣，章志强霍地起身："那就按韩指的意思办。徐兄，你先向体委汇报，只要前两条能批下来，剩下的，我去找林教练再谈，不信拿不下他！"

眼见友谊赛迫在眉睫，凡关乎津海女排的事必须提速开绿灯，由此"借兵"的请示，体委领导当日就下了批文。

揣着盖有体委大红印章的信函，章志强第三次来到柳城中学时，便祭起了"胡萝卜加大棒"，先对林旭东说体委感谢他的援助，选送哪位球员也由他决定。接着他语气一转："然而，经慎重考虑，体委领导还是否决了你第三个要求。"

林旭东听闻不免有些窝火。还没等他发作，章志强抢先拉下脸道："奉劝老兄摆正位置，想必你也清楚，市队教练组成员需进行严格审批，允许你的球员与市队一同参赛已经破例了，别得陇望蜀。何况中日友谊赛，多高的平台，只要你的学生能在比赛中亮相，就是无上光荣。若能再帮咱市女排获胜，谁想埋没你的功劳都难！"

"是这么个道理，不过——"

"还不过什么呀，别光打自己的小算盘，有点儿大局观行不行？好歹也干了半辈子体育，津海女排真输给日本人，难道你心里好受？"

林旭东被问得没了词，他默不作声接过章志强手里的信函，去征求校领导同意，而这种有利于学校扩大影响的好事，校方自然全力支持。从校长室返回训练场，林旭东便唤来几名得意女球员，章志强立时认出其中就有自己印象极深的那个瘦高女孩。

"你叫啥名字？"

"章教练，我就是跟您通过电话的林庭啊！"

小姑娘笑脸盈盈的，忽闪着充满灵气的大眼睛，看着就让人喜欢。章志强瞥了眼身旁的林旭东，女儿居然高出父亲多半头，且性格开朗活泼，看来是遗传了母亲那边的强大基因。他想着，不由暗自笑了。

8

当天，柳城中学女子排球队的几名主力队员就被带到了体工大队，经初步测试，结果令韩珍、徐国祥很是满意。林旭东得意，章志强心里的石头也落了地。哪料想，没过两天就出了情况，起因恰恰出自章志强特别看好的那个林庭。

原来，为进一步确定首发阵容，韩珍需对柳城中学来的小球员进行二次筛选。林庭虽成功入选，但韩珍通过认真观察分析，认为其并不适合打主攻，遂命其改作接应。对此，林庭倒是坦然接受，却把林旭东惹毛了，他立马跑到体工大队同韩珍理论。

"你们打听下，我闺女绰号叫'小郎平'，这么好的条件不让打主攻让改接应，只有外行干得出这种事。"

韩珍郑重解释说："林庭是个好苗子，但攻击力稍弱。中学生比赛，对抗强度低，林庭还显得挺突出，可她身体单薄，腰腹力量不足，放到正经大赛上，关键球下不了几个。但她的技术又确实扎实，攻防兼备，一传、拦网都不错，尤其脑瓜灵活，反应敏捷，擅长快球，做副攻和接应都是把好手，肯定比主攻更合适，这样对孩子日后的发展定多有益处。"

知道韩珍所言在理，但林旭东深知，在当今中国排球界，主攻的地位远远高于接应。五连冠那批老女排中，家喻户晓的无疑是主攻手"铁榔头"郎平，能有几个记得住打接应的"小钢炮"郑美珠？所以，从女儿排球开蒙阶段，林旭东就照主攻方向培养她。韩珍这样摆布，他们父女俩十年的心血岂不白瞎了？事关女儿的切身利益，必须纠正过来。

大赛在即，韩珍哪有闲工夫听林旭东强词夺理，既有原则又不耐烦地怼道："咱可有约在先，教练组的安排你不得干预。请回吧，少给我们添乱。"

话很噎人，更犯了林旭东大忌。他脸色骤变，拔高嗓门儿吵嚷道："霸道不讲理是吧？我说咋不让我进教练组呢，敢情还没等过河，这就拆桥啦？"

眼见纠纷难以收场，外面忽然有人喊了一声"报告"，紧跟着，林庭径直闯进来，劈手扯住父亲胳膊，不由分说将其拽出教练室，直到一处僻静角落才停下。

林旭东正欲吼闺女两句，却见林庭急红的眼里满是泪水："爸，您可是当老师的，上这儿来无理取闹，丢不丢人啊！"

"你先躁得慌了，爸还不全为了你！"

"您别瞎操心！韩指说的没错，我就应该打接应，这两天练的效果特别好。您再不走，下次学校轮到我升旗讲话，我就把今儿这事写稿里，让全校都知道。"

林旭东太了解自己闺女了，那是真敢切敢拉，说到做到。"行了，小姑奶奶，爸服你了！"说完，他转头走人。

离开体工大队刚到家，林旭东又开始直面老婆的横眉冷对。他明白，一准是闺女打电话告了自己黑状。他正要分辩两句，老婆摆手拦道："得得得。就你那点儿心思，自己够不着的东西就全往孩子身上压。说白了，不就一心要闺女替你实现未曾实现的梦想吗？"

一句话戳中林旭东的痛处，他当即语塞。

"真为闺女着想，就该让孩子走她自己的路。像你现在这样跑人家那儿瞎搅和，只能影响她练球。要是友谊赛输了，闺女的前程不就耽误了？"

林旭东思忖多时，用力点点头。是啊，自己太小家子气了，眼界格局还不如老婆孩子，无怪难成大事。也许自己真误会韩珍了。

风波就此平息，津海女排的集训进入正轨。但毕竟组队时间短，磨合期有限，更缺少一锤定音的大主攻，即便球队全力以赴，仍无取胜把握。

韩珍心中起急,她知道,眼下这个关节,大主攻非杨絮莫属,可自己要抓训练,根本走不开。更要命的是怎么都联系不上杨絮,韩珍只得把找人的活儿派给助教徐国祥。

徐国祥脑袋都大了,这两条腿一大活人,满世界地往哪儿去找?章志强在国家队待过,北京那边肯定认识人多,这事不如拜托他。

托北京朋友四方打听,章志强得知,杨絮大姑是朝阳医院的护士长,并查到了其办公室的座机号。章志强拨通电话,讲明自己身份后,问起杨絮近况。对方回复说,杨絮没住几天,便匆匆返回了津海。章志强连忙再呼杨絮的传呼机,仍旧没回音。

这丫头到底怎么了?

正没处抓挠,师兄"砂锅李"提供了条信息:市男排有个叫段军的队员,之前一直在追求杨絮。两人刚热乎那会儿,恰逢男排解散,差点儿没分手。后来杨絮因生发水丑闻弄得灰头土脸,无论段军再怎么写信、打电话,她非但不领情,还躲到北京去了。

"你不是想找杨絮吗?逮着段军一问,不就真相大白啦!"

经"砂锅李"指点,章志强很快找到了段军,由此不但获悉了杨絮的下落,就连她的行踪之谜也一并解开。

其实,段军也刚刚同杨絮取得联系。说起来他与杨絮也交往一年多了,却总是若即若离热乎不起来。所谓"女追男隔层纱,男追女隔座山",原本就剃头挑子一头热,又赶上男排解散,就凭杨絮的心气,自己哪能被她瞧上。

段军一咬牙,决定发奋读书,报考体院的运动训练专业,将来至少能做个排球教练。过去的小半年里,生发水事件不断发酵,潜心学业的段军也有所耳闻。担心杨絮受牵累,段军接连打电话问候,对方则爱答不理。为表达真诚与关心,段军拿起笔洋洋洒洒给对方写了封千字长信,结果却是泥牛入海再无回音。段军慌了,跑到杨家一问,方知杨絮已去了北京。

段军的心凉了半截,自以为彻底没了希望,想不到昨晚杨絮居然主动呼自己。段军激动得号码连连拨错,待通上电话,才弄明原委。

原来,参演完旗袍秀的杨絮情绪低落,一进家门便看到了段军寄来的那封长信,没拆信封就顺手丢进了纸篓。她太烦了,自去年年底球队降级后,就再没一件顺溜事,连出去走走穴也那么别扭。

当晚杨絮彻夜未眠,翻来覆去,越琢磨越委屈。拍广告、当模特、谈恋爱……什么都不开心。既如此,索性找个地方躲清静。于是转天早上,杨絮便买了张火车票,跑去北京大姑家。

闲逛没多久,中日友谊赛的消息传来。杨絮未承想,津海女排还会有参加如此引人注目的国际赛事的一天。看着相关报道,杨絮想象着队友们与日本队交锋的情形,多希望自己也能拿起一个排球,挥臂猛砸,直砸得对手披头散发满地爬,那该是怎样的酣畅淋漓!但是那种让人抛却纷乱忧烦、可以尽情舒展的快慰,对杨絮而言,不仅久疏且已久违了。

揣着无奈,背着行囊,外边的世界虽然热闹,可自己却脚步沉重,方向迷茫。自己的心竟这般苍凉!回头一看,自己至爱的还是排球,唯有回归球场,方能找到价值所在。想到这儿,杨絮同大姑打了声招呼,便乘车返回津海。

一下火车,自认为完全想好的事情,又被站台的凉风吹跑了大半。杨絮暗道:自己也太异想天开了,津海女排可不是菜市场,哪容你随意出入?当初不辞而别,教练、队友谁呼都不回。一个拿纪律当儿戏的人谁会再欢迎?

进退维谷间,杨絮想到了自己的闺密小芬。对,让那个鬼丫头给出出主意。

小芬既是杨絮闺密更是发小,正在财院读大三。其父亲在远洋轮上当大副,常常几个月都不能回家。闺密家房子大,家境富余,加之小芬妈又拿杨絮当亲闺女,从前放寒暑假时,赶上刮风下雨,杨絮就留在她家过夜。

"决定一个人最终高度的并非起点,而是拐点,机遇往往就在拐点!人这一生,想要出人头地,除必要的个人努力,机遇也是重要的一环。"小芬理论水平又高,嘴又能说。听完这番极有见解的分析,杨絮立刻抄起了电话,她得先打听下队内的现状。杨絮从一名嘴不严的队友口中得知,眼下主攻位置暂时由替补方丽娜担任,教练组又从柳城中学借来了批援军,正每天都跟全队一起训练。果然,津海女排不需要她这张牌了,那自己再讪讪回去还有意思吗?

杨絮心灰意冷,既不想与球队联系,陌生号码也一概不理。但这么空耗下去,自己今后该怎么办?蓦地,杨絮想到了段军。她别过小芬,立马赶回家,幸亏那封信尚在纸篓里没被爸妈丢掉。她忙拣出来拆开看,词句虽不讲究,但句句充满着真情和关爱。杨絮感动不已,顿时泪眼婆娑,之后便呼起段军来……

段军安慰并鼓励杨絮:"你别难过,哪怕有一丝机会,咱也得全力争取。我去找男排的老关系,让他们帮着疏通疏通。"

9

第二天,段军正准备去体工大队,不料章志强竟找上门来。获知其来意后,段军大喜,随即转告杨絮。杨絮并没有段军那么乐观,章志强虽在业内很有名气,但毕竟不代表体委,自己可否获准归队并参赛仍是未知数。再者,许久没随队正规训练了,她未必能应对高强度的比赛。

"你放心,章教练说了,你回队的事包在他身上。这两天我先帮你练。"

段军所说的一切,杨絮再没理由拒绝。可到什么地方去练球呢?小芬再次相助,她同财院学生会说明情况,帮他们在校体育馆找了块闲置场地。就这样,杨、段二人每天早早来到财院,直到天黑才回。杨絮做体能训练时,段军便在旁看书,等练习传、接、扣时,段军再予以辅助。

杨絮本来底子就好,苦练一个星期后,速度、耐力、弹跳、灵敏度、柔韧度都恢复到了极佳状态。可体委那边始终没来通知,段军急不可待,又去询问章志强。

实则,章志强比他俩还着急。本来杨絮归队是好事,韩珍、徐国祥也都举双手欢迎,但鉴于杨絮之前的不佳表现及带来的负面影响,部分领导坚持认为:让她回来打主力,无疑开了恶例,今后很难再管束其他球员。这话不无道理,既在体制内,就得守规矩。眼下为救急而从轻发落杨絮,万一其他核心球员也耍脾气怎么办。

到底如何处置杨絮,领导们就这事呛呛了好几天。韩珍见老没个结果,特地从训练馆跑来发表自己意见:"领导们要觉着处分还不够的话,那就让她做替补。反正不能把人一棍子打死吧?"

这个折中办法最终获得批准,但记大过外加降一级工资的处分是免不了的。大伙儿都清楚,这实则比开除强不到哪儿去。

得知实情,杨絮狠心关掉了传呼机,段军也不想再与章志强联系……

"这点儿小打击都承受不住,现在的孩子太玻璃心了。"韩珍遗憾地摇摇头,"光考虑自身得失,全然不顾集体荣誉。要真这样,杨絮也没多大出息!"

"那替补名单里还写她吗?"徐国祥问。

韩珍略加迟疑,突然正色道:"写上!这是给她的最后机会。"

杨絮一时指望不上,那就有多少水和多少泥吧。韩珍盯住方丽娜,不但要在短时间内提高她的进攻能力,还要竭力加强柳城学生与老队员的配合。

转眼便是6月初,法国梧桐的浓荫和到处弥漫的月季花香,让整个津海市街头曼妙而芬芳。神钢俱乐部男子足球队和千藏大学女子排球队分乘的两架包机徐徐地降落在新港国际机场。

休整三日后，正好是周末，首场友谊赛正式拉开战幕，由津海男足与神钢俱乐部男足对决，能容纳两万观众的裕园体育场座无虚席。

津海男足的水平在全国一直名列前茅，1980年获全国冠军后，更出现了左树声、陈金刚等一大批优秀国脚，如今这个班底也不算弱。而神钢俱乐部男足毕竟是支业余队，队员大多由企业职工组成，脚下功夫水，身材又相对矮小，尽管作风顽强，终因实力悬殊，踢到下半场便毫无还手之力。津海男足也不给对方留情面，乘势灌了他们个4：0。

近些年，中国足球也在慢慢地走下坡路，球迷们难得看到自家球队赢得这么痛快解恨，场内外无不欢呼雀跃。直到散场许久，大家还站在大街上议论不休。

但这一比赛结果，却把神钢二老板气得脸都绿了。原以为1985年的"5·19"之后，中国男足便已不堪一击，想不到，自己的俱乐部竟被中国区区一市队打得头破血流。虽说是友谊赛，可这种惨败，直接有损日方企业形象。倘若明天那场女排赛再败北，神户岂不沦为津海人口中的笑柄？

神钢二老板一恼火，在同津海市商务局会面时便挂了相，更于话里话外有所暗示。市商务局代表心领神会，何苦因一场无关痛痒的排球比赛影响到日企的投资热情呢？不妨让女排故意输一场放放水得了。双方各胜一场，岂不皆大欢喜？

筹办此次中日友谊赛，体委负责各方联络的官员便是那位萧科长。有关让球的事，市商务局自然派人先同他私下通了气。萧科长多精明的人，听到一半就明白了。他心里其实很清楚，就眼下津海女排的真实水平，泼出死命也打不过人家，还用得着放水？但他却故作为难状："这个，恐怕不行吧！咱市女排水平一般，全靠这场比赛提振声势呢，再故意打输了，别说我们体委，就是市领导面子也不好看呀——"

"这些我都理解。可一场球赛的成绩与招商引资哪个更重要？明摆着,经济发展才是大局。"

"您说得在理。既如此,我同下边沟通试试。"

"萧科长办事我放心。此次招商一旦引资成功,今后有什么需要,只管说!"

与商务局来人道别后,萧科长暗自思量:这种操作不能摆明面上,由体委领导硬往下压肯定不合适。而且韩珍那老太太的倔脾气又没人惹得起,直接去谈,一准给顶回来。不如将球踢给章志强,万一坏事,无论挨批还是挨骂,自己都不受牵连。

津海男足大获全胜后,球迷们越是反响强烈,津海女排这边压力就越大,以女排目前的状况根本没把握赢球。章志强认为自己是这场赛事的发起人,理应负责到底,但一个非教练组成员,这个时候也只能设法在背后帮她们一下。

章志强正满屋走绺儿想主意,猛地电话响了。他拿起话筒一听,是萧科长。拐弯抹角一大套绕脖子的话,末了萧科长才道出打此电话的最终意图:想求他说服教练组,特别是韩珍,主动让球。章志强听罢火往上拱,碍于朋友情面没有发作,于是道:"开玩笑是吧? 从上到下忙活俩来月,教练、队员都累吐血了。现在全津海人的眼睛都盯着呢,就是放开量打估计咱也赢不了,为什么要染这一水?这要是传出去,影响太不好了。谁负得起责?"

"没你说得那么严重。"萧科长语速放缓却语气加重,"友谊赛,友谊赛,顾名思义,不就是友谊第一,比赛第二嘛。"

"那是老皇历,眼下时代不同了。我就不明白,日本队咋就不能输?"

"别忘了,钱可是人家出的。花钱弄个彩头难理解吗? 之所以让你帮忙运作,你我心知肚明,只是别输得太难看就行——"

"这种忙,我帮不起!"没等萧科长再有下文,章志强便"咣"的一声撂了话机。

姓萧的咋这样! 既没底线又不守原则。不过他的话也提醒了自己,虽说上次关系搞得挺僵,但还得耐下性子劝说杨絮,尽快让那丫头回心转意。

章志强脑瓜一转,想到了原津海男排的主教练。何不请他出面联系段军,再做下一步打算?许久,章志强总算等来了段军回话,其中心意思是:杨絮现在心情糟得很,再容她考虑考虑。

马上就比赛了,再考虑黄花菜都凉了。章志强鼓胀着额上的青筋:"你转告杨絮,人这一辈子,不定有多少次选择,但事关命运的并不多。一旦选错,你就会永远和它失之交臂!"

该说的都说了,结果如何自己无法勉强。章志强抬头一看石英钟,都快六点了。友谊赛晚上七点开打,来不及吃饭了,章志强跑下楼,蹬车便往人民体育馆赶。

人民体育馆是新中国成立后津海市建设的首批大型公共建筑之一,采用当时流行的中西合璧风格,几十年来,一直是津海综合条件最好的室内体育馆。但在现代化飞速发展的当下,它显得有些不合时宜,特别是那不到四千座位的主馆已远远满足不了球迷需求。由于之前炒得火爆,今晚备受市民关注的比赛更是一票难求。场馆大门外,已将票价翻上几倍的黄牛党们正土拨鼠般来回乱窜,诸多被高价票挡在外面的球迷仍在苦苦等待。

章志强随人流鱼贯进入一楼大厅,本打算先去运动员休息室,探望备战的女排队员们,转念想来,自己顶多算个帮闲忙的,被误以为领导视察叫人讨厌,被当成跑腿的又承受不起,还是老老实实当观众吧。

10

对号入座后,望了眼对面满座的贵宾席,章志强发现,除了体委领导以及日商友人亲临观战，主抓体育工作的凌副市长也在 C 位就座。此刻，两支球队已在场内做着赛前活动，津海队身着大红运动服，千藏大学队穿的是白色球衣，一深一浅，一艳一素，对比格外分明。随着现场解说介绍两队首发阵容，双方派出的六名队员迅速上到自己位置。

津海队的场上队长是二传手戴颖，大主攻为方丽娜，还有副攻田敏，余下三个是以林庭为首的"柳城学生军"，这可谓韩珍能拿出手的顶级配置了。而千藏大学队的主力队员也都籍籍无名，津海队至少占据明显的身高优势。章志强心说：看来，这比赛有得一拼。

按照国际排联规定，开赛前由当场执法的副裁判召过双方队长，用抛硬币的方式确定挑边和发球。那时的比赛仍采取每局 15 分制，只有在拥有发球权的情况下，凭进攻成功或对方失误方可得分，因此谁先发球尤为重要。戴颖没能猜中币面，千藏大学队夺得先机。

随着裁判一声尖利的哨响，两队正式进入首局交锋。

虽说之前已适应过场地，但因极少在观众如此爆满的场馆内打比赛，加之为主队加油的声音震耳欲聋，对方选手难免心里发怵，有些放不开手脚。千藏大学队刚一发球便下网了，观众席顿时嘘声一片。

轮到戴颖发球了。虽说有些比赛经验，可在家乡父老面前，她只双手微微颤抖地发出个相对保险的上手飘球。哪料，这种没啥威胁的球发过去，对方居然一传不到位，以致二传组织不了有效进攻，被津海队副攻田敏轻松接起。戴颖传向 4 号位，方丽娜腾身挥臂猛扣，排球直接钉了地板。

津海队得分，1:0。

先声夺人的开门红赢得满场喝彩。可场边教练席上的韩珍却并不兴奋，她发现千藏大学队明显没在状态，自身短板也未暴露出来，对方有可能慢热，真正的较量还在后头。

果然，几个回合过后，千藏大学队逐渐找到了感觉，此后双方比分交替上升。日本教练看出，对方主攻手攻击线路单一且力量不足。叫暂停时,他重新布置了极具针对性的拦网策略。很快,千藏大学队攻防越发有条理,尤其严密封锁住方丽娜的几个平拉开,千藏大学队球员则趁机不断反击得分,很快掌控了场上节奏。而卡轮带来的急躁,使津海队自身失误明显增多,仅低级性失配就白送对手3分。

见此,韩珍早有预判,她及时叫了暂停部署应变方案。怎奈新老队员磨合不够,加之高度紧张,教练的意图执行得并不理想。两次暂停用光了,接连换人也无济于事,急得韩珍在场边可劲儿喊,结果被裁判予以警告。第一局9:15。没辙,韩珍只能瞪眼看着自己的队员被千藏大学队掀翻在地。

利用三分钟局间休息,韩珍雷霆风暴一通狂批后,对队员们强调:"日本女排就是靠防守起家的,所以才自封'打不死的东洋魔女'。既然咱强攻不下球,就得以快制胜。"

话是这么讲,但韩珍心里明白:拼速度,打防反,小球串联必须细腻,仅靠三周时间的突击训练实难收到成效。技术不过硬,气势压不住对手,这球就没法打了。眼见要开第二局,韩珍不停地给队员们鼓劲,戴颖则带着队友转身杀回赛场。

借先发球之利,津海队上来抢得2分。但随着方丽娜吊球出界,失了发球权,局面再次掉转。千藏大学队依靠稳定发挥牢牢掌握主动权,而津海队大炮哑火,快枪跟不上,且自失频频,竟让对手连得8分。韩珍被迫叫了两次暂停,好不容易夺回发球权,结果未得分,又让人家抢了回去。

比赛场上,士气一旦整体低落,想瞬间提振难上加难。除了林庭的快球偷袭偶尔得手,津海队这边记分牌干脆停滞了。

面对一边倒的局面,解说员光剩下唉声叹气,在场球迷则用沉默传递着自己的失落。见贵宾席上神钢二老板眉开眼笑,嘴里不停说着"哟西",市商务局代表回过头来对萧科长会意地点点头。

这场比赛,不少人提前都能猜出个大概结果,但败得如此不堪却出乎大家意料。章志强正极度沮丧着,腰间传呼机接二连三剧烈振动起来,见为同一陌生号码,他起身跑向离主馆最近的综合经营部,抄起办公桌上的电话就打。

"是段军吗？"章志强径直问。

"……是我!"话筒里的声音有些模糊不清,"章教练,我和杨絮现就在体育馆外的电话亭,门口把得太严,韩指呼机关了,您快帮我们进去!"

听出段军的声音在颤,无须解释,章志强全明白了。他二话没说,放下电话便赶回去叫上徐国祥。哥儿俩飞奔出体育馆,迎面正撞见段、杨二人。

杨絮一脸羞愧地刚要开口,徐国祥一摆手:"你啥也不用说。咱前两局全丢啦,快跟我走! "

几人疾速抵达赛场边,此时,津海队第三局已 5:11 落后。见杨絮小跑着进来,韩珍的心突突乱跳,此刻哪怕多说一句都是废话。她一边将印有 1 号号码的球衣递向杨絮,一边迅速用杨絮换下方丽娜……

近乎绝望之时,老搭档从天而降,已经四肢发凉的戴颖顿感一股热浪冲上全身。津海队能否起死回生,在此一举。眼见林庭将球垫过来,戴颖毫不犹豫高高传向 4 号位。

杨絮眼中喷火,上步飞身,抡圆了右臂,心中多日的积淤都集于这重重一击。"啪",排球速射炮般从拦网队员指尖上飞过去,直奔后场,千藏大学队三人同时扑倒仍未能救起。

发球权到手了。见对方一传未到位,戴颖照方抓药,再次高传 4 号位,杨絮又一记暴扣。千藏大学队前排没能拦到,后排倒是防到了,但球速快、力道足,球一沾手就被垫飞。杨絮第三扣,千藏大学队副攻已有防备,但起跳早了,球打手出界。连挨三下重锤,千藏大学队开始发蒙,主攻手慌乱下又触了网,再送 1 分。

津海队连连涨分,日方教练叫了两局以来的首次暂停。韩珍这边命林庭全力负责一传,然后叮嘱戴颖,将所有"弹药"都输送给杨絮:"打一点攻! "

之后,千藏大学队换上一名高大的副攻加强拦网。但杨絮不同于方丽娜,除弹跳高外,手腕也灵活,扣球线路不断变化,令对手极难防范。主攻表现神勇,其他队员也来了斗志,津海队竟与对手追成 13 平。日本教练忙再叫暂停。

重回赛场后,戴颖见杨絮已吸引住千藏大学队三名队员,便机灵地将球背传到 2 号位。林庭箭步蹿过来,一个漂亮的背快,正打在对方马蹄心。津海队抢得局点。关键时刻,林庭大胆使用跳发球,千藏大学队防备不及,津海队直接得分。

15∶13,津海队终于赢下了第三局。

虽说凭借杨絮强势加入,津海队扳回了一城,但韩珍清楚,日方教练定会做针对性调整,她们不能仅靠一点攻。于是她重新换上方丽娜打杨絮对角,同时命戴颖加快传球速度,利用网长晃出空网或一对一机会,争取多点开花。

第四局一开局,千藏大学队果真全力反击,但还是被津海队压制住。杨絮与方丽娜轮番进攻,林庭则跑动起来快攻突破,并兼顾后场稳定一传,两名副攻除有效拦网外,抽冷子还突袭下球,戴颖再时不时打个二次球。防不胜防的千藏大学队疲于奔命,拖到第四局已力不从心,面对对方快速多变的攻势,委实难以招架。而津海队则越发自信,带着拉开的大比分,一路直逼局点。

眼见贵宾席上日本商人霜打茄子般再无声息,商务局代表稳不住劲儿了,忙叫来萧科长,二人闪到主馆外的过道里。

其实,比赛形势的大反转也出乎萧科长意料,但他事先未能说服章志强,自己只能根据现场情况再临时编造理由。面对商务局代表质问,萧科长一脸无辜道:"白天韩老太太满口答应过的,谁知咋变卦了……"

"那怎么办?要不你过去找找韩教练——"

萧科长摆摆手："现在如果再输了,不明显是打假球吗?再者,没见咱凌副市长那兴奋劲儿,你要让日商痛快,领导就不痛快了。"

商务局代表左右为难地咂咂嘴："算啦,爱谁谁吧。就算因此搞砸了大买卖,也是天注定。"

待他俩返回,比赛已进入决胜局,体力明显不支的千藏大学队被彻底打垮了,不到二十分钟便以4∶15败下阵来。

随着杨絮最后一记重扣,津海队迎来了上赛季以来首个大逆转,更赢得了全场球迷山呼海啸般的喝彩。每个人都难抑心中的幸福和欢畅,主教练韩珍跑进场内,紧紧拥抱着自己的队员,喜极而泣……

11

转过天来,"津海女排力克千藏大学女排"便成为津海各媒体及市民街谈巷议的共同焦点。一场看似无关晋级无关排名的胜利,竟如同久旱逢雨前的一声春雷,释放激情呐喊的同时,给人以希望。

收获了前所未有的关注与赞誉,津海女排正鼓起自信准备重振雄风时,神钢与津海的合作项目却被无限期搁浅。这一变故,令所有人始料未及。难道真就因为输掉这场球,恼羞之下,日商连生意都不做了?

商人唯利,窝火归窝火,岂有放着钱不赚的道理?实情则是之前日商已"一女许两家",他们明里同津海谈合作,暗中又勾着沪上,根据两边开出的价码谁更划算再定夺。津海这边声势浩大举办友谊赛,沪上保沪钢铁公司那边则大幅增加优惠力度。神钢被吸引,遂促成双方迅速签约。

如此重大的招商引资计划打了水漂,说到底,还是商务局相关人员办事不力,但偏有人推波助澜将此说成是市女排不顾大局,并提议干脆拿下这种鸡肋球队。

虽是少数人的风言风语,却非无稽之谈。本来嘛,眼下市财政极其紧张,缩减体育经费是大概率的事,凡目前成绩不理想的项目都可能被裁撤。排球项目投入大、见效慢,在全运战略中毫无优势可言,即便夺冠,也跟体操、射击之类的个人单项一样算作一块金牌,况且津海女排的排名从没进过全运会前八,目前更滑入联赛乙级,就算舍弃了也没啥可惜的。

费了老劲打赢了比赛,反而面临解散的危险,不但体委承受着巨大压力,韩珍胸中也堵了个大疙瘩。恰此时,市里又通知体委领导去参加紧急会议,也不知是福是祸。韩珍提心吊胆等了整整一上午,饭都没吃好。

直至午后,体工大队薛主任才满脸喜气地送来了准信:"这回您就把心搁肚子里吧,咱女排算是保住了!"

此次会议果然涉及全市文体事业的整改问题,幸亏女排在中日友谊赛上的表现不但获得市民的广泛赞誉,也让市领导刮目相看。主管体育的凌副市长更是给予津海女排充分肯定,认为球队体现出了昂扬向上的拼搏精神,照此情形发展,未来还是大有希望的。

"凌副市长还跟咱局长半开玩笑地讲,当年一出《十五贯》拯救了昆曲剧种,今天你们同样凭一场比赛拯救了女排项目。"薛主任接着道,"说到底,凌副市长是懂体育的,知道三大球尤其女排的分量,不是用一块全运金牌来衡量的。领导这么力挺,可惜球队的成绩还不出色,为了平衡其他项目,经费短缺的状况暂时得不到解决,你们还得咬牙过两年苦日子。"

韩珍深表理解:"只要不被拿掉,我们就有奔头。吃点儿苦不算啥!"

津海女排得以保留,策划友谊赛的萧科长及章志强却相继离开了体委。先是传闻四起,说萧科长与日商有不当交往,甚至故意于赛前透露女排信息,以致津海女排前两局失利。

戈培尔效应说:谎言重复一百遍就会成为真理。同样,谣言传的次数多了也让人难辨真伪。很快萧科长就被主管领导魏处长叫到办公室,问话虽委婉，可萧科长立马就蹿儿了，辛辛苦苦忙活俩来月，好处没落着，反被人扣了屎盆子。看来，碗里的饭是越来越难吃，自己干脆甩开膀子下海单干得了。

再说章志强，友谊赛期间虽仅仅负责跑腿联络，也功不可没。这些，师兄徐国祥已如实汇报给体委，庆祝会上除予以表扬，体委领导还决定将其调进女排当助理教练。岂料，章志强却婉言拒受。

很快，答案有了。章志强办好护照，即将起程前往意大利。徐国祥实在猜不透这是为什么，赶着几位好友聚在"砂锅李"为章志强饯行，他趁机询问缘由。

章志强坦言，当初帮津海女排，完全出于一片挚诚。记得上次聚会他就说过，自己打算出去学习欧美先进的排球技术，这个念头始终未变。

李和平感慨道："有出息的人首先得有定力，认准的目标决不动摇。这点，我们都比不过你章志强。"

"什么时候跟意大利搭上关系了？"徐国祥又问。

章志强笑着摇摇头："说来你们可能不信，我跟一位意大利球员是难兄难弟。"

这话倒也不假。章志强进国家队前，中国男排虽算不上世界顶级球队，至少能进八强。自汪嘉伟为代表的"黄金一代"相继退役，中国男排就开始走下坡路。反观欧美诸强则突飞猛进，高度、速度、力量、战术都胜出一大截，章志强他们有心无力，望洋兴叹。1985年东京世界杯，中国男排更连参赛资格都没拿到；转年的法国世锦赛，他们拼了老命也未打进前十，只得与意大利男排争夺第十一名。意大利男排本是老牌欧洲劲旅，拿过罗马世锦赛亚军与洛杉矶奥运会季军，可当时也陷入低谷。两支落寞的球队间展开了荣誉之战。

中国队虽最终以2∶3惜败，章志强却于那场比赛后结识了意大利队7号球员——一米九三的高大副攻埃利奥·里佐。

里佐用英语毫不讳言地对章志强说:"你的二传技术非常棒,可惜你们的攻击力太弱,否则绝不会输给我们。"章志强也爽直地对里佐讲:"现在意大利队的主力队员老化,但后备梯队相当厉害,相信很快能重新崛起!""没错,可我天生背运,恐怕是赶不上啦!"里佐哈哈大笑。

从此,他俩成了朋友。可惜1988年汉城奥运会,中国队又未获得参赛资格,二人没机会同场竞技。里佐与章志强先后退役,且都在各自国家的女排队伍中任教。

1990年女排世锦赛恰在中国举行,身为助教的里佐随队来华。首场比赛便是意大利女排与中国女排的对决,二人在北京再次相会。当时意大利女排还是世界二流水平,中国女排即使实力下滑,她们也挂不上边,最后被打到没脾气,第二局竟输了个1:15。

里佐半开玩笑道:"你们可真不懂得谦让客人。"章志强立马回道:"场下讲谦让,场上绝对不客气!"

待比赛结束,章志强请里佐到全聚德吃了顿烤鸭。里佐极其贪吃,一口气就干掉大半只:"真香!"章志强笑道:"要不是赛程太紧,还想带你到津海玩玩,再尝尝我老婆做的菜。那才真叫香呢!"

临别时,二人相约奥运赛场上见。

可惜意大利女排未能在欧洲资格赛中杀出重围,无缘巴塞罗那。而中国女排也出师不利,仅获得第七名,创下参奥以来最差成绩。国家队解散,章志强被迫返回津海市。

当时事业单位都在搞精简,体委并没空位安置他。正不知如何是好,章志强收到里佐的电函,说他现已转到佛罗伦萨俱乐部执教,该女排尚处于起步阶段,需找个技术过硬的教练辅助,问章志强能否前来帮忙。

章志强认为,意大利女排水平一般,但完成新老交替的男排已重返世界顶级行列,连夺1989年世界杯亚军和1990年世锦赛冠军,尤其有许多值得借鉴的创新打法和技战术理念,自己应该抓住这个机会。他当即给里佐回电，说办好手续便应邀赴意。

“去意大利？可别撞上黑手党啊！”年纪最轻的赵亮疑道。

“《教父》看多了吧，啥年头还遍地黑手党。”徐国祥掴了一下赵亮的后脑勺。

章志强强调道：“黑手党根据地在南边的西西里，佛罗伦萨在中间，轻易碰不上。”

“反正人地两生的，小心为上。”李和平说着带头举起杯，“来，咱们共祝志强‘取经’顺利，功德圆满！”

兄弟四人用力“啪”地碰了下杯，将酒都一饮而尽。

走出“砂锅李”，章志强再次嘱咐徐国祥，今后无论津海女排取得什么好成绩，都别忘了通报一声。徐国祥点头称是。之后二人分别骑上车，挥手道别。

翌日，章志强专程去看望父母。儿行千里母担忧，当老人的少不得千叮咛万嘱咐。章志强连声诺诺，顺手将一本存折硬塞给老娘。

他回到自己家时，闺女章楠刚放学。知道爸爸就要出国了，少说半年见不着面，小丫头噘着嘴一语不发，还吧嗒吧嗒掉下眼泪。

妻子在旁边还叨咕：“你可真行，上有老下有小的，跟谁也没商量，拍拍屁股就走人。”

章志强歉疚地一笑：“以后家里就辛苦你了。”

“我呀，就是受累的命。你在国外别老想着打球，遇上赚钱机会，能顺手挣点儿的，你脑瓜就活泛些。”

“遵命夫人。”章志强随口应着。

大约半年后，远在海外的章志强收到徐国祥传来的喜讯：津海女排本赛季已冲进乙级联赛前四，只要再加把劲儿，晋升甲级指日可待。章志强颇感欣慰。

12

中日友谊赛的胜利,令津海女排整支球队精神面貌为之一振,主攻手杨絮更是脱胎换骨一般。因她在比赛中的出色表现,遂有人提议立即撤销其大过处分。体委经审慎考虑,认为功过不可混淆,在表彰奖励的同时,仍维持原先的处理决定。这一来,大家担心杨絮会为此使小性子撂挑子走人。没想到,杨絮竟当众表示:错是自己犯的,无论结果如何都坦然接受。

韩珍不禁感慨:大雨过后,一种人抬头看天,看到的是雨后彩虹、蓝天白云;另一种人则低头看地,看到的是积水淤泥、一片狼藉。人就得经历摔打,杨絮这孩子算是长大了。

除此之外,另一个好事也接踵而至。刺儿头林旭东也转变了对体委的态度,欣然同意女儿及几名得意球员加入市队。

这样一来,有戴颖、杨絮等老将保底,再引进林庭为首的一批生力军,津海女排实力明显提高。韩珍又进行了一个多月的突击训练,而后带队出征。

实话讲,乙级联赛的水平真不咋地。参赛队伍更是五花八门,除省级队外,还有一些地级市队和各类体院队,连个别大企业自组的球队也跟着掺和。状态全面回升的津海女排,一路披荆斩棘位居联赛前列。

成绩固然可喜,但韩珍心里门儿清:自己这班队员与国内一流强队比,仍有相当大的差距,靠目前水平欲撬开甲级联赛大门还是困难重重。平均身高不占优势的津海女排要想异军突起,必须练就一些常人所不及的独门绝技。好在新老队员特别团结,大家心气都上来了,就看自己如何乘势助力球队。

春节假期短暂休整后,韩珍率队开始大强度集训,特别是全力苦练防守和小球串联。由此,津海女排成为训练中心开工最早、收工最晚的球队,结果却无意间惹翻了训练中心食堂的宁师傅。

　　宁师傅是食堂领班,这天见女排姑娘又拉晚来吃饭,便气哼哼地冲韩珍嚷嚷:"就因为你们,整个食堂到点儿下不了班。还今儿嫌饭凉啦,明儿嫌菜是回锅的啦,也不瞅瞅都几点了,能有热饭热菜吗?"

　　韩珍见他这么大嗓门儿,也不客气地直接怼道:"宁师傅,您干这工作,就得为队员好好服务。孩子们累了一整天,怎就不能吃口热乎的? 这要求过分吗?"

　　"啥过不过分的,我们可不只为你女排服务,下回再这么晚,只剩大饼卷酱豆腐,您可别怪我。"

　　这话说得怎跟吃了枪药似的。韩珍听完一拍桌子,同宁师傅争执起来。

　　此事传到体委,体委领导也挺为难。若为女排单开小灶,多给食堂开点儿加班费也不算啥,就怕其他队有意见。再说,世乒赛即将开幕,这可是津海市首次承办的大型国际赛事。乒乓球是国球,因近些年成绩严重下滑,国家体委特地从海外召回名将出任国家队主教练。经一番卧薪尝胆,所有人都盼着打一场翻身仗,关注度自然异乎寻常的高。这就要求本届世乒赛组织工作必须完满无差错,所以体委上下把主要精力都投入其中,哪儿还有心思顾及鸡毛蒜皮的琐事? 于是体委领导便同食堂方面打了个招呼,让其尽量对女排予以照顾。

　　但这一来,大权仍攥在宁师傅手里,韩珍只得舍下脸来说好话。宁师傅倒没再抬杠,就给你公事公办:剩饭放屉上多熥会儿,剩菜回锅时在勺里多翻几下,这还不成嘛。弄得韩珍干生气没咒念。

　　助教徐国祥同样跟着起急。听说宁师傅平日好喝两口,他一咬牙,把自家酒柜珍藏多年的五粮液连同泸州老窖一起拎了出来。

　　"嚯!好重的礼呀!"宁师傅眼睛眯成一条缝,"但您还得受累拿回去。

我这喝惯直沽高粱的'口条',名酒还不受呢。"徐国祥碰一鼻子灰。

硬的软的都没用,韩珍真有心到外面雇厨子,给女排单开火。徐国祥连忙劝阻:"体委肯定不准开此特例,再说靠咱那有数的工资也担负不起。"

"可又拿那蒸不熟煮不烂的人咋办?本来就没啥额外营养,伙食再跟不上,时间长了,孩子们的身子骨撑不住。"韩珍说。

"您别急,咱再另打主意。"

此时徐国祥又想起了章志强,如果那个"智慧囊"在,何至愁成这样?徐国祥来了轴劲儿,除了随队训练便抽空瞎打听。俗话讲"嘴勤能问出金马驹",最终他还真摸着了底细:敢情这宁师傅特别惧内,近来气不顺,也是叫老婆给挤对的。

宁师傅的爱人在娘家是大姐,底下仨妹妹,只一个宝贝老兄弟,他十七岁时上山下乡去了河北涞源,后调到当地专门生产火箭炮的兵工厂。近两年,军工企业大裁减,老兄弟面临再次转业,他希望能调回津海,可找不到单位接收,无法落户口,若错过这个机会,只得被分配到距津海更远的邯郸。宁师傅爱人为此着急上火,整天数落老宁没门路没本事。宁师傅憋屈得不行,自己就一普通厨师,拿什么帮小舅子?家里闹得不像过日子的,在单位自然瞅啥都不顺眼。

了解到这些,徐国祥反生出几分同情,时代大潮起落中,寻常百姓除了随波逐流还能有嘛法儿?

回家后,徐国祥念叨起此事,不想妻子却霍地对他道:"要不,我去问问我同屋的王姐,她老爹在区蔬菜公司当主任,蔬菜公司下属那么多副食店,哪儿还安置不了一个人?"

"就那特爱看排球的王姐?简直无心插柳柳成荫!"徐国祥被这峰回路转的消息高兴坏了,"你告诉王姐,这事要能办成,以后她的球票我全包了。"

拐出去八道弯儿,到了儿还是"县官不如现管"。经王姐老爹出手相助,没费多大劲儿,宁师傅小舅子不但顺利返津,还在市中心的一家副食店当了营业员。

宁师傅感动得不行,紧拉住徐国祥的手:"徐教练,你这等于救了老哥一命!没说的,今后你的事就是我的事,你的队员就是我闺女。"

说到做到,宁师傅此后每天刻意错后一段时间单为女排准备饭菜,还想方设法变换花样,竭力让姑娘们吃饱吃好。韩珍看在眼里,喜在心上。

食堂的事有了着落,韩珍这才意识到自己大半个月没回家了,更忘记了联络远在国外的闺女,她赶紧打了个越洋长途。见无人接听,韩珍忙跑去邮局,发了封加急电报。

在既没手机又没互联网的年头,人们互通讯息是何其困难。急电已发出三天仍无女儿音信,韩珍这回真慌了神,甚至托外院的朋友向意大利驻华使馆探问,结果获悉佛罗伦萨近来正闹大罢工。没什么比儿女的安危更让母亲牵肠挂肚的,韩珍心急火燎,恨不得立马飞过去看个究竟。

就在韩珍要办护照买机票时,女儿郑佩珞终于回了电话,说自己一切安好,只因这里邮电工会也参与了罢工,电讯、邮件传输不畅,国内急电耽误了好几天才收到。

韩珍长出一口气,细问方知:此次佛罗伦萨工商各界全在搞罢工罢市,之所以闹得沸反盈天,是因为黑手党在背后煽动。

被大诗人徐志摩译作"翡冷翠"的佛罗伦萨,曾是欧洲文艺复兴的发祥地以及学者艺术家的朝圣之地。女儿就读的国立美术学院,其历史可追溯到十四世纪,前身为美术家们的行会组织,达·芬奇、米开朗基罗、提香等如雷贯耳的旷世大师都曾在这里学习工作过,因此这里被誉为"世界美术院校之母"。当地的经济也很发达,尤其玻璃器皿、高档服装和皮革业都闻名遐迩。

这么一座既优雅迷人又肥得流油的城市,无孔不入的黑手党怎肯轻易放过?"二战"后,黑手党在意大利大肆扩张,甚至混迹于许多地区的政府、政党之中。如今,当地的工会组织大多被其操控。此次罢工,起因则是佛罗伦萨市议会通过了一项对各工商企业增收小额税金,以打击本地区日益猖獗的黑恶势力的新法案。这无疑惊恼了当地黑手党,遂利用其所控制的工会发出指令,要求全市罢工罢市,以抵制增税法案。

"您放心吧!我们这里挺安全的。那帮人不到大学里闹事。"郑佩珍竭力安慰母亲。

"那你也别轻易出校门!"韩珍高声叮嘱着,忽又想起什么,"我上次说过,我有个叫章志强的同事,到你们那边女排当助教了。你尽快和他联系上,万一有事还有个照应。"

"章志强吗?我们早就认识了呀!我正想告诉您,那个章志强前两天刚跟一帮黑手党干过仗。"

"啊!"韩珍闻听大惊失色。章志强也太能了,跑到意大利干点儿嘛不好,怎单去招惹黑手党?

13

韩珍埋怨得没错,他章志强是脑瓜聪明鬼点子多,但就算进过国家队那样的高平台,也不过是一打排球的。远在国内的韩珍也是只知其一不知其二。啥叫该着杠着?说白了,就是人一旦活该倒霉,有些事就注定发生,想绕着走都没门儿。

来到佛罗伦萨的头几个月,因语言不通,章志强极少离开俱乐部。直到可以与当地人沟通交流了,他才敢外出溜达。佛罗伦萨虽为世界名城,方圆面积却并不算大,人口不到五十万,在此常居的华人更是少之又少。

章志强听里佐介绍过,俱乐部以东有个名叫"GUF"的皮货店,离以贩卖皮件、服装而闻名的中央市场仅两个路口。店主人姓庞,来自浙江温州,他还在商店一楼开了家中式餐馆。章志强听后直皱眉,据说温州方言比外语还难懂,但转念一想,就算不卖八珍豆腐、独面筋、包子,但终归卖中餐啊,这天天比萨、意大利面的,自己都快吃吐了。

所谓"GUF"是"大发财源"意大利语的缩写。按图索骥,章志强很快找到了那里。见有国内同胞前来光顾,庞老板忙操着并不标准的普通话热情接待,特别是章志强高大健壮的身材,更引起了庞老板的兴趣。得知章志强是位男排国手,还曾执教过国家女排后,庞老板愈加欣喜,说当初自己在国内很爱看女排比赛,到这儿后几乎看不见有关中国队的任何比赛,因为人家不转播。

当天,庞老板特意做了小笼包招待章志强,章志强吃得很开心。以后只要想换换口,章志强就去庞老板的中式餐馆,二人慢慢就成了朋友。庞老板不愧是生意人,有着极敏感的商业嗅觉,没多久便提议章志强调动国内关系,特别是在津海那样的大城市打通皮件销路。章志强也没多想,不过是捎带手助朋友一臂之力,想起下海经商的萧科长,他几封电报发过去,牵线搭桥成功。不想,年终时,庞老板竟给了章志强六百万里拉的提成。数目听着挺吓人,可别忘了里拉和人民币之间的汇率,这样算来顶多两三万元人民币,不过是庞老板赚的零头。见章志强并不计较,庞老板喜不自胜,原本只向江南一带供货,如今又开拓了华北市场,这买卖一定大火特火。转至今年初春,庞老板正打算增加本钱大干一场时,本地商业工会却突然告知他,三天内必须停业罢市。

中国人漂洋过海跑到意大利,起早贪黑除去挣钱,别的尽量不掺和。庞老板深谙此理,非但少问政治,对帮派势力更唯恐避之不及,当地工会要同议会掰手腕,那是他们的事,与自己何干。但黑手党可不管那套,谁敢不听工会指令继续营业,就是和他们对着干,其后果可想而知。

第四天晌午,一辆灰色皮卡停在"GUF"门前,呼啦从车上跳下几个壮汉,晃着身膀闯进店里,吵嚷着要买足球。见来者不善,庞老板忙上前解释:"我们是家皮货店,只经营箱包、皮草之类货物,并不卖体育用品。"一个身着棕夹克的大汉瞪起眼道:"咱意大利可是足球王国,既然你店里不购进足球,那就送你一些。"说罢,他冲外面一招呼,有人立即从皮卡上抬下特号铁笼筐,里面装了十几只足球。

"棕夹克"命手下将笼筐抬开一段距离,然后每人拿上一只球,抡圆脚对准商店窗户就射,稀里哗啦,皮货店数扇大玻璃瞬间破碎,溅满石板路的玻璃碴儿在阳光下闪闪发光。

"GUF"坐落在街角,皮货店朝南的商店橱窗全被砸毁后,黑手党们似乎还不解气,又抬着铁笼筐到了东面的中餐馆,拉开架势正准备起脚,忽听路旁有人大喝一声:"差不离了吧,怎还没完没了?"

庞老板循声望去,喊话的正是章志强。他是过来吃饭的,恰好撞上这野蛮行径。因身在异乡,章志强不愿惹是生非,更不想得罪黑手党,一开始才没吭声,可眼见这帮家伙欺人太甚,再发怵也忍不住挺身而出。

以往,暗地找麻烦的大多为当地人,敢明着跟他们叫板的中国人还是头一次碰上,黑手党们停下手脚转脸瞅着章志强。章志强走上前,不卑不亢对"棕夹克"讲,自己是店老板的朋友,大家在外讨生活都不容易,还望几位适可而止。"棕夹克"用力摆手道:"闪开!再不滚,我的球可不长眼睛!"话音未落,他便将手中的足球猛地抛起,悬腿就是一个凌空抽射。那皮球挂着疾风,箭头般逼向章志强。

身为职业运动员,章志强清楚:足球虽形似排球大小,质地却完全不同,排球是羊皮做壳,橡胶做胆,手感较柔软;足球多为牛皮缝制,不但外壳硬,重量更是排球的两倍,加上这么快的射速,直接用手接难免受伤。于是他迅速屈膝下腰降低重心,同时手腕微翘双臂并拢,侧着插向来球的底部就势往上一垫,足球高高弹起,在半空打了好几个旋,之后颓然掉落,被章志强轻松擒在手中。

"漂亮!"围观的店员、行人不禁喝起彩来。黑手党们大多都懂足球,可就算意大利足球史上最伟大的守门员"钢门"佐夫,也没这样防过球啊!

"嗬!有两下子。""棕夹克"点点头,"这样吧,你若能把他们几个的球都拦住,我就收队走人。"

"这可是你说的。"

随着"棕夹克"手下的轮番进攻,章志强稳住心神,根据来球线路和速度,有的正垫,有的背垫,有的跨步迎击,有的抱拳硬挡,末了还来个纵身鱼跃,总之将对方踢来的球一一化解掉。

见对方出手不凡,"棕夹克"心中佩服,但搞不清其底细,又没必要为此拿刀动枪,对峙下去只能自找难堪。想到这儿,他二话没说,招呼手下上了皮卡。

对方扬长而去,一场麻烦迎刃而解。庞老板除了感激,更有几分惭愧歉疚,觉得自己先前在生意上对章志强太过抠门小气了,想再对其重金酬谢。章志强坚辞不受,并叮嘱庞老板,黑手党绝不会善罢甘休,须多加防范。

"防不胜防啊!还是乖乖停业吧。"庞老板无奈道,"倒是老弟你得小心,这伙人什么手段都使得出。"章志强表示认同,来不及吃午饭,叫了辆出租车就往回赶。为顺利返回俱乐部,他刻意选择走老桥。

与其他世界文化名城一样,佛罗伦萨也有条穿城而过的河流,这便是被赞誉为"娴静之灵魂,柔美之精髓"的阿尔诺河。在连通阿尔诺河两岸的七座桥梁之中,年代最悠久、名气最大的便是老桥,又称旧桥。它曾让中国诗人徐志摩停步再三,也是"二战"德军从佛罗伦萨撤退时,该市唯一没被炸毁的桥。

老桥一带遍布旅游景点,吸引大批游客慕名而来,所以沿途配备了大量警力。章志强以为该条路线相对安全,哪知今天罢工游行队伍恰好也自此经过。佛罗伦萨是典型的欧洲传统古城,城内多为老式建筑,马路也不宽,一旦交通堵塞,坐车真不如走路快。

见左绕右拐也开不动,章志强索性下了出租车,小跑着从旁边的圣三一桥过河,到了大名鼎鼎的皮蒂宫往北一看,女排俱乐部便在眼前。章志强正要走进院门,街边停靠的两辆菲亚特中蹿出六七个穿黑西装的人,呼啦就将章志强围住。不等他做出反应,一个硬邦邦的家伙已顶在腰眼儿。

"老实点儿,跟我们走一趟。"声音很低,让人毛骨悚然。

章志强知道还是刚才那帮黑手党徒,但没料到他们耳目灵通,出手又如此之快。现在反抗毫无意义,他只得任由其用黑布蒙了眼,塞进轿车里。二十几分钟后,车子停住,章志强被拽下推搡着朝前走,没几步,就感觉脚下踩着的是松软的草坪。

很快有人语调阴沉地下令撤去黑布,章志强缓缓睁开眼,看清这里竟是个足球场,自己被推站于赛场正中,周围十几个神情狰狞的大汉,"棕夹克"也在其中,四面还各放着一个装满足球的铁笼筐。

这时,一个留有浓密八字胡的中年男子开口道:"不好好当你的教练,跟我们捣什么蛋? 不是挺能接球吗,今天就让你接个够。"说着一摆手,"棕夹克"与另外三人各自拿起足球,抬脚就踢。

皮球从前后左右同时射来,章志强赶忙招架遮挡,但刚拦过这一轮,又有四只呼啸而至,随即越来越快、越来越猛的球如冰雹般砸过来。章志强累得筋疲力尽,终是防避不及,前胸后背甚至头部相继被坚硬的皮球击中,太阳穴也重重挨了一记。他实在支撑不住,身体歪倒在草坪上。

14

章志强心里这个气呀,他联想起反映旧津海的那些小说和影视剧,这帮西装革履、所谓民主人权社会的文明人,跟曾经的青皮混混儿有何区别?

"八字胡"走到章志强近前:"知道厉害啦?记住了,和我们作对绝没好果子吃。下次再敢坏事,就让你到阿尔诺河里游泳!"

其实"八字胡"清楚,在这个地盘上,他们可以恐吓,可以无恶不作,却不可以轻易杀人。他命人用黑布重新蒙好章志强的眼睛,之后与同伙呼啸而去。

回到俱乐部,听章志强描述完刚发生的事情,里佐惊出一身冷汗,不无侥幸地对他道:"算你捡个便宜。这儿的总检察长厉害吧,照样被他们暗杀了好几个。"

章志强委实不解:"你们可谓是老牌发达国家,怎就治不了黑手党?"

"你不明白,这里边门路大着呢。百余年来,黑手党在意大利的势力错综复杂,哪么容易铲除?你先休养,以后千万别再招惹他们。"

虽郑重提醒过朋友,里佐还是想简单了。他岂知黑手党不会饶过任何挑衅者,直到你无法立足为止。就在当晚,这伙黑手党的头目已将自己的意见电话通知俱乐部经理。翌日,经理直接找到里佐,请他转告章志强,这个月底就得提前解约,剩下几天内,他必须另寻去处。

"这也太过分了。"里佐愤愤不平,与经理争执多时,甚至以辞职相威胁,好歹才将合同延期至7月。里佐无可奈何,他明白俱乐部不可能为了一名中国籍助教对抗黑手党。

对此章志强倒想得开。中国老话讲"强龙不压地头蛇",何况自己就是一个打排球的外族人。里佐颇为他叫屈:"当老板的真没良心。他怎就忘了,你可为咱队立过大功啊!"

"你是说上赛季球队升级的事?快甭提了,现在想想也是胜之不武。"

想起那件事,就不得不联想到意大利排球让人晕圈的赛制,章志强心说,也就是我吧,换第二个人,就是脑袋劈两半也玩不转。

意大利排球俱乐部的赛制级别分为 A1 级、A2 级和 B 级。每年以常规联赛成绩决定球队升降级，此外还有冠军赛和锦标赛。常规赛中，各级别球队分两组进行主客场制的循环赛，于规定的比赛日内完成比赛后，前八名进入升级区，其余球队则留在保级区。总积分第一的球队可直接晋级，升级区其余七支球队与保级区排名第一的球队交叉进行附加赛。附加赛前三名也可升级。至于相应的积分算法则更琐碎复杂。

章志强一开始有些头大，后经反复分析，发现其间有不少漏洞，只要运用好规则，便可巧妙规避难于对付的强队。他将这一发现告知里佐，为使之明白其中道理，还特意讲了中国"田忌赛马"的典故。

里佐听呆了："还能这样啊？可主动输给弱队不是很丢人吗？"

"用不着输。3∶2 取胜不就得了？这样咱们得 2 分，对方积 1 分，细算下来，就可让对方在附加赛中与较强的队去拼。"

"哈哈，聪明，你真是个鬼机灵。"里佐欢喜道。

果然，常规赛中对阵帕尔玛队、普拉托队时，佛罗伦萨队均有意输掉两局，之后再逆转取胜，从而躲开了实力明显占优的博洛尼亚队。因附加赛排名刚好第三，佛罗伦萨女排由此成功升至 A2 级。

一支刚组建不久的球队很快就能晋级，这在意排联赛中也算创下不小的奇迹。作为教练组成员，赛后得到俱乐部经理重奖，章志强应该高兴才是，他却总觉得不舒服。起初是看球队起点太低，他希望尽快将其提升至较高平台，方想出那个主意，虽达到预期结果，但比赛过程中，眼见那些原本健康阳光的女孩，个个神色呆板极不自然，这种故意让球得来的晋级，自己选择的这种手段，实在难言光彩。

他与里佐商量重新调整训练计划，但一加大强度，个别吃不消的队员便想出歪点子，连俱乐部重金聘请的法籍接应也跟着要滑偷懒，让章志强既恼怒又犯愁。

通过与意大利排球近距离接触，章志强得出结论，当下欧美排球从之前凭身高力强的"高举高打",已全面提升为"高快结合",不仅强调力度,更追求速度,同中国武术讲究的"唯快不破"是一个道理。由此,因接六轮一传,进攻时常受限的主攻手,逐渐被技术更全面、更能突破对方拦网的接应所取代,尤其在对方二传个子较矮的情况下,接应常可穿过其头顶而下分。一名好的接应是一支球队在比赛中能否取胜的关键性人物。

正因是球队花大价钱请来的顶梁柱,那位法籍接应面对章志强的训导非但拒绝认错,骨子里还透出对中国人的傲慢无礼,这让章志强难以容忍。在一天集训时,章志强当着全体队员的面对其予以严厉批评,法籍接应羞恼回怼道:"我是为了请假出去玩耍了个小心眼儿,那你叫大伙儿故意让球,难道不是投机取巧玩伎俩?"一句话,把章志强噎得没了词。他终于明白球队晋级后,面对俱乐部经理给的奖金,自己因何不自在了。章志强暗自发誓:今后无论什么比赛,输也好,赢也罢,一定要光明正大地靠实力说话。

合同快到期了,里佐认为当初是自己招章志强来的,人家也帮着把这支球队带得有模有样,于情于理都要感谢人家。但续约无望,至于章志强今后的出路,还要听听他本人的想法。

出国将近一年,开了眼界,长了见识,更学到不少排球方面的先进技术和理念。既然在此遇上麻烦,换个环境也不错。只是眼下回国为时尚早,最好继续留在欧洲,若能到某支球队做主教练,还可以边学习边实践。

章志强的这一打算,里佐表示很赞同。为此他调动自己在体育圈的关系,积极为章志强找新东家,奔走月余便有了结果。

"你知道南联盟吗?"

"就是原先的南斯拉夫? 小时候,看过他们拍的'二战'电影《瓦尔特保卫萨拉热窝》"。

"不不!两年前那个南斯拉夫已被分裂成五六个小国了,其中有一个波斯尼亚和黑塞哥维那,萨拉热窝现在是那儿的首都。而我说的南联盟,是原来的塞尔维亚同黑山新组成的联盟国。"

里佐进而介绍,南斯拉夫原本就是体育强国,排球水平相当不错。他们的萨格勒布女排1991年还拿过世俱杯季军。国家被分裂后,因无力维持,好多运动队纷纷解散。但号称"东欧粮仓"的南联盟北部伏伊伏丁那省,依靠肥沃的土地和丰饶的物产,日子还比较好过。其首府诺维萨德被誉为"运动之都",现仍有二百多个体育组织,从市中心到郊区遍布各个运动场。近来,该市女排重新组建,急缺一名主教练,里佐通过朋友向他们推荐了章志强。

诺维萨德?章志强对这个名字的确有些印象:1981年那里举办过世乒赛,当时中国队包揽了七项冠军,创下世界乒乓史前所未有的纪录。去那里管理一支刚组建的球队,对自己或许是个全新的挑战。

"你要有心理准备,他们的薪酬不会很高。"里佐说。

"能有就行。我奇怪的是,你如何搭上东欧那边的? "

"我有个足球界朋友,顶多算二流球星,但此人特有商业头脑,去年跑到诺维萨德,没用几个钱便买下了当地一座体育馆和三个足球场。"见章志强半信半疑,里佐补充道,"前南斯拉夫一解体,他们积累几十年的财富就通通清仓大处理了。"听罢,章志强无限感慨:"看来,小到个人,大到国家民族,想有一方立足之地,一定要自立自强。"

15

事情就这样被敲定了。待到7月初,章志强收拾行囊,起程飞往诺维萨德。前来送行的除里佐、庞老板外,还有章志强在佛罗伦萨新结交的朋友,其中就有韩珍的女儿郑佩琦。

说来,章、郑二人的相识既巧合又寻常。佛罗伦萨是世界美术中心,艺术氛围扑面而来,在此待久了,人们实难拒绝当地那些随处可见的美术馆。章志强闲暇时,也偶尔到免费开放的美术馆看看画展。

一次,正赶上国立美术学院油画系学生新作展,章志强发现其中有组名为《梦乡》的系列作品,画中的鼓楼、炮台、新港都令他倍感亲切,顿生思乡之情。再看作者名叫郑佩琦,章志强恍然记起,韩珍教练的女儿也在意大利留学,这个郑佩琦若真是韩珍女儿的话,看来她是来佛罗伦萨学油画了。身在异国遇上津海老乡,必须探望一下!章志强当天便前往国立美术学院。之后,二人便时常往来联络,处得如兄妹般近乎。

听说章志强就要远走东欧,郑佩琦无奈又不舍,只好将自己新近创作的几幅描绘家乡的作品送予他,作为留念。

在之后打给母亲的越洋电话中,郑佩琦还特别讲到发生在章志强身上的那些事情。韩珍听罢连声喟叹:"都盼着出国,又有什么好?章志强这么精干的人都落得如此。欧美再先进发达,也不是自己的家,一旦受了欺负没处说理去。但愿他能平安回来,我还等他帮着带球队呢。"

一想到自己的球队,韩珍心里就乐开了花,照上半年集训的好状态,津海女排成为"升班马"不成问题。据说明年女排甲级联赛要进行大调整,她鼓励队员们加把劲儿,务必赶上改革这班车。

但由于训练太过密集,从柳城中学引进的小队员文化课难免受到影响,林庭几个又恰逢初三毕业,以致中考都没考进重点学校,只能继续留在柳城中学念高中。对此,林庭本人倒不在意,反正怎么都是打排球,学习成绩说得过去就行了。

"不成!"韩珍严厉纠正道,"我们有好多球员本来底子挺棒,为什么发展到一定阶段就遭遇瓶颈了?除了不肯吃苦,更因不用心学习,以致理解能力跟不上,关键时刻脑瓜不够用,应付不了高端赛事。"韩珍缓了口气,接着道,"竹子用四年时间才长出三厘米,但第五年开始,便以每天三十厘米的速度疯狂生长,仅仅六周就长到十五米。其实之前的岁月,竹子早就把自己的根植于土壤中并延伸了数百平方米。这个道理,你们听懂了吗?"

"韩指,我大概明白一些。可马上就打联赛了,时间实在紧,学习的事能不能先放放?"见没人敢搭话,林庭大着胆子问。

韩珍微微颔首:"好,那你就得保证,今年冲甲必须成功!联赛结束后,耽误的课业都给我补齐!"

林庭想都不想,脆生地应道:"没问题!我给您立军令状!"

林庭说罢提笔就写,之后将白纸黑字交与韩珍。韩珍知道林庭有股子破釜沉舟的劲儿,她乐得队员们有这股初生牛犊的冲劲儿,只要善加引导,即可化作取胜的动能。

果然,林庭在联赛中表现得异常优异,杨絮、戴颖等老队员也个个出色,将自身小快灵的特点发挥得淋漓尽致。队伍一路过关斩将,最终拔得头筹。

前不久在津海闭幕的世乒赛上,中国队自诺维萨德之后再度囊括七座金杯,重返世界乒坛巅峰。因组织工作得力,津海市受到国家体委特别嘉奖。而今女排又传捷报,可谓好事成双,市体委领导立即召开总结表彰大会。

接队仅一年半,成绩就迈上两个大台阶,实属难能可贵,但韩珍自觉离心中的目标还相距甚远。接下来,津海女排先稳扎稳打全力保级,然后再一步步迈进全国顶级球队行列。

"韩指,人不是机器,就算是机器,也不能连轴转啊!"助教徐国祥说,"体委既给咱放一个月假,大伙儿都缓口气,您老也该趁此歇歇。"

韩珍觉得此话很在理,文武之道,一张一弛,弦也不能绷得太紧。

听到放假指令,队员们欢呼雀跃,唯林庭几个低头耷脑发起愁来。球队放假，就意味着她们得回学校整天上课。晋级大业是完成了，可功课已落下一大截。林庭没料到，与初中相比，高一的知识量以及学习难度都超出自己想象，仅物理的力学和化学的电离方程式就让人崩溃，何况还有数学的立体几何，真是生不如死呀！面对练习册里那些怪异诡谲的图形，她两眼发直，韩教练那儿自己可是立了军令状的，倘若补不上功课，这可怎么办？

不行，必须找个强手来救援。其实凭父亲在学校的关系，完全可以请理科老师开小灶，可这种事一旦传出去，丢人事小，影响事大。那么，该去找谁呢？

林庭猛一拍脑袋，自己也是急晕了，周浩民不就是现成人选吗？

因父母均为老知青，周浩民前年才随父母转调回津海。由于周浩民已在外地上了半年初一，津海教育局并不认可外地考试成绩，多数学校不愿接收这种插班生。周浩民父母几经奔走，方让儿子挤进了柳城中学。

柳城中学作为体育特色校，满眼都是又高又壮的体育特长生，身材瘦小的周浩民仿佛骆驼群中的一只羊羔，见谁都得仰视。而同学中难免有欺生的，除言语嘲笑奚落，随手撂他个腔蹲儿也是常事。尤其体育课，这个冲撞，那个下绊，周浩民跟头连着马趴，直至摔到站不起来，大个儿"骆驼"们才哄笑散去。

怕家长过分担忧，在学校受辱的事，周浩民始终没对父母讲，也未向老师告状。但默默忍耐换来的不是对方的收手，而是越发的肆无忌惮。有次上排球课，几个坏小子非让周浩民接一传，之后便故意拿球砸他，其中一下狠狠拍在周浩民脸上，当即打折了鼻梁骨，血流如注。这回事闹大了，体育老师赶忙将周浩民带去医院，学校则一面向周家父母道歉，一面严厉处分肇事学生。

消息传开，林庭义愤填膺，立马找到林旭东："爸，这事咱得管！您想法儿把周浩民调到我们班,我倒要看看谁还敢平白欺负人。"

女儿仗义,林旭东深受感动。他出面协调,家长、教务处和年级组都点头同意。于是,周浩民便从四班转入林庭所在的一班。

在学校,林庭是出了名的大姐大,敢作敢当。有她护着,周浩民真就再没遇上麻烦。而二人近距离接触后,林庭方知周浩民之所以经常被欺负,除了矮小瘦弱的缘故,也是因为他家太过穷困。都二十世纪九十年代了,他居然还穿带补丁的衬衣,脚下老是双破旧的解放鞋,中午从不去食堂买饭,就吃那些由家里带来的隔夜剩饭菜,连点儿油腥都见不着。他也没喝过热粥热汤,有时就用锅炉房的开水就窝头咸菜。这副穷凑合的寒酸相,自然被很多人瞧不起。

林庭看在眼里,心中生出无限同情。她拿出自己这月的零花钱,跑到天宝楼称了二斤酱牛肉,又买了一包芝麻烧饼,转天上学,悄悄塞与周浩民:"看你天天吃的那叫啥,你不觉得自己脸都绿了吗?"

周浩民坚辞不受,林庭急眼了:"我给你的东西你敢不要?听着,别总扭扭捏捏的,韩信年轻落魄时还要过饭呢。看没看过 BEYOND 演的《莫欺少年穷》?长志气,好好读书,将来那帮臭小子就是想套近乎,你还不稀得搭理他们呢。"

周浩民感动得险些落下泪来,他不再客气,狼吞虎咽连吃下两套烧饼加肉,噎得喝了一壶水才顺下去。

作为八〇后独生子女,林庭家境虽说不上宽裕,但自小没因吃喝发过愁。她周围的邻居大都家境拮据,但像周浩民这样的窘迫家庭还是头回遇上,这更引发了她的恻隐之心。可自己那点儿零花钱不顶时候呀,没过两天她又得找爸妈要。

闺女不是大手大脚的孩子,林旭东诧异道:"刚给的钱,这么快就花光啦?"

"我有笔特殊花销。"

"特殊花销？你爸可是当老师的，咋个特殊法，说来听听！"

不过三句就让老爹问露了底，林庭索性实情相告。林旭东心说，又是那个周浩民！但女儿的行为值得赞许。之后爷儿俩联起手来，尽其所能帮助周浩民。后者感激涕零，自此安下心来刻苦读书。很快，周浩民远超常人的聪明便显现出来，各学科的考试成绩均在年级遥遥领先。

16

老师们意识到，他们捡着了一个宝贝，往常这么好的生源绝不会被分到柳城中学来，因此越发下心血培养，期盼着有朝一日他考上市级重点校，给学校争光。周浩民也不负众望，中考获得全区第一、全市第三的好成绩，一下成了各重点校争抢的香饽饽。经反复衡量，周浩民选择了理科最强的石城中学。

石城与柳城虽仅一字之差，两校距离仅隔仁街区，但教学水平却是天差地别。石城建校已近百年，是津海首批市级重点，无论师资还是生源均名列前茅，每年考上北大、清华的大有人在。周浩民能考进这样一流的好高中，家长欢喜，老师兴奋，包括林庭在内的同学也都羡慕不已。

这之后，林庭便与周浩民走上了截然不同的两条道路，小半年都见不着一面。眼下自己遭遇学习困境，林庭一下子想起周浩民来。

"毕竟不在一个学校了，就这么突然去找他，合适吗？"队友兼闺密孙红雁问。

"有啥合不合适的，不就问问功课吗，就不能帮老同学一把了？"林庭说。

"别说人家硬往外撅，就是碰个软钉子，你面子往哪儿搁？"

孙红雁平日是只闷葫芦，但开口就往要害说。林庭犯起嘀咕，但时间紧迫,也考虑不了那么多,一把拉过孙红雁直奔何家窑方向的石城中学。

早些年何家窑是津海近郊的一片大开洼地,新中国成立不久,此地盖了家精神病院。直至二十世纪七十年代初,城市大规模向外扩展,这里才相继盖起简易居民楼。由于当时建设仓促,施工水平有限,居民楼质量实在不敢恭维。原住户条件稍有改善后便纷纷搬离,空房多由外地迁入者接手,而周浩民一家就是其中之一。

知道石城中学高一开设晚自习,林庭两人在校外待了许久,才见周浩民出来。数月未见,他个子蹿了不少,加上一身崭新的藏蓝色夹克式校服,清爽中透着精气神。

林庭主动迎上前打招呼,周浩民也很兴奋,开口仍叫她"庭姐",这是柳城中学同学对林庭的统一敬称。

"我听说,你们队晋升甲级了,可喜可贺啊!"

"本以为你这大才子只知道读书学习,想不到还关注我们女排。"

"这话说的,凡柳城中学出来的谁不爱排球?找我什么事?"

周浩民脸上一如既往的朴直,让林庭放下心来,她将自己的难处据实相告。

"我爸妈今天都上中班,趁他们还没下班,先给你们说说物理吧。就是,别嫌我们家寒碜呀。"

周浩民没说客套话,他家居住的房子名义上是两居室,实则既没中厅也没阳台,厨房、厕所小得转不开身。不足十平方米的卧室内没几件像样家具,唯一值钱的电器,就是那台黑白电视机。

支起那张腿上生了锈的圆桌,周浩民从书包里拿出课本后,便开始条理清晰地讲解起牛顿第一定律,林、孙二人听得津津有味。

很快,林庭似乎开了窍:"原来惯性是这个意思!周浩民你不但学问见长,口才也练出来了,足可以当物理老师!"

"我这讲题的路子,是从我们钱副校长那儿学来的。"

"花费这么长时间帮我们辅导,耽误你学习了吧?"孙红雁不好意思地问。

"不耽误!我们钱副校长说过,你给别人讲一遍题,自己印象便加深十倍。"

"一口一个钱副校长的,看来你对他很崇拜呀!对了,你说的这个钱副校长,是不是那位全国特级教师?"

"没错,他不但获过'苏步青数学教育奖',还拿国务院津贴呢。这老爷子特厉害,听了他讲课,你会发现数学不但不枯燥,还特有哲理性。"

"我们能去蹭他的课吗?"林庭追问道。

"钱副校长常利用午休时间在阶梯教室开兴趣课,我想法儿带你们进去。"

"就这么说定了。"林、孙二人非常高兴,越发感激周浩民的热情周到。

尽管是番美意,周浩民还是想简单了。他知道学校的门禁管理很严,对学生有各种规矩,比如上课时三个校门都要上锁,即使午休也只开个角门,因此,如何进入教室是第一关。周浩民很快觉得不好办的是,学校要求学生进出必须着校服,所以非本校的学生很难蒙混过关。

当务之急是先弄到两身校服,可那两位女生个头儿超高,能裹住她们胳膊腿的女式校服实在太少。煞费脑筋苦苦找寻,周浩民最终锁定了同年级的几名体育特长生。他注意到,特长生们时常于午饭后,换上运动衣到大操场训练,校服就随意搭在教室的椅背上。于是,他有主意了。

这天,趁班上同学到食堂打饭的当口,周浩民忙从被丢在椅背上的校服中拣出两件特大号的,塞进预先备好的帆布提袋急急出了校。见到已在校门外等候多时的林、孙二人,迅速让其到临近卫生间换好,周浩民才大模大样带她们进了学校。

林、孙二人还是第一次来石城中学,见这里的操场比柳城中学大出一倍,单教学楼就有五座。居中高达六层的那座,还是香港商界巨头邵逸夫先生出资兴建的，里面实验室、科研室、计算机房应有尽有。一楼宽敞的阶梯教室能容纳两百多名学生，不但讲桌、座椅是全新的，新式的水洗黑板与电脑投影仪更让人啧啧称奇。

"咱学校，就是猴年马月也上不到这档次。"孙红雁吐出舌头，不无羡慕。

"你也太夸张了，还没咋地，就长他人威风。"虽然嘴上嘲讽着孙红雁，实际上林庭也很震撼。

面对眼前的一切，十几岁的她尚难理解遮蔽于表象背后的那些复杂。改革开放初期，因财力薄弱，政府只能集中有限资源扶持一些基础较好的中小学，并将其定为重点校，以便为国家高效快捷地培养出优秀人才。但随着时间推移，重点校与普通校之间差距越来越大，教育整体发展失衡，由此导致的负面效应逐渐凸显。

钱副校长也曾任教普通校，后在业内声名鹊起，石城中学校长迅即出手，把人硬挖了过来，并直接升任其为副校长。为感谢校方破格擢拔，钱副校长就任以来颇卖力气，除主抓全校教学外，高中两个年级数学特长班的教学也由他负责。

凡是钱副校长的课，无不受到热烈欢迎，就是午休时段开设的兴趣班也不例外。周浩民他们仨来得早，所幸还有空座位。眨眼工夫，偌大个教室已满满当当，就是两边过道也站满了人，除去学生，不少年轻教师也跟着旁听。

十二点半，午间铃声响过，身着灰色西装的钱副校长跨步走进阶梯教室。他五十开外的年纪，中等个儿，秃脑门，中气十足，一开口便声若洪钟：

"听好多学生抱怨，学习数学就是解题、解题、再解题，这可太冤枉数学啦！其实数学不仅好玩，还美妙不可言！人类生活的方方面面，就是踢球打蛋也离不开数学。我早说过，不学平面几何，打不好台球；不学立体几何，更打不好排球。"

立体几何跟排球还有关系? 闻所未闻、振聋发聩的言论, 让林庭竖起了耳朵。

"那些还没觉出数学好的人, 是没找着窍门。语文不是有诗词歌赋吗? 咱数学也有啊。今天就教大伙儿一首立体几何诗。"钱副校长拿起粉笔边写边说, "学好立几并不难, 空间观念最关键; 点线面体为一家, 相关名词记心田; 点在线面用属于, 线在面内用包含; 四个公理切莫忘, 推证演算巧周旋……"

林庭听得入了神, 觉着钱副校长的每句话既有意思, 又合自己胃口。

…………

"怎么样, 不虚此行吧?"下课后, 周浩民不无自豪地问。

"棒, 太过瘾了! 明天我俩一准还来。"林庭欣喜道。

"钱副校长说过, 兴趣是最好的老师。只要爱上数学, 你们保证能学好。"

林庭看到了希望, 此后在周浩民的配合下, 每天中午都到石城中学蹭课。

正得意于这种意外收获神鬼不知时, 不到一星期, 此秘密就暴露了。

17

勘破乔装潜入伎俩的正是石城中学风云人物、学生会秘书长罗爱童。身为教务处童主任的女儿, 罗爱童能考入石城中学, 并没沾母亲多大的光, 反而全凭自身的努力和过硬的成绩。此番学生会换届选举, 她又以一篇激情洋溢的竞选演说赢得全校喝彩, 高票当选秘书长。

心气、眼光都高不可攀的罗爱童, 对成绩优秀的同学深怀好感, 自然一眼相上了周浩民。因自小常跟着妈妈来石城, 母亲口中的好学生她见识过许多, 但周浩民这样既绝顶聪明又踏实刻苦的同学实属稀罕, 不禁暗生爱慕之情。

对于碧玉年华的女孩来讲,情窦初开其实很正常。然而罗爱童却怕被贴上早恋的标签,接近对方的理由一定要冠冕堂皇。好在周浩民是班里的学习委员,罗爱童遂以学生会的身份,跟他一起谈工作,一起设计宣传板报,一起组织学生活动,一起讨论学习中遇到的难题。罗爱童绞尽脑汁变换手段,而周浩民对她并没反应。对于始终顺风顺水的罗爱童而言,这或许是她人生中的第一次挫折。

实际上,周浩民并非人们想象中的书呆子,只因认准了唯通过苦读方可改变命运这个道理,明白不合时宜的男女之情尤其是碰不起的。他哪里知道,一旦被争强好胜的罗秘书长暗恋上,就再难挣脱对方的纠缠。

罗爱童敏感地觉察到,近来周浩民行迹有些鬼祟怪异,便心思缜密地偷偷在后跟梢,很快发现了他与林、孙两个女生的秘密。

就算是误解,罗爱童也顿发醋意,但以她这样的女学生干部,断不会自己跳出来大吵大嚷。考虑到无论如何不能牵累到周浩民,罗爱童很快巧设一圈套。

这天中午,学生会召集各班班长、学习委员,研究近期举办知识竞赛的事情。职责所在,周浩民只得放弃钱副校长的兴趣课,他先安置好老同学,而后赶去开会。林、孙二人听完课,按之前套路,准备到校门外等周浩民取走校服,孰料,刚行至前操场,便被迎面几个戴"巡监"袖标的男生拦住去路。

林庭她们不知,为维护校园秩序,石城中学成立了一支巡监队,专门巡察校内学生的违规行为。今天的巡监员经罗爱童暗中指点,早已瞄上了两个可疑分子。稍被盘问,林、孙二人立马露馅,但拒绝说出自己的校名以及如何弄到石城中学校服的。巡监员便要将她俩带往德育处,做进一步调查。

都是在校学生,林庭清楚,一旦进到德育处,她俩的身份肯定捂不住。倘若通报到柳城中学麻烦小不了不说,回头再扯出周浩民,怎对得起朋友?三十六计走为上,她冲孙红雁使个眼色,忽地一晃身,遂将巡监员闪到旁边,而后拔腿便往校门跑,孙红雁紧紧尾随。有巡监员蹿过来拦阻,林庭身高臂长,抬手一搡,对方便摔了个仰面朝天。见此,其他巡监员急了眼,在后泼命追赶。

林庭自知失手,便更不能被逮住,她拉着孙红雁旋风般卷出校门。也是人慌失智,二人居然径直朝柳城中学方向奔去。三个街区能有多远?两人甩开大步转瞬即至。尽管穿着外校校服,但传达室的人都认得林庭,没问一声便放她们进去,继而将追赶来的石城中学巡监员挡在门外。

进到学校,见不少同学冲自己指指点点,林庭这才发现身上还穿着石城中学的校服,慌忙示意孙红雁躲到僻静处脱下。正惴惴着不知后面会如何收场,校门外已大打出手。

此刻正是午间回家吃饭的柳城中学学生的返校时间,见几个与自己年纪相仿的男孩堵住校门高声叫着硬要往里闯,从其校服及校徽辨出他们是石城中学的,遂有柳城中学的男生上前质问。

石城中学巡监员气哼哼道:“你们学校女生偷我们的校服,混进我们学校里捣乱,还打人!”

“就你们那烂校服,还值得偷?”

“我们校服再不好,你们这德性的也没资格穿!”

…………

两边越说越戗,柳城中学这边有人冒出了脏字。石城中学学生愤然回敬:“张嘴就骂街,你们柳城连男带女一群狗食。”这话太伤人了,柳城中学的男生挥拳将其揍翻在地,石城中学这边立马发起反扑。都是血气方刚的半大小子,头脑发热起来全然不计后果。就这样,十多个男孩扭打成一团。

重点校与普通校之间巨大的落差,已造成双方学生多不和睦,平日里不接触还好,碰到一块儿就冷眼相对,若言语上再相互攻击,难免发生冲突。

这场混战很快分出了胜负。柳城中学本就人数占优,且多为强壮的体育生,明显占上风,结果石城中学巡监员被打得落花流水,满地乱爬。幸亏柳城中学的德育处老师及时赶到,厉声喝住自己的学生。

局面刚稳定,一队民警飞奔而至。原来,有位好事的路人见这边在打群架,忙跑去附近派出所报了案,民警闻讯迅疾出动。

警方一介入,性质可就变了。林庭万没想到,原本只为学好数学,却给柳城中学惹来这么大个祸。

民警到达现场后,发现不过几个学生有点儿皮外伤。可学校周边一向为社会敏感地带,发生如此群殴,必将造成不良影响,不搞个明白无法向公众交代,他们遂将参与打架的两边学生通通带回派出所。

在柳城中学,学生间常有打斗现象,并没闹到被抓进派出所的;对石城中学而言,此事更是建校百年来未曾发生过的。两校领导均高度重视,主抓学生管理的副校长同德育处主任一齐赶到派出所。这时民警已通过讯问基本弄清了原委。事情并不复杂,造成的后果也不严重,没必要上纲上线,一顿批评教育后,便允许双方老师把人都带回去了。至于伤者的赔偿,也交由两校与学生家长协商解决。校长、主任谢过民警,表示今后定对学生严加管束。

但终归柳城中学是打人一方,返回学校,两位领导又羞又恼,一面着手解决赔偿问题,一面勒令高中各班从速查找那两名招祸的女生。正忙得不可开交,林庭同孙红雁却前来"自首"。校长、主任简直难以置信,这俩孩子不仅是学校优秀运动员,也是遵规守纪的好学生,但有两套石城的校服为证,又叫他们无话可说。

之前林庭之所以逃避,是不想把事闹大,现后果既出,自己何必再躲躲藏藏。但讲述经过时，她因极力想撇清周浩民，难免掺了些水分。而谎言就像花环，无论编得多么圆，中间总会留下漏洞。

德育处主任立时从林庭话里找出了破绽，一个劲儿追问究竟是怎么弄到校服的。林庭被逼得没辙，索性闭口不语。德育处主任转而问孙红雁，可这丫头嘴更严，给你来个徐庶进曹营——一言不发。看出其中另有隐情，德育处主任暂将二人晾在旁边，继续处理打架的男生。

此时，林旭东闻讯赶来，罕见地冲女儿一通狂吼，勒令其如实交代。林庭面无表情道："该说的我都说了，主任就是不信，我也没办法。""还敢嘴硬？"林旭东气得真想给闺女两巴掌。可知女莫若父，女儿是个顺毛驴，打得越狠越坏菜。但现在讲大道理吧，拧种孩子又不往耳朵里进。

拖到傍晚，林庭妈和孙红雁父母都来了。四位家长共同逼问，俩女孩认了死扣，咬定牙关决不供出周浩民。德育处主任见天色已晚僵局难破，便让家长先领孩子回去，冷静反省一晚，明天再说。

骑着自行车，林庭闷不作声跟父母往家走，蓦地瞥见周浩民正躲在街口一电线杆后朝她张望。林庭未露声色，直至楼栋前才停下车道："差点儿忘了，我得去文具店买盒自动笔芯。"说罢掉回车把，飞速往回蹬。

怕爸妈追来，林庭出了街口，示意周浩民跑进斜对面的小胡同，她自己也随之跟过去。

没等周浩民张嘴，林庭便说："啥都别问，啥事没有，赶快回家！"

"怎么可能没事？"周浩民满脸的不安。

"反正没你的事！记住，只要你不松口，一切都好办！"

"可这雷不能光让你和孙红雁顶吧？"

林庭急道："何苦都搭进去。即使你承认了，我俩照样得担责，弄不好麻烦更大。求你啦！千万别犯傻！"

18

　　林庭认为,学校顶多把参与打架的同学揪住不放,不至于太为难自己,只要不再节外生枝,扛上几天,总会风平浪静的。但她没考虑到,两所中学有五六千师生,那么多张嘴谁把控得住? 第二天,消息便传开了,更可恶的是,一家名为《沽上奇闻》的小报,竟以"柳城石城打群架,女排队员偷校服"为题目,很快登出了相关报道。

　　二十世纪九十年代初,互联网尚未进入公众生活,人们获取信息的途径除了广播电视,就是纸媒。五花八门的小报,专靠抓各种社会热点、猎奇新闻大行其道,为博人眼球,有时甚至不惜捕风捉影地胡编乱造。这篇报道中,那名所谓的记者就大胆调动想象力,个别细节更肆意添枝加叶,尽管没指名道姓,影响也极其恶劣。这下就是想大事化小也不成了。

　　好不容易空出个长假来,韩珍下了几次决心才同意随老伴儿到南方去旅游,刚返津海便听说了这件堵心事。她担心林、孙二人因此落处分,再给写进档案里,那可是要跟一辈子的。

　　也没向林旭东问询,韩珍便风风火火跑到柳城中学,一见到德育处主任,便开口直言道:"林庭和孙红雁可都是好孩子,这里面必有冤情! "

　　"韩教练,您别着急。事情正在深入调查,还没有结论。何况林庭又是我们教工子弟,我们不会草率处治的。"

　　德育处主任将大体情况简述完,韩珍很快听出了问题所在,不无气恼地叹道:"这俩铁嘴钢牙的死丫头,肯定是为讲义气,不愿出卖朋友,我去说说她们。"

　　德育处主任以为凭韩教练的权威,林、孙两人总该服软了吧,结果韩珍也是白费口舌,还把自己气得够呛。正不知如何破解时,石城中学打来电话说,事实已全搞清楚了。

原来,看了《沽上奇闻》上的报道后,周浩民心中越发难过:这是歪曲事实!让俩女孩背锅,自己当缩头乌龟,那成什么了?他不再犹疑,主动向校方坦白了一切。得知细情后,韩珍喟叹道:"十六七了也是孩子,芝麻绿豆点儿个事,至于闹腾成这样?"

很快,两校分别做出处理决定:责令林庭、孙红雁写书面检查,并在校会课上当众宣读;撤掉周浩民学习委员职务,给予警告处分;参与打架者一律按校规予以纪律处分,伤人者同时承担受伤者的医药费用。

林庭和孙红雁都觉得实在对不住周浩民,而周浩民却对此结果早有心理准备,轻松地笑道:"当不当学委,都得好好学。至于警告处分嘛,以我的表现,最多一年就能撤销,不会写进档案里的。"

嘴上说得轻巧,周浩民因此事不但被学校处分,回家更挨了一顿暴揍。得知儿子在学校闯下大祸,还被登上报纸,周父气得差点儿脑出血。生活如此困窘,全指望孩子努力读书,全家将来好有个出头之日,哪承想他好的不学,却学会勾搭外校女学生了。待周浩民一回家,盛怒之下的周父二话不说,就命儿子跪在搓板上,拿起笤帚没头没脑一通狠抽,幸亏赶上周母下班,才强行被喝止住。

"如果你再不思悔改的话,你的表现,容我说一句,过于平庸!你是一个有志向的人,我们希望你不要辜负自己!"周父余怒未消,勒令周浩民如实坦白。直至弄清儿子帮的是当初对其竭力关照的林庭,他才撒手丢掉笤帚,泪流满面。一个四十出头的大男人潸然落泪,若非贫困所累,生活压力巨大,何至于对急于报恩的儿子下这般狠手?贫家出孝子,周浩民没有怨恨父亲的错怪,他懂得父母的苦。为了安慰父亲,他跪着发誓:自己定要考上中国最好的大学。

整个事件中,唯一逃脱干系的便是罗爱童。本来之前并没人知道是她背后使的坏,但做贼心虚,因怕自己被扯进去,罗爱童不但对整个事件从发生到处理结果避之千里，此后很长时间也不再接触周浩民。

按说此事应该尘埃落定了，韩珍却总觉着不畅快。虽然林庭两人没被过重处罚，但经此波折，俩孩子的学习积极性却惨遭打击，今后文化课更成老大难了。不行，自己还得上趟石城中学，有必要见一下大名鼎鼎的钱副校长。

二人很快见了面，韩珍心说，既然来了，管他什么顾忌，于是半开玩笑半认真地对钱副校长道："钱校，归根到底这场乱子也是因您而起，谁让您课讲得太好呢。那俩孩子想听又摸不着机会，这才琢磨出那歪点子。叫我说，您的教学资源不能石城一校学生独享，抽空也辅导辅导我的小队员，您也算为咱津海体育事业做贡献了。"

钱副校长听罢哈哈笑道："辅导当然可以，但这还远远不够。石城中学师资力量这样强，理应帮助邻近的薄弱校。所谓不打不成交，我已和校领导商议过，就借此契机，与柳城中学建立联谊，派优秀教师去他们那儿搞交流，两边的学科组还可联合备课，资源共享。"

韩珍大喜："您真不愧是教育专家！化干戈为玉帛，这才叫坏事变好事。"

没几天，石城中学与柳城中学果然开始筹划组建联谊校，钱副校长及几位理科教师则定期到津海女排，为在学的队员们义务辅导。

虽然当时影响力广泛、国内销量排前十的《津海晚报》在其"社会新闻"栏目中对此事做了正面详实报道，怎奈坊间舆论还是一边倒地认为，柳城中学的学生普遍文化素质低下，行为粗野，动不动就打人。而《沽上奇闻》这类小报又蹿出来蹭热度，跟着胡批乱讲。

闻此，林庭几个极其不服，韩珍耐心劝导："很多人骨子里瞧不起练体育的，越是这样，咱越得争气，不光把球打好，更应自律自爱，做个有文化有修养的人，这样才能赢得别人的尊重。"

转眼休假结束,集训重新开始。见林庭仍一副怨愤难平的样子,老队员杨絮拍拍她的肩膀说:"放心,这口气师姐替你出。"

杨絮也曾饱受无良小报之害,如今师妹们再遭谰言欺侮,她自然忍无可忍。二传戴颖对此也深恶痛绝:"最可恨的就是那家《沽上奇闻》,总诋毁津海女排形象,咱应该控告他们报社诽谤!"

"没用!"杨絮立时否定,"我在娱乐圈多少混过几天,那帮没脸没皮的无良媒体才不怕你告呢,弄不好反帮他们把报纸销量炒上去了。"

"那就没法子治他们了?"

杨絮霍地想起拉自己拍广告的那个制片人,不妨求他出面,事成后多给报酬也认头。

杨絮真就找对人了。制片人在圈子里一打听,得到不少《沽上奇闻》宋编辑过去的事情,即刻将之转告给杨絮。

这下好办了。杨絮立刻让段军拉上俩老男排队员,守在报社门口,等宋编辑下班时将其堵住。一见这些比自己高一头的壮小伙子,宋编辑吓得手脚直抖。

"别怕,我们既不打劫也不恐吓,就让你办件人事。"杨絮厉声道,"在你那破报上登个声明,向读者澄清真相,并给我们女排赔礼道歉。不然,就将你靠假文凭混进北京媒体,又被报社开除的那些臭底子公之于众。"

宋编辑被打中了七寸,怎敢不从命,转天乖乖在头版位置发表致歉声明,尽管他极力用辞藻粉饰,读者还是弄清了来龙去脉,多少为林庭三人正了名。

同时,在钱副校长等优秀教师的悉心辅导下,林庭几人的文化课成绩进步显著,韩珍看在眼里,喜上心头。然而没高兴几天,一个更严峻的难题又摆在了她面前。

当初在国家女排服役时,韩珍亲身体验过日本著名教练大松博文的魔鬼训练,对国家所号召的"三从一大"指导思想领悟深刻。然而时过境迁，盛行于二十世纪六七十年代的老方法显然不再适用于现代排球发展。自退役后，韩珍长期执教基层，带队员、练技能、打基础都很在行，虽说带队打败了日本千藏大学女排，更在全国乙级联赛上横扫千军，但津海女排多年没现身过全国甲级联赛，杨絮、戴颖这样的主力一旦行走于甲级赛场，面对如云的高手能否抗衡得了，她心里真的没底。

19

自身有短板，就要摸清对手底细，否则无法进行针对性备战。可当时很难找到全国女排甲级联赛的影像资料，各支强队的信息只停留在字面及照片上。韩珍同徐国祥几位助教商议后，大家一致认为：除苦练加强自身实力外，别无他法。市体委领导也清楚女排现状，并没提出过高要求，设定的目标就是保级。

不久，全国女排甲级联赛开始分组抽签，因本届有十七支参赛队，赛制较以往更为复杂。所有球队分为 A、B、C、D 四个组，除 A 组有五支队伍参赛外，其余三组均是四支。分组赛采取单循环制，各组积分领先的头两名进行前八的争夺，三四名则进行交叉赛。而 A 组第五名滑到保级区，然后与交叉赛败北的四支队伍死磕下一轮单循环，后三名则直接降级。

命运使然，津海队真就被分了 A 组。同组另四支球队除青黄不接的燕京队实力较弱外，闽南队、航天队都不是善茬，更有威震排坛的军旅队。军旅队绝对是一支超一流劲旅，实力始终稳居全国前三，队里的主攻潘雯、接应翟冬梅、副攻宋亚群乃现役国手，可见津海队成功保级的系数有多低。韩珍暗自叫苦，她给队员们下了死命令，无论如何也不能小组垫底。半个多月超负荷训练后，津海队乘车前往辽沈，开启了冲甲之旅。

6月初,是这里一年中最舒爽的季节,东北大地一派春意盎然。为办好此次国家级排球联赛,辽沈市政府下大力气,不仅重新整修了市内两座体育馆,更将馆内一应设备调至最佳状态。

于指定旅店下榻后,为尽快适应场地,韩珍随即马不停蹄带队员前往位于青年大街的辽沈体育馆。这座钢筋混凝土结构的比赛场馆,为二十世纪七十年代中叶所建,不仅外观新潮,主场馆内更设有上万个席位。置身如此高大宽旷的空间,仰头望一眼上面的穹顶,球员直感眩晕,发球失误,扣球出界,拦网更是找不着北。韩珍知道,常在津海人民体育馆比赛的队员们,一时很难把握空间位置。这没办法,反复练呗。

待返回住处,草草吃了晚饭,见筋疲力尽的球员们个个倒头睡去,韩珍方与教练组制定明天出战的人员名单及具体对策。

首轮对阵的燕京队,因正处于新老交替阶段,上赛季勉强保级。但韩珍并不敢掉以轻心,为确保开门红,她派出自己的最强班底:主攻杨絮,与杨絮打对角的是方丽娜,副攻田敏、陆月洁,二传戴颖,接应林庭。

一开局,津海队还是慢热的老毛病,让燕京队连拿2分。对此韩珍倒不着慌,她在场边不住地挥手示意,让大家放开打。随着杨絮的重扣和林庭的快球相继得手,津海队姑娘们很快进入到自己的节奏里,把比分反超了。

这之前,两队从未有过正面交锋,对方才上任的年轻教练又欠缺临场指挥经验,这位"司令官"面对近两年迅速崛起的津海队,被其小快灵打法搞得晕头转向、起急上火,两次暂停用完了,也没有应变之策,燕京队稀里糊涂便0∶3败下阵来。

赛后,林庭一脸灿烂,她扬扬自得地对韩珍道:"韩指,您净吓唬人!把甲A球队吹得神乎其神,其实有什么?明儿咱跟军旅队打,照样把她们打趴下!"

"别一场小胜你就忘乎所以,咱还未见过大阵仗。当真碰上硬骨头,你们能啃得动吗？"

"没问题！"林庭为首的一干小队员开心地齐声道。

"自信固然好，但盲目自信势必埋下轻敌的隐患，那就太可怕了。"

翌日傍晚第二轮开战，军旅队队员一进入赛场就满脸警惕，显然是有备而来。

该队主教练俞双坪原是男排国手，1977年代表中国男排获得了世界杯第五名，退役后出国执教，曾率领埃及男排出战洛杉矶奥运会，返回国内后接下军旅队女排帅印。因成绩卓著，十余年始终稳居帅位，他被业界誉作"不倒翁"。

这位俞教练见多识广，且老谋深算，从不小觑每一个对手。昨天现场观看了两队比赛，他暗自琢磨：跟津海队这帮丫头打，开局很重要，她们会玩儿命冲。因为跟其他几支甲级队比，她们是最没鞋穿的，一双鞋都没有，开局如果让她们冲开了，打出了兴奋状态，后面再想压制就困难了。得先让队员上去投石问路，之后突然变阵，只要打乱其阵脚，主动权就在军旅队手里。

心中有数后，俞教练又精心排兵布阵，安排三名国手——主攻潘雯、接应翟冬梅、副攻宋亚群坐在替补席，有意派几名"板凳"出任首发。

韩珍一时没弄懂对方用意，误以为军旅队或过于傲慢或旨在锻炼新人，嘱咐队员们抓此机会一举击溃对手。但很快她便领教了强队的"板凳"硬度，尽管全力以赴，也没能将比分拉开，自己队员的情绪反而急躁起来。俞双坪见火候已到，及时换上潘、翟、宋三员大将，军旅队简直就是半个国家队，几组高快结合战术打出来，津海队气势完全给灭了下去。

不比不知道，一比吓一跳，潘雯的扣杀和翟冬梅的快攻都高出杨絮、林庭一个档次，津海队整体攻防速度更跟人家没法比。津海球员们吃不消了，接连被对方砸得人仰马翻，慌乱间最拿手的一传又出了问题，屡屡不到位，戴颖很难组织起有效反击，小快灵战术遭受彻底遏制。

球队陷入全面被动，韩珍心急如焚，但压箱底的阵容都用上了，手里已无牌可打，靠杨絮的一点攻硬冲，总算追上 2 分。怎奈老到的俞双坪叫了个暂停，针对性极强地进行了布置。重返赛场后，军旅队主力副攻宋亚群牢牢盯死杨絮，无论其如何变换手法，所扣的球都被成功拦死。

　　找不着得分点，津海队只能一味挨打，首局 8∶15 落败。第二局越发溃不成军，平时头脑最好使的林庭居然两次扣球出界，其他被打蒙圈了的队员更自失频频。军旅队趁势发起狂攻，喊里咔嚓地砍了个 15∶3。

　　败给军旅队本在意料之内，韩珍没指望有奇迹发生，可也不能输得这么惨不忍睹吧。与顶级强队间的云泥之差，让她深刻认识到先前的训练远没到位，发球、垫球环节存在巨大缺陷。眼下自己要做的就是保住球队士气，至少得拼下对手一局。

　　借局间休息，韩珍极力为队员们打气，鼓励大家用高质量的防守消耗对方体力，只要扛过第三局，就有逆转希望。

　　俞双坪似乎已预判到韩珍会用拖延战术，指令队员加快进攻节奏，决不给对手喘息之机。刚一开局，潘雯、翟冬梅便在 4 号位、2 号位轮番炮轰，宋亚群在 3 号位也不断发射冷枪，尤其潘雯的重扣，使得津海队副攻田敏、陆月洁双人拦网效果不佳……

　　津海队队员被打得没了脾气，平日的技术全然发挥不出，全线崩塌之下教练再说什么也听不进去，任对方得分一路飙升却束手无策。

　　眼瞅临近赛点，一切都已无可挽回。韩珍叫了最后一次暂停，只说了一句：“三局都过不了 10，不嫌丢人吗？怎就拿不出津海人的血性给在座的看看？”

　　林庭牙咬得咯咯作响：“跟她们拼啦！”

　　杨絮也血灌瞳仁：“对！拼啦！”说着伸出右手，其他队员随之搭上自己的手，同时用力往下一压，决绝地大喊一声“加油”后，又转头扑回赛场。

然而竞技体育是凭实力说话的,咬牙撒狠无法改变战局,津海队姑娘们又勉强顶了将近十分钟,最终以 6∶15 收场,不得不接受这次极为耻辱的败绩。

返回宾馆,所有队员全都蔫头耷脑。韩珍黑着脸对林庭道:"这下知道了吧,老是自我感觉良好,差远啦!回去先给我狠练接发球,否则就无法组织防反。什么时候扳倒军旅队这座大山,咱们才算真正的强队!"

助教徐国祥在旁提醒:"明天跟闽南队又是场硬仗,先让大伙儿抓紧休息吧。"

是啊,闽南队有主攻李艳、接应王子凌这两大国手,整体实力也相当强,想从她们身上挽回颓势,难!

20

第二天,年轻的津海队队员,惨败军旅队的阴影尚未散去又要面临强敌,状态一时很难调整过来,与闽南队一交手便丢掉首局。

这下韩珍真火了,一通狗血喷头骂过去。杨絮、戴颖等几名老球员率先惊醒,拼命同对手打对攻,虽然比分依旧落后,却带动了全队气势,小球串联发挥稳定,进攻速度也上来了,倒把闽南队弄得措手不及。眼看反超有望,杨絮更加拼命,哪知一次高跳重扣,落地时意外扭伤了左脚,当即坐倒,被队友架出场外。

没了顶梁柱,津海队球员六神无主,再无力抗击闽南队,又以 0∶3 告负。

赛后,韩珍急忙向队医询问杨絮伤势,后者连连摇头。

本届联赛总共就十天赛程,比赛是一场挨着一场,人家可不管你伤病减员。前三轮只积了 2 分,如杨絮再不能出阵,接下来的比赛还怎么打?

小组赛只剩最后一轮了,对手是同为一胜两负的航天队,虽积分相同,但细算局分,依然略高于津海队。假如明日交战落败,而燕京队再侥幸得手,这样津海队就有滑落保级区的危险,要想将主动权握在自己手上,除取胜已无他选。可杨絮受伤上不了场,方丽娜的进攻线路已被人家研究透,替补倪鹃还比较瘦小,仅有副攻陆月洁的拦网还比较突出。现在,二传戴颖也比较迷茫。处处受到抑制,主要得分点在哪儿? 这就是集体项目比较难的地方,上场的人一个乱了,很可能干扰到整个队伍,二传不行,主攻不行,接应不行,一传也不行,就哪个环节都顶不上来了。

　　"富贵向来险中求!"如此不利的情况下,就得大胆求变,被逼上绝境的韩珍最终决心改打副攻。她唤来教练组成员,讲明自己的应对之策。

　　有助教质疑:"副攻拦网为主,搞点儿偷袭还行,靠她们下球真没把握。"

　　"正因为不常见、不常用,才有出奇制胜的可能。"韩珍接着道,"方丽娜接发还稳定,这样戴颖就可凭过硬手法,多给副攻组织球。只要配合默契,单就这一个得分点,也够对方喝一壶的。"

　　"以巧破千斤。咱用速度、变化来应对她们的高举高打,我觉得能成。"

　　见徐国祥表示赞成,韩珍忙喊来戴颖及田敏、孙红雁两个副攻面授机宜,并特别嘱咐戴颖:"打副攻就是打快打巧。如何提速,关键在你二传的调动。作为场上大脑,你要利用网长和假动作晃传出空门或一对一的机会。还有,任何情况下都要冷静耐心,一旦一传受到冲击,你尽量将球调整分配得合理到位! "

　　"明白了。"戴颖深思着用力点点头。

　　韩珍又细致指导田敏和孙红雁一番。临近子夜,三名队员才回房休息。韩珍仍思来想去,后半夜才迷糊着睡着。天刚亮,她召集起所有队员,让大家抓紧吃早饭,而后带队到附近体育场演练新战术。

　　听说新战术是以打快为主,林庭、陆月洁二人兴奋起来:"这下我们就可以多参与进攻了！"

"可以,也不可以！"韩珍更正道,"我们防反的核心是快速多变,一传稳定是根本保障。你们两个,第一要务是帮助守好后排！"

"那我们不成保姆啦？"

"没错！就是保姆式接应和保姆式副攻。"韩珍加重语气道,"这个节骨眼儿上,咱已退无可退,大家必须相互弥补,谁若是因个人英雄主义而不顾大局,输了这场比赛,回去我绝饶不了她！"

由于杨絮无法上场,倪鹃顶替首发,她既高兴又惶恐,忍不住怯怯地问了句:"韩指,航天队内有没有国手？"

韩珍暗想:这可不是个好现象,人还没上场心先畏惧,须及时遏止。于是她有意轻松地逗笑道:"国手又如何？哪位不是由地方队挑出来的？"

"有朝一日,我们也会被选中吗？"林庭紧跟着问。

"当然会！"韩珍干脆地应道,"以你现在的水平,只要再加把子劲儿,将来津海队第一个进国家队的就是你。但眼下全队正在逆境,我希望那个能挺身而出的人,也是你！"

不管韩教练是在给自己打气,还是在战前动员,林庭都将这句话牢记心间。

韩珍这边率领队员秣马厉兵,航天队那边却是一副优哉游哉。昨晚她们刚战胜燕京队,也得知津海队不仅被闽南队击败,大主攻杨絮还身负重伤。航天队教练好生得意:这样的津海队怎堪一击,如此一来,自己保级已是手拿把攥。由此,他让队员仅做些放松调整的基本训练,然后以最佳的体能和状态来应对后面的交叉淘汰赛。

态度或许不能在短时间内改变强弱,但有时却是决定成败的关键因素。

经过有针对性的积极准备,津海队抱着必胜的信念,全力投入这场保级战。

开赛前副裁判掷出硬币,航天队猜中币面,得以率先发球。为给津海队一个下马威,航天队上来就是一个大力跳发。林庭手疾眼快,抢步弓身将球垫给戴颖。球起得过高,戴颖腾身便往 4 号位跳传,主攻方丽娜也拉开扣杀架势,见此,航天队两名球员忙移动过去准备拦网。哪想,戴颖忽然手形一变,将球平推向 3 号位,副攻田敏早已选好攻击点,一个脆生的短平快正中对方空当。

抢得发球权后,按韩珍事先部署,方丽娜稳稳发出上手飘球,航天队接起球,迅速组织进攻,主攻手奋力重扣。孙红雁看清来球线路,鱼跃扑救,球被垫近网前。球刚离开戴颖指尖,田敏即快步直切起跳并甩臂攻击。这种近体快球在国际上又称"A 快球",因速如闪电,只要打上,对方根本没法防范。

津海队先斩获 1 分。

连续两次快攻得手,戴颖信心倍增,下个回合,她大胆给 2 号位传了个低弧度的拉开球。球沿网口平移时,孙红雁快步跑动着从身后蹿出,打出一记漂亮的背溜。如此高难度的精准配合,平日训练都未必把把成功,如今竟一击即中,真是打顺了什么球都有。津海队再添 1 分,全队上下兴奋不已。

原本从容淡定的航天队教练脸色有些不好看了,他没料到津海队居然剑走偏锋地改打副攻快球。所谓副攻,英文为"Middle Blocker",直译过来便是"中间拦网手",场上作用无外乎拦网和掩护,偶尔打几个快攻可以,哪有用其替代主要得分点的道理?

不等航天队教练整明白,场上比分已 0:4。他慌忙叫暂停,指出要严防对方副攻。暂停过后,见航天队队员都将注意力集中到 3 号位,戴颖随机应变,忽地又将球传至 4 号位,孙红雁空门重轰,航天队又被打了个措手不及。

"好——!"看台上,辽沈的观众禁不住大声喝起彩来。虽然津海队不是自家球队,但能欣赏到如此令人眼花缭乱的技战术配合,对广大球迷来讲,真是难得的一种享受。而球迷们的叫好越发激起津海姑娘的斗志,她们越打越带劲,又找回了之前赛场上所向披靡的感觉。

航天队首局失利后抓紧调整,凭借身高的优势发起反攻。津海队也打起立体进攻,方丽娜加了个1号位、6号位间的后排进攻,双方陷入胶着。打到局点,津海队没能咬住,以14∶16惜败。不过,韩珍已有了底气,告诫队员切勿着慌,还按自己的节奏打。对方这样强拼,体力消耗巨大,很快她们就撑不住了。

果真,战至第三局后半段,航天队大高个儿队员明显蹦不动了。见其疲态已现,津海队再次提速,不断变换攻击点位,将对手防线全面扯开。津海队比分大幅领先,直至拿下局点。

大比分变为2∶1。

正苦于回天乏术,航天队助教告知主教练,那边燕京队已四战皆负。主教练如释重负,长舒口气:行啦,反正也不至垫底,自己就别玩儿命了。

教练松懈下来,球员自然无心恋战,航天队索性用替补换下全部主力。津海队兵不血刃,轻取第四局。

此役田敏成为队内当之无愧的得分王,但居功至伟者还是戴颖。韩珍心生感慨:当初自己要不是帮着找回她家那只小狗,也许戴颖已于他处另谋职业,怎会有今日的大放异彩?

夺得小组第三后,津海队仅休整一天,又投入残酷的交叉淘汰赛中,每场胜负都关乎最终的排名。

好在进入交叉赛的球队,水平与航天队相差无几。而面对津海队副攻独树一帜的快球打法,她们极不适应,更没破解办法,单凭硬抗顶多撑到第三局,便只能将胜利拱手相让。就这样,津海队一路过关斩将,联赛总成绩第九名。首次进军全国甲级联赛就获得如此战果,也算可喜可贺了。

21

韩珍同队员们正打算庆祝一番,但颇具戏剧性的是,吵嚷许久的联赛改革,不早不晚,偏这个时候靴子落地。

老实讲,中国女排甲级联赛已与世界普遍采用的俱乐部制严重脱节,漫说引进外援,就是省市之间也不允许球员转队,各队均在自己圈子内闭门造车,严重阻碍了先进理念的输入与技术交流,实施根本性改革势在必行。中国排球协会经反复酝酿终于决定:自 1996 年开启全新的女排联赛,采取跨年度的主客场双循环制。首届赛程将从 1996 年 12 月持续到 1997 年 3 月,这一安排也使国家队能集中精力备战即将到来的亚特兰大奥运会。

形式既已升格,就必须确保其高水准,为此排协规定本赛季进入前八名的球队方获准参赛。这对于刚好排名第九的津海女排来说,不啻晴天霹雳。

紧追快赶,耗费无数的心血汗水,到了儿还是没赶上改革的头班车,实在让人窝火。津海女排助教们个个牢骚满腹,甚至诙谐地自嘲道:"人家威虎山上只留八大金刚,咱这老九,整个一'二姨父——甩货'。"

队员们更是难以接受,有人甚至委屈地掉了眼泪。林庭则气恼道:"怎么非这个节骨眼儿改章程?明摆着就是欺负咱!"

"不许胡说!"韩珍厉声制止,"又不仅咱一支队伍被刷下来,排协是从长远考虑的。说到底,还是咱的实力不够。"

为稳定队员情绪,韩珍也只能这么讲,其实她心里比谁都别扭。原以为,此番保级成功,全队就能站上个新台阶,但计划赶不上变化,眼见落得如此结果,大家的努力付诸东流不说,回去后又如何向体委领导交代呢?

抓了个机会，韩珍直接去找国家排协，她要求彭主任无论如何也得给个说法。

彭主任微笑着安慰道："您先别急。联赛规则向来一视同仁，排协会为本赛季进步显著的球队提供上升通道。现已议定特设一届优胜赛，你们和川蜀队可以同首届全国女排联赛的末两名再进行一轮单循环，积分领先的前两支队伍，便能进入第二届全国女排联赛。"

乍一听，韩珍还挺高兴，稍一琢磨，立马皱起眉来：这么说，那不得到首届联赛结束？好家伙，那时香港都该回归了！

但再怎么争执也是这结果。没法子，韩珍只得灰着脸带队返回津海，继而将赛事情况原原本本向上汇报。

听完整个经过，体委领导倒还满意，鼓励韩珍说："您挂帅以来，咱的女排已大有起色，头回进甲级联赛，打到这份儿上真不容易。继续努力，后面不还有优胜赛吗？"

得到领导的肯定，韩珍自然高兴，但那所谓的优胜赛实在离着太远，球队两年内摸不着国家级比赛，如此难熬的空白档她如何应对？

当然，辩证地看，正好利用这段时间苦练发球带防反的基本功。经此次全国甲级联赛，韩珍越发认清：以津海队的整体状况，无法走高快结合路线，打副攻、拼快球方为正道，由此，小球串联还得加强。先前败给军旅队、闽南队以及输给航天队的那一局，皆因没有有效阻止对手的强攻，必须解决一传漏洞和后排接发时的冲网、过网问题。再有，在场上，大家看主攻其实就是看她接好一传后，还能移到4号位下球。但队里几个主攻的一传并不过关，杨絮往往更是对方追发的对象，如此，就需进行大运动量的基础训练。怕只怕，这样没完没了地练下去，在缺少大赛检验和成绩刺激下，日子一久，大伙儿难免散漫疲沓。

林庭等几个小队员倒好办，明年她们就上高三了，有高考与训练双重压力的牵扯，紧绷的弦松不下来。真正伤脑筋的还是那些老队员，除做好思想工作外,有些人退役后的出路问题也得考虑周全。

竞技体育养小不养老,国内运动员的运动生涯比较短,在极有限的黄金年龄段没取得好成绩,退役后很难找到合适工作,未来生计将如何保障?

掐指算算,队里好几位都已二十三四了,像杨絮、戴颖这样水平较高的日后还有发展空间,田敏、陆月洁两人的上升势头也不错。至于方丽娜,这孩子其实相当努力,但受身高条件限制,很难再有质的飞跃,再空耗两年,她的未来咋办?

一个孩子为啥打小练体育?抛开那些口号不说,还不是为学到某种谋生的技能,这同那些学理、学医的并没区别。身为教练,心里没这个数,只想着比赛成绩,那才是对队员们极大地不负责任。

韩珍思忖再三,思路渐渐转移到沙排上。

沙滩排球起源于美国加州,原是人们海滨休闲消遣的一种娱乐活动。在松软的沙滩上边沐浴阳光,边跳跃滚翻,既轻松随意又热闹有趣,越来越受大众欢迎,如今已风靡世界。1993 年沙滩排球正式进入奥运项目大家庭,国际奥委会决定 1996 年亚特兰大奥运会期间首次进行奥运沙排比赛。

但这一运动在中国起步很晚,二十世纪九十年代初,在经济发展较快的南方沿海城市个别民间人士以此为乐,根本没形成规模,直至沙排归入奥运项目后,中国排协方予以重视,并于去年举办了首届全国沙滩排球比赛。

抓机遇搞冷门容易出成绩,方丽娜恰好又是新港人,自幼在渤海边长大,加之攻防技术比较全面,转型打沙排,相信很快能适应。而且,沙排是双人运动,刘春萍仅比方丽娜小一岁,让她搭档方丽娜再好不过。

近五年来,刘春萍始终是队里的替补接应,凡练过接应的都有攻守兼备的基本功。刘春萍技术并不算差,只不过林庭表现得太过抢眼,才使得她老摸不到上场的机会,如改打沙排的话,倒是个大有前途的选择。

考虑成熟后,韩珍叫来方、刘二人,说出自己的想法。这姐儿俩以为韩教练欲变相地将自己开除出队,立时急得掉了眼泪。韩珍忙真诚地陈明得失利害,强调即便转型,二人仍属津海女排队员,并由她本人教导沙排,一旦联赛需要人手,她们还可随时回队效力。闻此,姐儿俩方破涕为笑,更为韩指的良苦用心所感动。

既有队员改打沙排,韩珍便开始室内、户外两线作战,全天候地忙碌,整周整月不得休息。幸亏她从小锻炼,底子结实,否则非累趴下不可。

教练身体力行,队员们哪个还敢懈怠?为提升防守技能,韩珍勒令所有人练习各种姿势的扑救。传统的救球顶多是鱼跃或倒地。当年大松博文执教日本女排时,又研究出滚翻摔救技术,那叫一个苦呀。后来周总理邀请大松博文来华指导,此技法才被引入中国。

排球场上,你必须在排球理念与技战术科研上,在引进外来人才及培养本土人才上有所建树,否则就会被对手所压制。现代排球攻击力越发凶猛,好多扣杀都直接钉地板,唯滚翻摔救才可能捞得起来,练这种技术就得在地板上不断地连滚带摔。当时每名球员每年仅发两身运动服,而女排如此高强度的训练,不到半年衣服就磨破了,有时来不及缝补,只能用橡皮膏粘上。可橡皮膏每人每年才一卷,根本不够用。看着运动服上那些破洞和黑不溜秋的橡皮膏条,韩珍心里很不是滋味。

衣裳破旧点儿倒能将就,最让人不放心的还是运动损伤。在反复高负荷训练下,稍有不慎,擦伤、扭伤、挫伤、脱臼甚至骨折,随时都可能发生。

为尽量避免无谓受伤,韩珍再三叮嘱队员严格遵守训练守则,准备活动要做充分,技术动作要正确到位,除此还得加强自我保护。但条件实在有限,各类护具严重缺乏,她只好将体委发的防护海绵剪裁成小块,自制护膝、护肘和护腰。

同运动服、橡皮膏一样,防护海绵也不能随便领。每支运动队每年都有定数,而发给男队的数量通常要比女队多得多。

"老说男女平等,现在还不是性别歧视?"林庭抱怨道。

队长戴颖劝道:"吵吵也没用,人家说男队员身高体壮,运动磨损自然厉害。"

"瞎说! 也不睁眼瞧瞧,到底谁运动量大?"林庭越发恼怒。

副攻陆月洁在旁气哼哼道:"论生气,新成立的男板队一次拨发的海绵,是咱全年的两倍。咋地,你们又谁气得起?"

"嘻,板球那不是印度人玩的吗? 咱跟他们凑哪门子热闹?"

"林妹妹,这你就外行喽。"杨絮笑道,"别看板球发源于英国,盛行于印度,实际水平最高的却是澳大利亚,咱这支男板队就是一个澳洲华商集团赞助的。"

"练那玩意儿又不像咱摔呀滚呀的,用得着那么多海绵吗?"林庭又道,"队长,要不找他们男板队要几块海绵,咱手头也能富余些。"

对林庭的提议,戴颖有些拿不准:"这个,最好还是跟韩指打声招呼。"

"韩指老古板,肯定走程序,那得猴年马月了!"林庭转脸对杨絮说,"絮姐,您是大美女,比我们谁都有面子,您走一趟管保马到成功。"

"真的? 那行,我这就去问问看。"杨絮一向禁不住别人戴高帽,还有一件事她没跟大伙儿透露:男板队现任领队是原男排助教,同自己男友段军过从甚密,凭这层关系借几块海绵应当十拿九稳。

结果,杨絮乘兴而去,却扫兴而归。并非男板领队不讲情面,而是该队主教练已将大部分海绵收走另行他用。再一追问,原来人家欲为每个球员做床垫。起初杨絮还以为领队开玩笑,结果没过多久,十几张外包绿帆布的海绵床垫当真被运进了男子板球队宿舍。

"他们也太过分了吧,简直把体工大队当五星级宾馆了。"林庭气得脸鼓鼓的,嚷道,"体委发海绵是训练用的,不是让少爷羔子们享福用的! 真让人受不了!"

孙红雁叹气道:"受不了又能怎么办?"

"想法子调理调理他们。"

"别没事找事!"戴颖白了林庭一眼。

林庭嘎嘎笑道:"放心。保证让他们哑巴吃黄连,有苦说不出。"继而她将自己的主意往外一掏,逗得大伙儿都乐岔了气。

"好玩!我干!"

有陆月洁一带头,几个年轻队员跟着响应,孙红雁见势也只得随大流。

戴颖还想制止,杨絮冲她一努嘴:"咱俩可啥都不知道。"

这种事,看似鸡毛蒜皮,性质却不容轻视。那时体育本就式微,如教练、队员再不知自律、不思进取,就更会损害行业健康发展。当然,林庭不清楚深层大道理,她不过想宣泄一下自己的不满,但她们采取的手段实在是别出心裁。

22

正是冬季,虽尚未进九,白天气温也在0℃以下。趁午饭时间,林庭几个裹着军大衣,顶着棉军帽,戴着大口罩,谁也辨不出男女。加上日常管理松懈,她们轻松混入了男宿舍。

集体宿舍一般都不锁门,闪进男板队员房间后,她们快速从铺下拿出洗脸盆。宿舍对面就是洗漱间,她们把水龙头拧开,每人接了满满一盆自来水。返回宿舍,撩起床单,底下松软的海绵床垫就露了出来。

"让你们舒坦!让你们美!"林庭说着便将整盆水泼了上去。其余几人学着她的样子,同时浇湿面前的床垫。之后如法炮制,几个来回,三间宿舍十几张铺被浇了个遍。林庭仍不罢休,临走前又大敞四开地将窗户全部打开。

午饭结束紧接着训练，待各队收工已是傍晚，男板队员个个一如往常地晃荡着回到漆黑的宿舍。

"窗户怎么没关？想冻死谁啊！"

有队员说着就去关窗，更多人灯都懒得开便一屁股坐上床。此刻海绵垫里的水还没全冻上，但听"扑哧"一声，好似人掉入冰窟窿，不仅运动裤，就连里面的毛裤、秋裤，甚至裤衩都瞬间湿透了。

"谁呀，这么缺德！"

男板宿舍顿时乱成一锅粥。

这大冬天的，漫说海绵垫又冷又潮，湿透的床单被褥往哪儿晾？觉怎么睡？

男板队员气恼至极，吵闹得几乎挑了房盖儿。主教练闻讯赶到，眼见宿舍一片惨状，也大为光火：谁跟老子这么过不去？

因板球运动民众基础薄弱，组球队时找不到队员，只得招募从事其他项目的运动员。好容易挖来十几个，也是想凭冷门项目混点儿名堂的。水平上不去，毛病却一大堆，进队后挑肥拣瘦、拈轻怕重。为稳定队伍，男板教练不惜祭出海绵床垫这种手段笼络人心，但一味地哄逗迁就，更助长了手下队员的骄娇二气。

如今"宝贝们"遭人整蛊，男板教练暗气暗恼，好言安抚的同时，表示定要捉住肇事元凶。之后男板队压缩正常训练，抽时间分头四处打探。

数日过去，见男板队那边并无动静，林庭暗中窃喜。她自以为做得天衣无缝，怎奈世上没有不透风的墙，她们穿着军大衣出入宿舍的诡异行径，早已引人怀疑，而两名女排小队员食堂内的闲聊，让撒网追查的男板队一下寻到了线索，事情最终泄底。

虽说没拿到真凭实据，也没弄清具体是谁所为，但男板队的愣小子们都急了，一个个抄起球板，轰嚷着要去找女排算账。幸亏教练来得及时，好说歹说才劝阻住大家。但这事不能完，男板教练脸色铁青着向韩珍兴师问罪。韩珍将信将疑，让男板教练先回去，待自己查问清楚，定会给他一个明白交代。

韩珍心中琢磨，若真如男板教练所说，自己队员中除了林庭那丫头，别人想不出这种馊主意。想罢，她即刻唤来林庭和队长戴颖询问究竟。一开始，林庭还想遮掩，戴颖不敢欺骗教练，便一五一十说出事情经过。

韩珍听罢哭笑不得，指着林庭道："你怎么想的，还嫌咱挨的骂不够多？现在人家找上门了，叫我如何收场？"

"我是有些出圈，可他们更不像话！拿训练当儿戏，还多吃多占！"林庭争辩道，"咱为何总挨骂？您不是不知道。还不是咱的实打苦练，搅乱了大伙儿的舒舒服服，无地自容还算个态度，但他们竟恼羞成怒……"

"行啦！就你常有理！"韩珍喝住林庭，转头又训斥起戴颖。戴颖也怪自己未尽到队长职责，表示愿意代替小队员向男板队赔礼道歉。

"道歉就行了？只怕没那么简单。"

"道歉不成还想咋样？闹到体委，谁都没好！"

林庭这话提醒了韩珍。没错，男板队理亏在先，未必敢把事情闹大。于是她抓起电话，向男板教练诚挚致歉，后者果然不依不饶。

"那就据实上报，让体委领导酌情处理。"韩珍一副豁出去公事公办的样子。

听韩珍这么说，男板教练也心虚起来，毕竟将防护海绵改作床垫实属违规。若上级追究，自己难辞其咎，但就此了结又心有不甘，遂阴阳怪气地说："我没什么，是有几个队员咽不下这口气，万一再同女排干起仗来——"

闻此，韩珍愤然拍案，厉声道："我看谁敢！一帮大小伙子欺负几个小姑娘，还疯了他们了？不是我护犊子，这问题的根儿就在你们身上，教练不狠，队员不良，不专心训练，一心图安逸，松松垮垮混日子，永远甭想出成绩！"

一顿雷烟火炮暂时将男板教练拍住，可事情仍未了结。为尽快化解矛盾，杨絮通过段军找到男板领队，烦其私下调和，继而又请出男板教练在津利华酒店吃了顿高档海鲜大餐。

按说，队员之间纵有天大的矛盾，只要教练压服，通常都会大事化小，但就怕队员的家长往里瞎搅乱。

男板队有个投球手被冻感冒了，回家将养时念叨起床垫事件。他爸妈是一对浑不吝（方言，意为做事不计后果），立马打电话联系其他队员家长，要去训练中心讨个说法。尽管多数家长比较通情达理，但也有部分爱生事的，经投球手父母一煽动，当即积极响应。第二天，连男带女不下十位气势汹汹地来找韩珍。

"光靠道歉就想了事，门儿都没有！必须按受伤害程度予以赔偿。"

"您孩子受啥伤害了？"韩珍反问。

"高烧四十度，烧得满嘴燎泡，都快昏迷不醒啦！少说俩月不能参加训练，这得多大损失？"投球手妈妈说。

看出她明显在胡搅蛮缠，韩珍也毫不客气："那么严重的话，拿医院证明来！"

"你们是肇事者，没权利找我们受害者要证明。"投球手爸爸说。

"就算打官司，也得有理有据吧？不能听你们一面之词。"

"我都四十好几的人啦，还能瞎说八道？告诉你，今天要不赔钱，就闹到你们体委去！"

当真告到体委，反倒可以澄清事实，关键是那样做，男板队将因违规受罚，对女排也会产生负面影响，双方还由此结下梁子，往后难在体工大队共处。

有上述顾虑，韩珍口气稍微和缓，耐心向众人解释事情经过，并指明事态扩大只会两败俱伤。

23

道理说得足够明白,家长们不似方才那样张牙舞爪,投球手的爸妈也担心累及自己孩子,收回赔偿要求,但改为索要慰问费。

"一个大小伙子,头疼脑热的至于被慰问吗?"

"我们可是独生子,就这么一个。"

见对方滚刀肉,韩珍大动起肝火:"现在谁家不是一个?我的队员还都是独生女呢,怎就不能大度些?跟几个小女孩斤斤计较,真没出息!"

"凭什么就得我们大度?你们惹完祸,休想拿嘴对付!"

韩珍心下悲叹,想起她的老师曾讲过墨子的一个故事:墨子曾见人染丝,染了青颜料就变成青色,染了黄颜料就变成黄色,经过五次之后,就变为五种颜色了。所以在他看来,"染"这件事是要很谨慎的。其实家庭也像一个大染缸,人刚出生时都是一张白纸,想要孩子成为什么样的人,父母就得以身作则。父母是非不分,孩子也特胡搅;父母通情达理,孩子定会懂事厚道。

吵得沸反盈天,正被孙红雁的母亲赶上。这倒不是凑巧,每逢周末,她都会送些队员们爱吃的番茄牛腩来。

因孙红雁正是长身体的时候,担心营养跟不上,孙母变着法儿给孩子做各种肉食,时间一长,厨艺大增。其中最拿手的就是番茄炖牛腩,火候把握精准,牛肉软嫩,汤汁浓厚,酸甜咸香皆恰到好处。

女儿胃口大开,发小林庭也爱吃得不行,每次去蹭饭,孙母的这道菜几乎不可或缺。孙红雁入选市女排后,孙母常将自制的番茄牛腩送到体工大队。队友们馋得流口水,可十几个人哪分得过来,厚道的孙红雁只好放弃自己的,全让给队友。获悉此情,孙母每到周末便早早炖上一大锅,趁热给队里送来。

今天，孙母一如既往将番茄牛腩搁在孙红雁宿舍，经过韩珍办公室时，不期撞见板球队队员家长在此搅闹。她没贸然进门，且听韩珍无奈地对闹事的家长们道："就每人二百，今天我一准交到男板队。"孙母心里堵了个大疙瘩，担心女儿也卷入这场麻烦，便磨身返回，将孙红雁叫到宿舍外悄声探问。孙红雁不敢对大人撒谎，便如实道明事情经过。

"你也跟着掺和啦？我和你爸省吃俭用养你，你怎就不让我们省点儿心？"

孙红雁垂着头，不敢应声，此刻她已自责得万箭穿心。

"怎么还傻站着，还不快去找队长商量赔钱的事？你出多少，妈好回家拿去。"

耳边全是妈妈急疯了的低吼，孙红雁张皇跑来见戴颖，戴颖莫名其妙，忙问身边的杨絮："不都谈妥了吗？咋又要起慰问费了？"

杨絮登时恼怒："他们欺人太甚！走，咱现在就找男板队算账去！"

戴颖阻止杨絮道："就别再节外生枝了！咱最好先跟韩指商量一下。"戴颖拉上杨絮赶到教练办公室，韩珍并不在屋内，有助教讲，韩指说家里有点儿事，刚骑车出去。

"为给咱们平事，准是取钱去了！这钱绝不能让韩指出！"杨絮道。

"可男板队十四个人，每人二百的话，两千八呀！咱上哪儿弄这些钱去？"戴颖为难道。

"我上次走穴赚的钱，还剩九千多，一直趴在银行没动呢。"

"都让你一个人出，那怎么成？"

"甭扯没用的，得抢在韩指之前把事先办了。"

这倒也是。戴颖遂陪杨絮到银行取出现款，继而直奔男板宿舍。

杨絮阴着脸，高声冲男板队长道："不是要慰问费吗？这是两千八百元，当着全体队员，一张一张给我数好！"说罢将一沓百元钞票摔在对方眼前。

戴颖冷冷补充说："完了，写个收条。别到时摇头不认账，连个凭证都没有！"

男板队长有些蒙灯："这是干啥？什么慰问费？"

"装蒜还是装洋葱头？你爸你妈刚到韩指那儿闹过，非要讹我们钱。拿着吧！每人二百，单拣补肾的买，省得晚上尿炕！"

见队长还没反应过来，另一男板队员边俯身捡起钱，边清点："干吗不收下，万一是咱教练的意思呢？"

…………

从家拿了存折，再到银行取钱，待韩珍返回队里，戴、杨二人已带着男板队长写的收条，在办公室外等候。

这些孩子是越来越懂事了，可这钱怎能让她们出？韩珍忙掏出取来的两千八百元，杨絮说什么也不肯拿："您放心，那钱不过暂放他们那儿，早晚还得送回来，要不，咱也太窝囊了！我这就去找段军，问问他们到底怎么谈的。如果男板教练说话不算数，非得让他把吃下去的海鲜给我吐出来！"

果然，一向沉稳的段军也按捺不住怒火，即刻骑车直奔男板宿舍，之后气愤训斥那些球员道："你们也配打板球！知道吗？板球在发源地英国被称作 Gentleman's Game，也就是绅士的游戏。还绅士？你们都不配当爷们儿！靠爹妈讹来的钱，还有脸揣进兜里。信不信，我立马让整个体工大队，人人都朝你们啐唾沫！"

段军这一闹，十几个小伙子抬不起头来，遂将怨气撒在那投球手身上："就你嘴欠，屁都焐不热，还不快滚回家吃奶！"

被骂这么惨，投球手不敢当面发作，只能跑回家跟爸妈打成热窑。

乱到这份儿上，怎么收拾啊？

韩珍以为，解铃还须系铃人，必须由林庭为首的肇事者向男板队道歉,双方互找台阶下。林旭东获悉后,也特地跑来说服女儿:"有正义感是对的,但体工大队不是八百里水泊,你也不是梁山好汉,真若替天行道,也不能给别人惹麻烦。"

眼见一系列风波皆因自己而起,林庭也很后悔,一边向教练承认错误,一边叫上一干队友,主动到男板宿舍赔礼。男板队员也是无地自容,队长将那笔所谓慰问费如数交还女排队员。

韩珍乘势与板球教练商量搞次联谊活动,两队聚一起热闹了一个晚上,自此双方达成和解,化干戈为玉帛。

事后,韩珍没再过分责怪,反将男板队当作反面教材,叮嘱大家:不求上进的队伍,一定没有前途。林庭暗暗告诫自己:今后切莫图一时痛快而意气用事。

韩珍的话真就应验了。没过多久,因成绩太差,澳洲华商集团终止赞助,男板队随即解散。而这项运动也因长期未被奥运会接纳,从国家到地方都不予重视,终在国内销声匿迹。

当今世界,大部分体育项目皆以奥运会为最高标准,板球、排球概莫能外。世人衡量中国女排的盛与衰,更以能否夺取奥运冠军为上限。可自1984年洛杉矶奥运会后,中国女排已连续两届与冠军无缘。为重铸昔日辉煌,国家体委特聘"铁榔头"郎平为主教练,率队出征1996年亚特兰大奥运会。中国队小组赛五战五捷,四分之一决赛及半决赛又连克德国、俄罗斯。怎奈当时古巴女排统治天下,其霸主地位任谁都难以撼动。中国队拼尽全力,仍以1:3告负,获得亚军。

看罢决赛直播,津海队队员替国家队惋惜的同时,回想起当初惨败军旅队时的情形,不禁心生惶恐:军旅队几名现役国手何等了得,尚且战胜不了强大的古巴队,自己奥运冠军的梦想,哪辈子才能实现?

见队员们心情沉重、垂头丧气,韩珍道:"风水轮流转,当年中国队五连冠时,古巴队根本不是对手。别看现在她们嚣张,如没有后备人才,老是这拨人打到底，下个奥运周期照样走下坡路。你们还年轻，这就是资本。只要脚踏实地好好练，将来就有机会为国家夺冠。"

亚特兰大奥运会落幕后，林庭她们也该上高三了。对于体育特长生，虽说高考划定的分数线较低，但至少也得拿出像样的成绩高中毕业。一方面学习压力陡增，一方面训练也不敢放松，林庭几人明显消瘦下来。

眼瞅女排队员这般辛苦，一心想给孩子们增加营养的食堂宁师傅，便联系他在达仁堂制药厂工作的二弟，以批发价弄了些冬虫夏草，连同党参、茯苓一起炖鸡汤。

一连多日的进补，令林庭脸上泛起了红光，但主攻杨絮及副攻陆月洁却相继出现不良反应，只觉口干舌燥、心烦意乱，晚上整宿做噩梦。更要命的是，杨絮月经已过了日子，却仍不时出血。

怕身体出了啥大问题，杨絮忙去找队医耿大夫。耿大夫一番检查没查出大碍，不安地问同来的戴颖："会不会吃错东西啦？"

戴颖纳罕道："不会吧。您知道我们的饮食是有严格规定的，最近食谱也没太大变化，就每天多碗鸡汤。"

"你去问问老宁头儿，在汤里乱搁什么了？"耿大夫说。

当晚训练结束，戴颖同宁师傅谈及此事，后者略加思忖，遂问："那姐儿俩是不是来月经了？"

"没错，两人前后脚。"

宁师傅一拍脑门："赖我赖我。快把她们叫来，让我瞧瞧！"

戴颖忙唤过杨絮和陆月洁，宁师傅端详完面色，又让二人吐出舌头看了看舌苔，而后说："果然颧骨绛红，舌质干裂。手心足心发热不？"

二人点点头。

"盗汗不？"

"啥叫盗汗？"杨絮问。

"盗汗,就是睡觉时出汗。"

"盗啊！盗得可厉害啦！"陆月洁应道。

"别再喝那鸡汤了。放心,没嘛事。明儿我弄两盒药,吃了包好。"

宁师傅说得轻松,但身为运动员哪敢乱服药。戴颖赶紧把这件事转告耿大夫。

"胡闹！"耿大夫霍地起身,气冲冲来找宁师傅,劈面便问,"你又不是医生,有什么权利给队员乱开药？"

"宁某真人不露相。给你交个底,我老爹原是达仁堂首席坐堂,我兄弟也是位名中医,我虽然做了厨师,一样精通岐黄。"

宁师傅本打算炫耀一下自己的中医学问,可他也不想想,他面前的可是位西医。这番话非但没让耿大夫肃然起敬,反让他更加厌弃光火:"少在这儿唬人。你用的东西有国际医药学会的正式认证吗？"

"洋学会狗屁不通。调节肺肾、滋补气血的良材,对女孩们的身体大有裨益——"

耿大夫打断道:"你说得天花乱坠,怎把杨絮两人弄病啦？"

"那俩闺女不是来月经了吗？经期血室开放、气血亏虚,此时服用适得其反。我看她俩颧红多汗,必阴虚火旺,应服滋阴清热药。中医讲究'依病设法,依症用药,法药对症,方药自成'。"

"得得得,别跟这儿云山雾罩的了！中医总把治病弄得神神秘秘,然后开些稀奇古怪的药方。其实,蒙事的居多,管用的没几个,同巫婆神棍没啥区别。"

"你这是侮辱咱的老祖宗!没西医那会儿,中国人照样好好活了五千年,还不都靠中医！"宁师傅恼怒道。

耿大夫也火冒三丈:"没工夫跟你瞎掰扯,反正不准再狗拿耗子多管闲事。一旦队员出了问题,你可得负全责！"说罢拂袖而去。

宁师傅毕竟不是队医,即便拿来中药,杨絮两人也不敢吃。但宁师傅犯了拧劲儿,心说:不让我用丸药,那咱就食疗。

转天,宁师傅为杨絮、陆月洁单列了食谱,什么鸭肉、鸡蛋、牛奶……都是和胃滋阴、益气养血的食材,此外又用银耳、百合外加桑椹、枸杞,同西米一块儿熬粥。这些吃食果然管用,没出一礼拜,杨、陆二人气色、体质皆恢复如初。

宁师傅暗自得意:偏方治大病,中医的学问深着呢。你姓耿的不服也不行!

24

身为专业运动员,比赛训练无疑占据每天大部分精力,好在有钱副校长等名师辅导,老同学周浩民也竭力帮着复习,林庭、孙红雁两人还算差强人意。而周浩民如愿被清华大学录取,并进入堪称该校王牌的材料科学与工程专业。难道自此大家殊途陌路了?三人难舍难分。

"每一个冬天的句号都是春暖花开。"正如加缪所说,苦熬数年的周家,终于迎来阳光明媚。学校刚送完喜报,区教委又派人来登门道贺,整个楼区居民都为周家出了个高考状元对其另眼相看。更没想到的是,周浩民父亲单位的领导也受舆论鼓动,开始青睐起周父,不久就将其由普通科员提升为副科。

周浩民起程赴京那天,林庭、孙红雁到车站送行。但当着周浩民父母的面,她俩也不好说些什么。

呆立多时,林庭打破沉默:"过些日子,我们球队也去北京。"

"要打优胜赛吗?准备两年了,可算等到这一天了。到时我一准去现场给你们加油助威!"周浩民恳挚地说。

"大学毕业还回津海吗?"孙红雁有些伤感地问。

"我想考研,之后看情况再定。"

林庭强笑道:"不管怎样,将来你都是国家的顶尖人才。"

"这世上,没有白费的努力,也没有轻巧的成功。起点再低,只要狠下苦功,总能翻身。我更看好你们俩,兴许我还没毕业,二位就成世界冠军了。"

"借你吉言!真有那一天,我请你吃满汉全席。"

"好啊!风生水起,全靠自己!"

周浩民走后不久,优胜赛的赛程也确定下来。津海队将与川蜀队、冀州队、南部队三支队伍进行单循环,每场胜者得 2 分,负者 1 分,最后根据积分排名。

津海女排憋足了劲儿,发誓要夺取全胜。历经六百个日夜的反复磨砺,任凭那三队如何进攻,也冲不垮津海队坚固的一传体系,反是津海队的快速防反令对手难于招架。三轮赛罢,津海队拔得头筹,成功晋级1997—1998 赛季全国女排联赛。

遗憾的是,此次优胜赛因之前未作任何宣传,以致观赛者寥寥。唯周浩民感觉挺庆幸:"幸亏知道的人不多,否则这球票我也抢不上。年底你们打联赛,恐怕我就看不起了。"

"真想看?我帮你淘票去。"林庭主动道。

"你们打得太棒了!照这样,准能拿全国冠军。"周浩民竖指赞道。

"你那是没见识过真正的强队!"

周浩民摇摇头:"这话可不像你说的。我认识的庭姐,嘴里就没个'怕'字!"

"我是江湖越老,胆子越小。"

"你说胆小,就没第二个人敢说胆大。"

"照你的意思,豁出去,义无反顾,放手一搏?"

林庭瞪着周浩民,之后抿嘴笑了。

不仅林庭、周浩民两人,所有津海球员、球迷都爽得不行。韩珍更是笑逐颜开,赛事一结束便打电话向体委报捷。即将率队凯旋时,她接到国家排协的通知:下届联赛为主客场循环制。也就是说,每周在同一球队主场进行两场比赛,八支球队总共十四轮,整个赛程持续三个半月。

这实在是太过瘾啦!韩珍返回津海便径直到体委汇报。出乎意料的是,领导们并未显得多兴奋,财务处处长更是兜头泼来一瓢冷水:"打进联赛值得庆贺。可咱没钱啊!十好几轮赛事,你们全国各地来回跑,交通费、住宿费、餐费,再加上杂七杂八的花销,少说二三十万,我拿什么出?"

这话不仅让人泄气,更让人来气。奋斗这么多年,两个字"没钱",一切就白忙活?压了又压拱上来的火,韩珍道:"照处长这么说,咱只能退赛了?"

"那倒不至于。不过,体委的财务状况您也清楚,每年可数的那点儿经费,多一分我都是偷来的。难办啊!"

"难办,也得想法子办!"韩珍提高嗓音。

"这两天体委一直在反复研究。为今之计,只有找企业赞助。"

"那就赶紧找呀!还搁这儿矫情什么?"韩珍急道。

"赞助也不是想拉就拉得来。现在是经济转型期,没见那么多国企倒闭,那么多工人下岗?谁会给你赞助?"

"效益不会全那么差吧,否则,GDP咋上去的?"

"那不都靠招商引资,发展新型产业嘛。"

韩珍心烦地摆摆手:"这方面我外行,反正有劳您,无论如何也得把钱弄来!"

话虽这么说,干系女排命运的大事,韩珍岂敢一推六二五。回到体工大队,她赶紧召集教练组讲明情况,要求大家群策群力,积极想办法找门路。

25

体委及其下属单位的在岗人员全为事业编，平素与企业少有交集。如今让他们跑去拉赞助，这就如同姜太公卖面——根本不通路数。

在体育界混了小半辈子，徐国祥认识的最大商人便是卖砂锅排骨的李和平。他想，哪怕做小买卖的也比自己交际广，去碰碰运气，能问出个影也好。

等徐国祥骑车到师大门口一瞧，包括"砂锅李"在内，那一溜平房全被拆光了。才几个月没来，怎么这么大变化? 徐国祥到附近电话亭传呼李和平，后者回电说，卫津河周边的马路明年一律拓宽，"砂锅李"只得关门大吉。如今他已改投萧茂元门下，最近正打点行囊，准备前往黄山。

萧茂元? 原先体委群众体育处的那个萧科长? 这家伙下海后活泛得很，如今竟把生意做到安徽了。人能路子野，何不求他帮帮忙?

萧茂元刚下海时也碰过不少壁，多亏章志强从中牵线，促成了他与意大利华商的几单皮货生意，萧茂元由此方上道起家。

发达了，腰包一鼓，人的心气就高。萧茂元很快成立起自己的公司，进而到处寻找发大财的良机。前不久，获悉黄山地方政府欲廉价出租闲置荒山，萧茂元认为黄山乃国内著名的旅游胜地之一，迟早会全面开发，待国家高价回购，自己即有暴利可图，由此连贷款带集资，凑足资金先后租下两座靠近风景区的小荒山。

荒山拿到手，不能再让它荒下去，除去种树，萧茂元还欲大搞养殖业。经多方打听，萧茂元得知眼下鳟鱼市场挺火。他跑了趟北京延庆，实地察看如何于山脚下筑池养鱼，遂决心养殖最抢手的虹鳟。

目标定下来，但黄山距津海一千五百公里，手上还有其他生意，自己不可能常驻黄山,所以得派个人前去盯摊儿。可巧李和平饭馆关张要另寻出路,转来转去找到萧茂元。因李和平之前也是体委的,萧茂元认为比较知根知底,便问其是否愿意合作。李和平一合计,倘若养鱼成功,能有三倍往上的利润,辛苦也值得,于是欣然应允,继而拿出开饭馆积攒的五万元作为加盟费。徐国祥的电话再晚打两天,他就南下安徽了。

由李和平引领,徐国祥来到解放路上的海天大厦。萧茂元的茂元公司就在这座写字楼的第十层,房间不算宽绰,但布置得有模有样。外屋四套带屏风隔断的办公桌椅,每张桌上配有十八寸台式电脑。里屋是经理室,红木老板桌,黑皮转椅,对面一排真皮沙发。

萧茂元西装革履,神气活现,手里还拎着个大哥大。尽管当时高档手机均已"瘦身",但萧茂元仍觉得黑砖头一样的大哥大更能彰显老总气派。

过去在体委常打头碰脸,特别是经过中日女排友谊赛,萧、徐二人更为熟识,见面后一番寒暄,很快言归正传。

因李和平事先打过招呼,萧茂元已知徐国祥来意。他之所以乐于相助,口头上是念及当年的同仁情分,实则是嗅出了其中的商机——除去从赞助中捞提成,更可借此与相关企业搭上关系,没准还能做几笔大买卖。人嘛,就得在商言商。

"理解我当时为啥下海了吧?咱得顺应时代呀。钱不是万能的,没钱是万万不能的。这年头,挣钱才是正路。你们想打全国联赛,没钱行吗?穷文富武,想玩体育,就得拿钱砍。"

徐国祥还想按老习惯称对方"萧科",话到嘴边连忙改口道:"萧总说的没错,可钱打哪儿来?"

萧茂元一本正经道:"眼下国企普遍不景气,民企才刚起步,都是空架子,要说有钱还得是外企。秀水轮胎怎么样?"

"秀水轮胎?那不是家韩国公司嘛,靠谱吗?"徐国祥性子肉,更不善言辞，一开口就直不棱登。

萧茂元并没太介意："别小瞧韩国，现在人家是'亚洲四小龙'，1988年就办过奥运会了，阔着呢！"

"您跟他们熟吗？"

"熟吗？就差上锅蒸啦！刎颈也好，莫逆也罢，总之，他们总经理夫妇跟我是老交情。"

吹牛不带上税的，萧茂元与人家仅一面之交，也好意思说是老交情。

半年前，秀水公司总经理的夫人不慎挂破了手包，想买个新的，又怕买到山寨货。这时有朋友推荐说，有家茂元公司代售正宗意大利名包。总经理夫人过来一看，各种名牌，要啥有啥，且都货真价实。挑到称心的手包后，总经理夫人给萧茂元留了张名片。

就凭这么点儿交情，萧茂元怎敢跑去联络赞助事宜？拉大旗作虎皮呗。他本来不是外行，再以市体委之名一通忽悠，真把秀水公司总经理说动了心。

其实，也是让萧茂元赶了个俏。刚刚进入中国市场的韩企急需造声势扩大影响，而给打入全国联赛的直辖市女排冠名赞助，比投电视广告要划算。

虽然另有所图，萧茂元也为女排帮了大忙。不过，光靠他私下牵线搭桥岂能决定这么重要的事，还需体委向市里请示。接到汇报，凌副市长即刻开会讨论。与会领导多予以认可，也有人认为女排是中国体育精神的代表，最好别让外国企业做赞助商，其他省市像什么沪上无线、江浙双威等，皆为当地国内企业，津海市也有许多著名企业，理应由他们出资冠名。

见众人为此争论不休，凌副市长怫然道："我们总为这些无谓的东西扯皮，正事就给耽误了。女排缺钱也不是一日两日了，之前怎没见哪家企业自愿出头赞助？还不是目光短浅，看不到体育蕴含的商业价值。如今韩国公司抢占先机,咱又眼热啦?没用!该给人家还得给人家。净打小算盘,来回拉抽屉,只会有损津海的形象。干事情除了要有气魄,还要有开放包容的胸襟,否则良好的外商投资环境从何而来?"

凌副市长一定调,众人深以为然,最终达成一致意见,继而批复体委。没几天,秀水公司即与津海女排签署了合作协议。

首笔赞助费就是三十万元,参加联赛绝不成问题,这可把韩珍和女排姑娘们乐坏了。之后,更大的惊喜又接踵而至——中国排协将向每支参赛队拨发二十万元,专门用于联赛期间的各项差旅花费。

正如萧茂元所说,办好体育就得花钱。当今世界已将一个国家的体育发展水平,作为衡量其综合国力的重要标杆。经济、军事是里子,文化、体育是面子。既然是脸面,就不能太寒酸。考虑到各地方队的实际困难,国家体委与排协特批下这笔专款。

专款加上赞助费可就五十万元啊,这在当时绝对是笔大数目。这么多年始终苦苦煎熬的津海女排,竟也转眼成为富家翁了。

钱是有了,但专款专用。津海女排用于日常及联赛的每笔花销还得递交申请,待财务处核审后方可使用。尽管来来回回不胜其烦,但短时内队里无须为各类必需的用品犯愁了。

同教练组一番商量后,韩珍还是决定先给队员每人订制两套运动服,让孩子们精精神神地参加全国联赛;之后再购进些护具,以保障训练安全。

身着崭新队服,津海女排队员越发神清气爽。姑娘们整齐划一地行走在体工大队内,不时引来众人艳羡的目光,也有不少眼馋嘴酸的。

"三九天穿单褂,看小毛丫头一个个抖劲儿的。"

"炫呗,卖胶皮的给俩钱,就不知天高地厚了。"

…………

风凉话传过来,听了着实不舒服。几个年轻球员颇是不忿,队长戴颖劝道:"犯不着怄这种闲气,咱好了,还不兴人家便宜便宜嘴?"

"颖姐说得对!"林庭应道,"他们越是羡慕嫉妒恨,咱就越牛,气不死他们!"

事情传到韩珍耳朵里,她不敢等闲视之。得到赞助虽是好事,但这种风吹草动无形中也给自己增加了压力。若联赛成绩不理想,必招致更多风言风语,脸面难看事小,愧对领导支持事大。故而她再三鼓励队员,一定要打出风格打出水平,给球队争气,为津海争光。

26

转眼便到了年底,第二届全国女排联赛开幕。津海队首轮对手即是上届冠军沪上队,其实力比军旅队还胜一筹。更让人头疼的是,该队队长褚云英被誉为中国女排最出色的二传手,副攻黎韵芝、顾筱冉也皆为现役国手,实乃津海二传戴颖和副攻田敏、陆月洁的克星。再加上客场作战,这仗实在难打!但韩珍坚信:就凭全队高昂的士气,对手也别想轻易拿下我们。

还真应了那句话:"初生牛犊不怕虎。"津海队依靠稳固的一传,快速组织防反,不到半小时便15:9拿下首局,连韩珍都惊诧不已。一向慢热的队员,开局这么快就进入了状态?不对,是沪上队太松懈,或者人家压根儿就懒得同"草鞋没号"的津海队过多周旋。

第二局开始,对方更是尽遣替补,摆出一副训练新兵的架势,这岂非拿我们当陪练?结果自然是津海队占尽上风,比分遥遥领先。就这样,津海队兵不血刃地以3:0获胜。

联赛首战,津海队便出人意料地迎来了"开门红"。外行觉得这是鼓舞人心的大好事,可韩珍却有种莫名的屈辱感。对手如此轻慢,个个无精打采,摆明了是不屑跟你交战,由此获得的胜利让人觉着并不舒畅。

翌日再赛,沪上队仍旧不在状态,手上毫无准头,比赛再度出现一边倒的局面。津海队转眼便以2:0的大比分领先,瞧这架势又要给沪上队剃个光头。毕竟是主场,家门口两连败,沪上教练觉得无法交代,这才把主力全部调上去,有章有法地应对津海队,沪上队很快便控制了场上的节奏。

从第三局后半程开始,沪上队以快制快变幻无常,不仅大长自己士气,也威慑住对手的下一次进攻。正常情况下,负责拦网的副攻理应身材高大,沪上队的副攻顾筱冉身高仅一米八一,黎韵芝更只有一米七八,但她们的摸高弹跳极其出众,脚下移动灵活,有效拦网及防守成功率都很高。

反观津海队,由于快攻屡屡被化解,田敏、孙红雁已无计可施。眼见自己的看家法宝副攻快球失去效力,慌乱加上急躁,津海队防守体系发生了松动。一传不稳定,重担就压在二传肩上。戴颖的传球手法本来挺灵活多变的,可到底比不过褚云英那诡谲无定的跳闪传球。比较之下,戴颖突然没了自信,传出的球越发保守,致使全队节奏慢了下来。关键位置先后顶不住,津海队乱了阵脚。这可是两年多来战术转型后从未有过的现象。

见津海队已显颓势,沪上队趁机穷追猛打,每个点位都能下球。先前被抑制的主攻詹敬,也多次架起重炮肆意发威。

强中自有强中手,沪上队一旦认真起来,津海队可就难以抵挡了。不管韩珍如何鼓劲,怎样变阵,终是无法挽回,沪上队连扳三局,津海队以2:3告负。

两日战事,表面看津海队是一胜一负,内心却饱受摧残。无怪沪上队会蔑视自己,此番交锋,己方与强手间的差距已暴露无遗,就连原本旺盛的斗志也被浇灭。打道回府后,队员们显得萎靡不振。

这怎么成?后面还要迎战老对手军旅队,且身为主场,津海队纵使落败,也绝不可以丢人现眼!

　　韩珍集合整个教练组连同全体队员,一方面总结输给沪上队的原因,一方面又回看了一遍惨败军旅队那场比赛的录像,之后让大家各抒己见,看用什么办法打好周末的这场比赛。

　　徐国祥率先开口道:"同沪上队比赛的第二场后半段,咱一传首先就被发崩溃了。韩指叫暂停,嘱咐大家先以起高球为主,起到中场咱就能产生进攻的有效球,可谁也没按布置去做,还一味将球送到网口,这样戴颖的控制力就很难把握。军旅队主攻为强力跳发,本来一传稳定是咱的优势,一旦到了军旅队的强发球轮,我们若还像面对沪上队时漏洞、短板不断,就不可能有胜算。"

　　"徐教练说得很到位,这几天我一直在想,军旅队极可能会在一开始重扣我们几个球,但大家不要急,还得先做好发接,接下来才能有更多的战术演变。"韩珍顿了顿,脸色郑重道,"咱津海人最要脸要面,家乡父老面前,宁死阵前不死阵后。大家如不全力配合,单凭口号是夺不回荣誉的。国祥提醒得是,现在说下我的看法:一、对方拦网非常好,我们不要在网口送得太多;二、对方小主攻,身高不高,一传不稳,我们的发球、拦网必须明确,就打她这个点……"

　　战术交代清楚,韩珍还不放心,当教练的至少得是半个心理学家,她必须通过赛前动员激发起队员的血性:"杨絮、林庭,你们几个不老吵吵着不蒸馒头争口气吗?这回军旅队可打到咱家门口了,大声告诉我,有没有决心同她们拼?"

　　"有!""有!""有!"

　　第二天,威风凛凛的军旅女排便兵临城下。此次率队的还是"不倒翁"俞双坪,麾下三大高手——主攻潘雯、接应翟冬梅、副攻宋亚群,全部现身当晚的首发阵容。面对虽是严阵以待,终为手下败将的津海队,军旅队打得超有自信。

在数千家乡球迷的助威声中，津海队仍然首局失利，但发现对方定点进攻很强，韩珍便及时做出调整，让队员跑动起来，多从对方矮个子主攻处突破。反复拉锯中，急于求成的军旅队失误频频，津海队居然奇迹般地将大比分逆转为2∶1。现场观众欢呼雀跃，期盼自家球队乘势取胜，韩珍也是又激动又紧张，叮嘱队员们咬牙坚持到最后。

看出苗头不对，俞教练立时祭出自己的杀手锏——高达一米九七的年轻副攻黄薇薇。在身材不占优的津海队队员面前，黄薇薇好似一堵高墙，就是原地起跳也在三米以上，加之两只长臂伸得很远，无论田敏、孙红雁的快球，还是陆月洁的轻吊、杨絮的重扣，她都能死死罩住。

津海队进攻全面受阻，此时几位老将体能已严重下降，拼到第四局后半程，韩珍被迫将堪堪不支的田敏、杨絮替换下场，军旅队趁机扳平总分。虽然决胜局田、杨二人再度登场，但大势已无可挽回，稳居上风的军旅队唾手拿下赛点。

尽管2∶3输掉了比赛，但败给军旅队这样的顶尖强队并不难看。同时，黄薇薇的横空出世，也让津海队感受到了前所未有的震慑。

军旅队新冒出的高大副攻，让韩珍很是挠头，而联赛采取主客场四循环制，赛事密集，容不得你花时间找症结。转过天，津、军两队第二场对决就又开始了。

俞双坪照方抓药，首发将潘、翟、宋三大主力连同黄薇薇全派上场，前两局都没让津海队超过10分。第三局好不容易硬扛到15∶15，黄薇薇拦下田敏的背飞，夺回发球权，潘雯斜线扣杀，16∶15，军旅队抢得赛点。潘雯一个大力跳发，陆月洁后排将球垫飞。连丢三局，津海队被人家剃了光头。

没能扳倒军旅队，随即还要遭遇江浙、姑苏、辽沈等国内一流强队。就照这么打，成绩好坏已没人再议，能否保级才是重点。本赛季后不再设置优胜赛，积分末两位的球队将直接被踢出全国联赛。

韩珍万万料想不到，球队苦练多年的小球串联、副攻快球如此不堪一击。难道路子走错了？不对！就津海队目前的实力，与顶级球队存有差距不假，但绝没那么悬殊。韩珍苦闷不已。

"国祥，我是不是老啦？"

"哪儿的话？我都没您硬朗。"徐国祥嘴上宽慰，心中不免阵阵酸楚，这位有着钢铁般意志的韩教练，竟也会有这样的挫败感。

"我不是指身体，确实是脑子跟不上时代了。还有啥办法让球队更进一步？"

"我也没想好。反正照现在这样，保级够悬。说句粗话，只能瘦狗拉硬屎——强挺着了。"

"这叫什么话！"

"是不好听，但话糙理不糙。"

韩珍心头一动。有道是"晴天不骂晴，雨天莫咒雨"，既然面对的是各路强敌，就别老想着主动得分，需比以往更注重防守，先确保一传无虞，再图反击。这办法虽说保守些，但应该适用。

确立了新策略，韩珍召集大家共同商议如何面对下一个对手——江浙女排。

27

近年来江浙女排异军突起，虽未拿过联赛冠军，排名却总能位列前茅，随着队内主攻胡茵与副攻齐莉莉两名现役国手的日臻成熟，越发难打难缠。后起之秀朱苏娅更不可小觑，这个不到二十岁的全能型接应，前年入选国家青年队，去年就以主力身份参加了世界青年女排锦标赛，并获得第三名。她不仅技术全面，速度、爆发力更是惊人，绰号"喀秋莎"，就是指其攻击犹如喀秋莎火箭炮一般快捷迅猛。

照此情形，江浙队实力与军旅队、沪上队不相上下。教练组皆认可韩珍制定的发球带动防反、待机而动的战术新思路。

教练组向底下传达指令时，有些队员想不通，杨絮也因被要求积极参与拦网而心生不快，只是身为老队员比较克制，没当众发牢骚。林庭却憋不住话："这不等于闷头等着挨揍吗？还美其名曰以守为攻，简直就是乌龟战术。"

估计队员可能曲解自己的意图了，韩珍遂耐心地讲："以守为攻，并非只守不攻。只是不能再像以往那样，硬碰硬地自我消耗。要尽量拖，不让对手轻易下球，时间一长，等她们锐气大减，我们则适时发起反攻。"

"拉大锯扯大锯的，单凭这个人家就能输给咱？"陆月洁怯怯地小声质疑道。

"天下没有常胜将军！同理，谁说咱就不能赢？"韩珍顿了顿，半开玩笑半认真地说道，"月洁，上次对军旅队，最后的关键球可是你垫飞的，将功补过，这回你给我堵死朱苏娅，她这门火箭炮必须哑火！"

陆月洁点点头，没敢再吭声。

韩珍知道大伙儿已存畏敌心理，看来得配个另类方子，治治这胆怯病。

三日后，津海队移师西子湖畔。阳历 1 月中旬，正是当地最阴冷的时节。津海队姑娘们无福欣赏断桥残雪这难得一遇的美景，刚下火车，就被大客车直接拉到江浙人民体育馆。

这座位于下城区的椭圆形高大建筑，占地近四万平方米，馆外广场就达数千平方米。韩珍望了眼直通二层主馆多达三十六级的台阶，又看了下手表，随即让队员一字排开，折返跑二十轮台阶。

老太太这是想干啥？二十轮跑下来，不累散架才怪，还怎么对付比赛？

徐国祥忍不住问："韩指，是不是让大伙儿先歇歇？晚上——"

韩珍面沉似水:"不是都认定这场球会输吗?我就先提供个输球的理由。"

没听说过,这算什么理由?但主教练的命令谁也不敢不服从,戴颖、杨絮一左一右,带领大伙儿在宽大的台阶上来回奔跑起来。见此,体育馆工作人员也甚是不解,三三两两聚拢过来围观。

待队员个个气喘吁吁结束二十轮折返跑,韩珍却冷笑着:"好呀,这样输了球,回去就好跟外人说嘴。但今晚若真输了,明儿咱还接茬儿跑!"

大家闻听面面相觑,心说:完了完了,这下死定了。

指定宾馆就在街对面,办完入住手续,韩珍又布置了晚上比赛的具体技战术,而后让大家抓紧休息。

林庭凑近队长戴颖问:"韩指到底啥意思?"

"啥意思,嫌咱给她丢脸了呗!"陆月洁赌气道。

"就你老散播负面情绪。"

"为什么专说我? 连着输球,谁心情都不好。"

戴颖说:"哪能老走背字?也该咱转运翻盘了吧。按韩指的指令,大家都把好自己的位置。江浙队总不下球,她们也照样麻爪儿。"

林庭提议道:"晚上谁要是当漏勺,回来一起踢她屁股!"

"我同意。"田敏率先举手赞成。

"只要明天不再跑台阶,怎么着都行。"陆月洁也说。

戴颖拍板道:"就这样定了!"

韩珍用强刺激同队员们打了场心理战,果然收到奇效。憋足火气的津海队也一反常态地严防死守,抱团顶住对手一波波猛攻。一个发球权反复争夺八九轮,江浙队也得不到分。主攻胡茵与副攻齐莉莉同时被对方盯死,接应朱苏娅更被陆月洁不错眼珠给盯住了,接连三次快攻全遭封杀。

本想在主场大显身手,竟被顽强的津海队捆住手脚。主场是柄双刃剑,虽有本土作战的优势,同时也要承受来自家乡球迷的巨大压力。打顺手了,气势如虹,愈战愈勇;如若遇挫,则很快起急慌乱。仅自失,江浙队就白白送出4分。津海队反而始终不紧不慢,即便进攻也很少跳扣,大多拍拍吊吊地打落点,能打中更好,不成,再接茬儿跟你耗。

江浙队主教练做梦也没想到,津海队竟使出这种拖死牛的招数,生生把人磨得毫无脾气。煎熬了近一小时,自己反以12∶15丢掉首局。面对津海队密不透风的防线,江浙队教练毫无办法,只能催促队员加快进攻节奏。然而"一鼓作气,再而衰,三而竭",锋芒被锉平的江浙队队员越打越疲沓,就像《老人与海》中桑提亚哥钓住的那条大鱼,缠斗多时后再无力扑腾。

第二局8∶15。

第三局6∶15。

强劲的江浙队竟惨遭弱旅津海队零封,队员木呆呆望着局分牌上鲜红闪亮的0∶3,觉得简直不可思议,看台上的本地球迷也一片鸦雀无声。唯抱在一起的津海队姑娘狂跳不停。有信心的人,可以化渺小为伟大,化平庸为神奇!找回自信的津海女排,此时热血沸腾,充满力量!

"韩指说得对,我们也能赢!我们也能胜!"林庭带头叫着,其他球员也都随之欢呼雀跃,兴奋得半宿没睡。

但韩珍清楚,这种战术仅是保级的权宜之计,若靠它冲击联赛四强无异痴人说梦。她告诫大家,千万别被一场小胜冲昏头脑,后面还有三个月的漫长赛程,不知还会遇上什么沟沟坎坎。远的不提,明天江浙队必将疯狂反扑,大家还要严格按既定方案,集中精神打好比赛。

为挽回颜面,第二场比赛一开局,江浙队便全线压上,依靠强行进攻拼下首局。津海队依旧稳扎稳打,步步为营,第二局后半程,又将对手拖入自己的节奏。16∶14,扳平。江浙队上下束手无策,继而又连失两局……

津海队客场双胜江浙队,引发排坛极大轰动。她们不再被忽视、被歧视,曾经的菜鸟丑小鸭们,勇敢地按下了追逐梦想的快进键。

然而斗志昂扬并不代表着所向披靡,同顶级强队对垒仍难免铩羽而归。之后的二十二场较量,津海队与对手互有胜负,待十四轮赛事全部结束,一算总积分,津海队位列第五,方丽娜当选"最佳防守",陆月洁当选"最佳拦网"。消息传回市里,津海球迷开心无比:"我们出头了!"有人更风趣地说,没想到"陆涅槃"是津海第一个上榜的。这分明是赞美陆月洁此役表现,就如同凤凰涅槃。

初战联赛取得如此成绩,真是太拿得出手了。体委更从赞助费中拨出一笔奖金,对教练组和队员论功行赏。

庆功过后,韩珍没有乐而忘忧,她清楚以球队目前的状态,下届联赛困难重重。韩珍请教津海排球界的诸多前辈,期望从中找到新路,让球队再次实现自我突破。

尚未寻着前路,先来个后院失火——秀水轮胎此次只给了一半赞助费,另一半说是等到年底补齐。

"合约白纸黑字不是写着一次性支付吗?"韩珍问负责联络的徐国祥。

"咱平时太不关注经济形势了,新闻上说,现在东南亚正闹金融危机。"

"东南亚闹危机与秀水轮胎何干?"

韩珍似乎没意识到,当今世界经济早已走向一体化,牵一发而动全身。东南亚金融风暴已波及东亚的日韩,大量银行、证券公司相继破产,引发了系统性的经济衰退,秀水公司自然也无法幸免。

28

"若没有在中国的投资,单靠韩国本土,秀水现在就已破产。不过他们资金链也快断了,能从牙缝给咱挤出十五万实属不易,估计明年合同期满,他们不会续约。当务之急是另找家赞助商,别让秀水给咱晾旱地上。"徐国祥说。

"这事还得你们去跑,我是跟不上这个时代了。"韩珍感慨万千。

"我们也够呛,人家流行歌曲怎么唱来着,'不是我不明白,这世界变化快'。"

二十世纪九十年代末确实是个飞速发展的时期,似乎一切都瞬息万变。徐国祥正为赞助的事奔走时,却接到韩珍急呼,说有要紧事立即与他商讨。

徐国祥连忙赶回体工大队,方知世界排坛发生了一场天翻地覆的大变革:国际排联议定,自今年年底开始实行"每球得分制"。就是说,今后比赛双方无须再拥有发球权,任何情况下靠有效进攻或对方自失都能得分。分制也由之前的每局 15 分,改为一至四局优先获得 25 分者得胜,如果战至 24 分平,那么必须拉开 2 分差距才能分胜负;第五局率先得到 15 分的球队即获胜。

新制度无疑加快了分值变换速度,缩短了比赛用时,刺激球队加强进攻,大大提升了观赏性,更有利于赛事转播控制及商业运作。但这一促进排球发展的改革,对于津海队来说,是比失掉赞助商更为糟糕的消息,球队有可能由此陷入极度困难的危险境地。

举凡体育领域,每每发生制度、规则方面的重大变革,总会倒逼出一系列技术的更张和创新,排球项目亦概莫能外。"每球得分制"的实施,迫使每支球队的技战术水平终将朝着全面、准确、有效发展,而赛场上亦会表现得越发激烈与残酷。两队同场竞技,即使水平相当,一方大比分领先时,另一方则难有机会扳回。

今后,快速多变是排球进攻理念的新潮流,那些靠单一防守的球队很难维持。因此身体条件本就不占优的津海队,网口劣势越发明显,一旦防线被对手突破,直接或间接地造成大量失分,在缺乏主动得分手段的情况下,赢球概率微乎其微。那么在接下来的全国联赛中,她们将如何立足?

之前国际体坛每次推出新规,排协方面都会观望一阵儿,等其他国家试行成功后再跟进。而此番排协非但反应积极,且决定将1998—1999赛季全国男排、女排联赛全部采用"每球得分制"。距开赛仅不足半年,着实令人猝不及防,津海女排该如何调整?

"计划永远赶不上变化。"徐国祥连连摇头。

"该变也得变。墨守成规,就是等死。"韩珍严正地说,"我想过了,我们要在坚持小球串联、打防反的大原则下,想办法加强网前攻击力,另外,抓紧增设自由人。"

"自由人?日本人那玩意儿尚处实验阶段,排联还没正式确认呢。"

"都每球得分制了,自由人很快就会铺开,否则,以防守见长的球员咋活?"

韩珍所说的自由人,国际排联称为LIBERO,也叫自由防守人。这点子最早是由日本排球界提出的。

因本国球员普遍矮小,世界排坛又都朝高快结合发展,日本发现自己的进攻与网上争夺越来越吃亏,便想到应设立专司一传和后排防守的队员。现在大多数球队普遍都攻强守弱,在攻势排球趋势下,谁的后排细节抓得紧,谁的收效就更大。但如何能将球传起来、防起来,这就得依靠灵活机动、防卫出色的自由人。

国际排联也认为该提议有助于攻防对抗的相对平衡,遂同意采纳。但实施后将对现有比赛带来多大冲击,细节上还待推敲。日本方面却迫不及待,1995年便在本国联赛中开始实行,国际排联见效果良好,方在转年出台相关的试用规则:比赛时每支球队只能有一位自由人上场,且身着与其他同队球员颜色不同的球衣,轮转仅限于后排,不得进攻、不得拦网、不得发球、不得在前场区传球,也不得是球队队长。

这种受累不讨好的活儿谁乐意干？所以近两年来，许多球队都未急着设置自由人。但"每球得分制"的时代已经到来，津海队再不添加自由人，如何填补后防空虚？主意已打定，决心也下了，可让谁承担此职，便是韩珍面对的又一个棘手难题。

斟酌再三，韩珍认为孙红雁最适合。入队三年多了，她个头儿始终定格在一米八，如此身高很难再打副攻，但孙红雁基本功扎实，沉着机敏，更有拦网底子，对来球路线预判力强，稍加调理即可成为一名出色的自由人。

在韩珍眼里，孙红雁就像西行路上的沙僧，吃苦耐劳，踏实勤恳，任劳任怨，从不矫情挑剔，说服她应该不会太难。于是她当即将其唤来，强调了自由人对于球队的重要性。静静听韩珍讲完，孙红雁脸上微微抽搐了几下，沉默良久才低声问："韩指，能让我像丽娜姐那样改打沙排吗？"

韩珍实感意外，纳罕道："你打沙排？为什么？"

"我知道自己笨，个儿又矮，没啥发展前途。可我喜欢打排球，也练了快十年了，您可别不要我。"孙红雁眼圈红了，泪水在里边打转。

"傻孩子，想哪儿去了？刚才我不说了吗，自由人是咱队生存的保障，特别是眼下，其关键性绝不次于网前几个位置。"

"只许守，不许攻，也不能再大力跳发球了，就连场上球衣都跟大伙儿不一样。这不成球队个别分子啦？"

"怎么个别分子啦？世界排球在进步，一支球队必须有稳固的一传和后排防守。我分析过你的身体条件，相信用不了多久，你一定能成为咱队的定海神针……"

看出教练已经认准自由人人选了，孙红雁没再说话，默默起身退了出去。

韩珍觉着不对头，细琢磨孙红雁近来表现，心道：这孩子莫非有啥难言之隐？

已经有些日子了,在津海队内,孙红雁似乎没了存在感,大事小情全不参与,且很少与人交流。因其平常就是只闷葫芦,谁也没往心里去,唯闺密林庭了解实情:受身高所限,技术提升遭遇瓶颈,孙红雁倍感压抑,父母又先后下岗,家中经济状况日趋窘迫。老爸每天到处给人打零工,老妈则回老家容城,从那边的家庭制衣作坊趸些低档的服装鞋帽,到马路边上叫卖。

羞于将此情形对教练、队友倾诉,内向隐忍的孙红雁在自我封闭中变得越来越消极悲观。韩珍有关自由人的解释,也被她理解为婉转地将自己边缘化的借口。

离开教练办公室,孙红雁眼前一片灰暗,本想找林庭聊聊,可一来到训练场,见林庭正和杨絮、陆月洁几人开心地说笑,她立时停下脚步转身走开。此刻孙红雁只觉得被整个世界抛弃了,思来想去,也许回家同妈妈诉诉苦会好些。

骑车来到自家附近的农贸市场时已近黄昏,孙红雁蓦地发现一个熟悉的背影,只见那人手拿根细木棍,正躬身在一堆烂菜中扒拉着什么,见到白菜帮子、长芽土豆、裂口西红柿等但凡还能食用的,就拣进臂上的塑料袋里。

天呀,孙红雁没有看错,那人正是她的妈妈——一个动荡年代后首批考入大学的大学生。怎样的境遇,才挤对得严肃坚强的母亲乞丐般跑这儿拣烂菜?孙红雁捂住嘴,木呆呆站在那里。

29

孙红雁知道,父母两人自小在同一大杂院内长大,他们的结合完全源于青梅竹马。十八岁时,父亲参军当了工程兵,并学会开汽车。母亲在家自学,苦读两年后赶上 1978 年恢复高考,考进津海理工学院机械工程专业,虽说只是大专学历,但在当时也是极为抢手的大宝贝,毕业后分配到海燕手表厂做技术员。此时,业已复员的父亲在梅花缝纫机厂当了司机。

二十世纪七八十年代,年轻人成家必备"三大件",即手表、缝纫机、自行车,而"海燕""梅花"均为国内名牌产品。父母所在的工厂皆为当时一轻局下属效益最好的企业,收入都不错。二人结婚后转年就生下了孙红雁,一家三口其乐融融,小日子过得很红火。

然而时过境迁,二十世纪九十年代后,老百姓更习惯买成衣,后来连布票都取消了,谁还自己做衣服?梅花缝纫机迅速滞销。而廉价电子表的大量出现,使得传统机械表没了市场,海燕手表更比不上象征富人身份的高档瑞士手表,真是武大郎攀杠子——上下够不着。曾经的老"三大件"此时已被冰箱、彩电、洗衣机新"三大件"取代,更多家庭已升格为空调、电脑和录像机。大势所趋,仅三五年光景,缝纫机厂、手表厂便从没奖金到发不出工资,最终偌大个工厂全面停产,孙红雁父母也相继买断了工龄。

所谓买断,是当时某些国企改制中安置富余人员的办法,参照员工的工作年限、工资水平、任职岗位等条件,一次性支付给员工一定数额的钱款,继而解除企业与员工之间的劳动关系。

两口子都回了家,这上有老下有小的日子咋过!屋漏偏逢连夜雨,没多久,孙红雁的爷爷又中风住院,可单位没钱不给报销,孙红雁父母只得拿钱往里垫。眨眼工夫,买断工龄的那点儿钱就垫光了,只得找亲戚朋友借。等老爷子病愈出院,家中已欠下近万元的债务。

如果不能改善父母的生活,我们长大有什么意义?无声的泪水顺着双颊汩汩而下,孙红雁怕被母亲发现,掉转车把便往回骑。父母已经够难的了,不能再让他们烦心,自由人就自由人吧,只要队里不往外撵,打啥位置都可以!

孙红雁正咬牙往前蹬,迎面撞见教练韩珍和好友林庭。

方才见孙红雁行为蹊跷,韩珍越琢磨越不安,追出门时,已不见她的人影。韩珍叫来林庭问询,方得知孙家的现状。二人赶忙追出来,沿路寻找。

看着孙红雁满脸泪痕,韩珍心疼道:"都怪我以往对你关心不够,没及时了解你的情况,说话也不注意方式方法。记住,女排也是你的家,以后有什么困难就讲出来,我们大伙儿一块儿想办法。"

孙红雁点点头,使劲揉揉眼睛随教练返回体工大队。

而孙母并不知自己的窘况被女儿发现,第二天正赶上周末,她照常炖好一大锅番茄牛腩送了过来。

"家里都这样了,就别给我做牛肉了好不好?"孙红雁阻止妈妈道。

孙母笑容依旧:"傻闺女,日子再艰难,也供得起你吃肉。"

日子已难到要拣烂菜,妈妈却还省下钱来为自己炖牛肉。这肉再香,又怎么咽得下去?

孙母见女儿神情异样,忙询问缘由,孙红雁不会说谎,一时不知如何应答。林庭连忙插话道:"昨天韩指想叫她改打自由人,她到现在还有点儿想不通。"

"自由人是干什么的?"孙母追问。

"这个太专业了,得空回家我再细说。"

林庭想三言两语糊弄过去,孙母越发为女儿担忧,立即去找韩珍了解情况,临走前还叮嘱大家趁热吃肉。望着母亲慌张而去的背影,孙红雁悲痛交加,扑到床头呜呜哭。见此,以往瞬间被抢光的番茄牛腩直到热气散尽,也没一个人过去动筷。大伙儿都替孙红雁难过,谁还有胃口?

经韩珍掰开揉碎一番解释,孙母终于弄清了自由人是怎么回事,也明白了教练之所以选中女儿,是懂得女儿的价值所在。她这才放下心,连声称谢后告辞离去。

送走孙母后，韩珍也不禁潮湿了双眼：真是可怜天下父母心啊！无论生活怎么艰难，摆在第一位的还是孩子。孙母每周过来送番茄牛腩，不单是为给孙红雁补身体，更怕队友获知孙家穷，使女儿在人前抬不起头，进而产生自卑感。

人到难处得拉一把，虽说救急不救穷，但至少先帮孙家把欠债还上。韩珍正欲号召大家集体捐款，杨絮闻讯前来："韩指，募啥捐，零零碎碎的多麻烦！这事您甭管，全交给我了。"

望着杨絮一溜烟地匆匆而去，韩珍委实欣慰：这爱呀，就是个口袋。往里装的是满足感，往外拿的是幸福感。

不大一会儿，杨絮便悄悄将孙红雁唤出宿舍，从包内掏出厚厚一沓刚从银行取的百元新钞，硬塞到孙红雁手里："拿着，这是絮姐当模特走穴时赚下的，正不知怎么用合适，现在它算找着去处了。"

"絮姐，这可不成，我怎能要你这么多钱！"

"我不是白给，算借你的。不过，不要利息，没有期限，啥时富余啥时还。"

孙红雁不再说什么，向教练请了假，赶紧回家把钱交给妈妈。

但孙母是个要强的人，怎好让女儿队友帮着还钱，又为此跑来非要把钱退还杨絮。

"阿姨，这就太见外了。这钱您不拿上，下次再送牛肉，大伙儿可都没法吃了！我爸妈都是公务员，工作稳定，我自己的工资现在也不低，这钱真不急着用。"

见杨絮的确出于挚诚，孙母道："真得谢谢你，那阿姨就舍脸收下啦。"

外债还上了，孙家日后的生计还是没有着落。徐国祥想起女排的赞助商秀水轮胎公司，虽说正闹经济危机，但安置个把员工总不成问题，何况他们还欠了女排一半的赞助费。

韩珍也支持徐国祥的想法。经他从中联络，不出一周，孙红雁的父亲便被招进秀水公司做了司机。

孙母不知该如何感谢大家,周末送番茄牛腩时,拉着女儿来到教练办公室,说到激动处,竟给韩珍跪下了。

韩珍赶忙双手扶起:"红雁妈,这可使不得!咱津海女排都是一家人,就应该彼此互帮互助。"

孙母千恩万谢,当面叮嘱闺女:"想要的东西,就得踮起脚尖伸手去拿,这个道理就连小孩子都知道!你有这么好的教练和队友,以后要多用心,下功夫,将来好给咱们球队增光长脸!"

顺着孙母的意思,韩珍接着道:"另外,若想成为一名优秀的运动员,你还要善于排解压力,无论家里的、个人的,还是训练和比赛当中的。"

孙红雁连连用力点头。自那以后,她拿出十倍的努力苦练防守。

难题以这种方式解决,韩珍非常高兴,心中也暖融融的,感觉如今津海女排越来越像个团结友爱的大家庭,这样凝聚起来的队伍才有战斗力。

津海是打快攻的球队,副攻位置相当重要,虽说孙红雁改打自由人了,好在还有田敏和陆月洁,而眼下更棘手的还是主攻。方丽娜走了,她与刘春萍联手练沙排后,战绩优异,国内排名迅速提升,近期正积极备战亚洲沙排锦标赛,根本无法抽身。扛大梁的只剩老将杨絮,倪鹃还欠成熟,如何加强攻击力?

不如引进外援?韩珍猛地想到。

自全国联赛开启之初,排协已允许各队引进外援,但受传统思维模式的局限,一时间尚无哪支球队敢开这种先例。

"请外援?咱可就成了第一个吃螃蟹的了。"徐国祥说。

"吃也就吃了,还能毒死谁?实话讲,我这也是给逼的。"韩珍接着解释说,"主攻位置就是咱的软肋,如果总不下球,我们防反组织得再好,也得功亏一篑。眼下不是时兴摸着石头过河吗,请进外援既然在排协允许范围内,我们为什么不尝试一下?"

30

请外援这类事看似麻烦,实则操作起来并不复杂。西方体育商业化早已成熟,热门项目皆拥有完备的转会市场,只要国内这边通过国家排管中心提出要求,立马便有中介提供相关信息。

可惜韩珍的决定还是下晚了,因欧美各国联赛即将开幕,优秀选手大多名花有主,身材较高的主攻仅剩一米八七的俄罗斯球员托卡切娃。她虽为三流队员却开价不低,月薪至少一千美元,按汇率折合人民币就是八千三百元,比在岗的津海女排队员平均工资的十倍都多。

没多大价值,还这么贵,要不要?徐国祥拿不定主意,忙打电话同韩珍商议。

"就不能再往下划划?"

"已经到底了。"

韩珍沉吟片刻,之后拍板道:"定吧!仗着眼下咱还有点儿赞助费。"

既是俄罗斯人,就得配翻译,开销不小,无论如何能省就省。到外院找位俄语系大学生吧,但对方不见得懂排球,回头再把意思弄反了,那就添乱了。

徐国祥想起当初聚会"砂锅李"的老队友赵亮,他前两年曾到俄罗斯贩过几趟服装,虽没赚着大钱,俄语说得挺溜乎,足以对付日常交流。

放着旱涝保收的体校老师不当,赵亮因何大老远跑俄罗斯当倒爷?

当年章志强选择前往意大利后,赵亮的心也活了。正苦于找不着门路,无意间看了冯巩主演的电影《狂吻俄罗斯》,赵亮深受启发,立即与东北的表弟取得了联系。

赵亮大舅为首批开发北大荒的退伍军人,几经辗转终在齐齐哈尔落户生根。赵亮没地理概念，觉着齐齐哈尔离中俄边境应该不远，可作为自己货物的中转站。让表弟在当地帮忙租了套便宜空房后，赵亮便从津海最大的服装集散地——温州城趸了批衣裤，办好护照与停薪留职手续，继而前往黑龙江。

二十世纪九十年代初期，随着国门加大开放，中俄远东商贸日趋活跃。赵亮裹在各色商贾中，乘火车抵达旧时被称作海参崴的符拉迪沃斯托克。这座远东最大城市，也是俄罗斯太平洋沿岸经济发达的最大商港，来此做生意的中国人络绎不绝。依照《狂吻俄罗斯》套路，赵亮搭伙他人卖服装，但电影中虚构的情节同现实经商却是两码事。那些从国内趸来的服装，高壮的俄国人根本穿不了，大多砸在手里，所幸进价低，才没让赵亮赔个底儿掉。

赵亮心有不甘，根据当地市场需要，他重新购进服装，转头杀回符拉迪沃斯托克，折腾得都快吐血了，终于小赚了一笔。

俄罗斯人做生意不讲价钱，一就是一，二就是二，全没有中国人的机灵活泛。一次，赵亮在一家商店看上一种挺好玩的套娃，单价八十二卢布，折合人民币才八元。他打算买一百个回国倒卖，就让店主按批发价优惠卖他。才区区两卢布，店主就是不给抹零，结果交易没达成。

同俄罗斯人做买卖简直太费劲了，白搭两年工夫，六七个来回，最终只落个嘴顶嘴。由此，赵亮彻底死心了。

但除了会打两下排球，自己还真身无旁技，赵亮只好重返体校，但原先的职位早被别人占了，于是始终这么闲当嘟着。没想到，当初经商时练就的一口俄语救了他，经师兄徐国祥推荐，赵亮被临时借调到女排做翻译。

津海女排重金引进外援，破天荒之举轰动了业界，圈内人士予以广泛关注，本赛季参赛球队更纷纷派人赴津海观察托卡切娃的"试镜"训练，一时间体工大队训练中心门庭若市。按说这多少有窃密之嫌，但都在体制内，同行前来参观学习，总不好将人拒之门外。

一亮相,托卡切娃确实令人惊艳,身材高挑,加上白皮肤、蓝眼睛、高鼻梁,称得上标准的俄罗斯美女。但看罢这位洋球员的整场训练表现,观者心中的印象却大打折扣。韩珍连连摇头,悄声对徐国祥道:"连续动作比咱的队员都差,防守、小球处理也有明显缺陷,短时间内难同大伙儿配合到一起。先磨合一段时间再说吧。"

通常讲,职业运动员新加入一支球队,磨合两三个星期就差不多了,可转眼俩月过去了,托卡切娃仍难以融入津海队。脾气秉性、生活习惯不和谐尚属小节,最大问题还是技战术方面。欧美选手喜欢开网进攻,而中国球员多善于近网扣球。戴颖给托卡切娃传球总感觉别扭,托卡切娃反抱怨二传喂的球老是不舒服。此外,欧美选手打球习惯长枪大马,津海队则以细腻的小球串联为主,托卡切娃时常叫嚷:"你们节奏太快了,我实在跟不上!"

这就叫围棋盘里下象棋——怎么走都不对路。韩珍暗怪自己,此次引援过于仓促草率,白糟践钱不说,关键是这样的"外来妹"并不能提升球队战斗力。

果然,随后的1998—1999整个赛季,托卡切娃就没现身过首发阵容,更多时间坐在替补席上。并非韩珍有意弃外援不用,确因其每次上场只能帮倒忙。

正如韩珍所料,已改为"每球得分制"的全国联赛,竞争之激烈用"残酷"二字形容一点儿都不为过。进攻能力不强的重症,让津海队越发举步维艰,首轮两场即被川蜀队 3:0、3:1 击溃,之后磕磕绊绊,就连新晋级的云滇队与南部队也拿不下,面对沪上队、军旅队、江浙队等强敌更无还手之力。

好在津海姑娘们基本功过硬,且咬劲十足,顺境、逆境通通血拼到底。而长达百日的联赛就像跑马拉松,越到后半程,越要看哪支队伍更坚韧顽强。

进入 3 月后,身高力量皆不占优的津海队,已逐渐适应了新规则下的竞技节奏,林庭、陆月洁联手孙红雁的后排防线越发牢不可破,多次化解掉对手高快的凶狠冲击;通过戴颖的二传变换调度,杨絮 4 号位和田敏、陆月洁的快球又不时奇袭得手,获胜场次不断增多,即便落败也将对手耗得筋疲力尽。

第十四轮最末一场,冤家路窄,客场对阵军旅队,结果津海队 2:3 告负。赛后,"不倒翁"俞双坪开玩笑地对韩珍道:"韩指,跟你们打球实在太累,4 月可不算热,我愣出了一身汗。"

本赛季落幕,津海队积分排名第六,再次保级成功。韩珍心里明镜似的,除去队员凭意志力硬拼,小分挤掉云滇队保级,多少也有些运气。精神难能可贵,但好运不会总来光顾。立足长远,技术上仍要寻求突破。引进外援方面也得反思,以后纵使请来大牌球星,其他位置偏软,赢球也仅限于理论上。

返回津海,队里遂与饱受诟病的托卡切娃解约。见韩珍主动提交书面检讨,领导劝慰道:"摸着石头过河嘛,就得勇于各种尝试。津海队能在全国首开先河,仅这一点就值得肯定。"

津海队首次引援失败,其中唯一受益者只有赵亮,托卡切娃走了,他却摇身成为队里的助教。剔除运气成分,赵亮的排球功底连同其体校执教经验,才是他得以留任的重要因素。

漫长的赛季告终,又有难得的两周休假,韩珍总算腾出时间好好陪陪归国多时的女儿。早在今年春节前,郑佩玲便返回津海,这次她并非回乡探亲,而是彻底同意大利拜拜了。

郑佩玲已在佛罗伦萨国立美术学院拿到硕士学位,且两次成功举办了个人画展,因表现优异,被导师推荐留校任教,这可是多少人求之不得的。郑佩玲也欣然受命,一度打算在当地定居,并加入意大利国籍。

但去年夏天,长江、嫩江、松花江相继出现五十年不遇的全流域性洪水,这场空前灾难波及中国二十九个省(自治区、直辖市),受灾面积三亿多亩,受灾人口超过两亿。获悉这一情况后,郑佩玲心急如焚,除给国内大量捐钱外,更积极向朋友、同事募集救济款。孰料,周边人竟对此漠不关心,就连那位满口慈善博爱的导师也不肯出一个子儿,反而对中国政府的救灾工作冷嘲热讽,大讲什么"在我们先进的民主国家,这种无妄之灾根本不会发生"。

天灾还管你民不民主,你这个"先进"人却张口讲出这种隔岸观火的风凉话,真是无耻!郑佩玲愤怒至极,当即摔门而去。

31

特大洪水整整持续了两个月,死亡四千余人,倒塌房屋近七百万间,直接经济损失达一千六百多亿元,简直是场国难。可西方发达国家口头表示慰问,并未给予中国实质性帮助。

郑佩玲算是看清了,西方所谓普世价值不过是欺人之谈。她在意大利一天也不想多待了。挨到年底圣诞节假期,她向校方提出辞职后,打点行囊毅然回国。

女儿能有这样的抉择,韩珍举双手支持,她丝毫不担心女儿以后的就业问题。那些年"海归"是各领域争抢的人才,以郑佩玲的学历资质,找份称心工作还不容易?日前她已通过面试,被津海美术学院录用,暑期后便正式上班。

女儿事业有了着落,当妈的自然高兴。正赶上队里放假,韩珍想陪她出去尽情玩玩,于是娘儿俩便来了个"烟花三月下扬州"。

闲逛聊天时,郑佩玲随口提起章志强,韩珍心头一动:是啊,这么多年了,那个"智慧囊"在干啥,他能否也像女儿这样回国发展?

提及章志强，郑佩珞兴奋异常："说起这个章志强，在意大利留下个'实干的能耐人'的美名不说，跑到南联盟又干得风生水起。就连挂不上名的诺维萨德队都被他给带获了联赛亚军，您知道他在干什么了吧？"

"南联盟？这会儿那儿不正在打仗？这么危险，他咋还待在那儿？"韩珍不解道。

"前些日子，我们还联系过一次。据章志强说，现在北约集中轰炸的是贝尔格莱德，而他住的地方距首都七十多公里，除了农业基地与教育中心，没啥可攻击的军事设施。应该没事。"

"才七十多公里，津海到北京都比这要远。打起仗来，还管你有无军事设施？炸弹不长眼睛。章志强胆子可真大。"

结束旅程，韩珍娘儿俩才返津海，却惊悉北约轰炸了中国驻南联盟的大使馆，造成三名记者死亡、数十位外交人员受伤，馆舍亦损毁严重。自知理亏，北约反复强调"误炸"，在对死伤中国人进行经济赔偿的同时，又出资修缮被炸毁的使馆建筑。

此后月余，数万架次战机及上千枚巡航导弹轮番轰炸，体无完肤的南联盟实在无力支撑，只得签署屈辱的停战条约。

满目疮痍之下，南联盟的文娱活动、体育赛事全部被迫停摆，诺维萨德俱乐部也没理由再挽留章志强。

经历了科索沃战争，钻过了无数次防空洞，章志强已看清西方社会的本质，他决计回国。一旦打定主意，章志强归心似箭，他再无任何留恋地选择了全身而退。

时隔多年重归故里，章志强感慨万千。因大力实施市政府提出的"三五八十"奋斗目标，津海经济与市容市貌都发生了巨大变化。

世纪交替之年，又正逢人类现代文明全新划时代革命。第一次的机械工业革命、第二次的电气化革命，中国都失之交臂。而此次的信息化革命,我们没有掉队,而且跑在了全球前列。

这个世界既不公平又足够公平,它提供的机遇就像一趟趟班车,你或许会错过一两个班次,但只要你真正警醒起来,看得准,跟得紧,成功登上了下一班,照样可以到达目的地。

此时,国家体委已改组为国家体育总局,各地政府也撤销地方体委而改设体育局。

赶上这改革奋进的时代,踌躇满志的章志强也准备开创属于自己的事业。最能让自己全身心报效祖国的,就是再次回国家队效力。他正频繁与北京联系时,徐国祥却拉着赵亮一起找上门来,除了给他接风,更是劝其留下执教津海女排。

二位好友的真诚挽留,让章志强有些为难。正举棋不定时,韩珍又出人意料地主动登门相邀,并恳挚表示愿意让出帅印。

"你年富力强,实战、执教经验都具备,现在又有了国际视野,知识结构比我老太太新得多。假以时日,咱津海女排在你的带领下,定能再上一个新台阶。"

韩珍的一片至诚令章志强深深感动,但自己才回来便去顶人家主教练的位置,就是自己真不想,别人也会推测这是鸠占鹊巢。故此他坚辞不受。

见亲自出马仍难奏效,韩珍只好烦请体工大队薛主任帮忙劝说。而北京方面也同时来了回信:"体育总局现正为今年世界杯重组国家女排,以你的资质进入新教练班子大有希望,请抓紧递交申请。"

是去是留,真让人难以定夺。

正踟蹰无断,郑佩玲打来电话,邀章志强到新开业的星巴克喝咖啡。交往多年,章志强知其必有文章,但还是如约来到国际大厦一层。

就座后,郑佩玲也不客气,单刀直入道:"好嘛,三顾茅庐都请不动,真比诸葛亮还牛。莫不是眼光太高,觉得窝在津海屈您的大才?"

章志强忙辩白："我绝没这意思，只想找个更适当的位置，干点儿实事。"

"那好。令尊是教历史的，你平日也爱读史书典籍，我讨教个问题：诸葛亮为啥要保落魄的刘备，而不投靠得势的曹操？"郑佩玲问。

"刘皇叔乃汉室宗亲，正统呗。"章志强答道。

"不仅如此吧。诸葛亮多聪明的人，那曹营早已谋士如云，他清楚到那儿很难发挥才干。现在的国家队还不是一样，能人扎堆的地方，怎就轮得上你去操盘？再说，你的根儿毕竟在津海，眼下即便你能进国家队，日后总有退下来的一天，到那时，你怎么再跟大伙儿打头碰脸？"

"正所谓我有一知己，足以慰江湖。天南地北，受益匪浅。"

"我喜欢冷静的人，又讨厌冷漠的人，我更欣赏冷静面孔下那种燃烧的炽热。"

章志强朝郑佩玲一拱手道："听君一席话，胜读十年书啊！"

话是打开心锁的钥匙，越琢磨越有道理，章志强当即决定留下。不过，主教练之位决不肯坐，他提出主抓青训，为津海女排挖掘、培养后备力量。体育局领导参考韩珍意见，最终让章志强兼任市队助教。

32

青少年的培养，是体育运动长久良性发展的基石与保障，责任相当重大。此时的津海女排后备基础较为薄弱，但津海是直辖市，比不得那些人口大省，更不能像军旅女排那样可以全国海选人才，条件所限，只能就自身特点针对性地选拔培养。几经请教青训经验丰富的韩珍，章志强制定出了一套青训初步规划。

走南闯北多年，章志强深知，要成就一番事业，靠单打独斗绝对行不通。"一个好汉三个帮"，自己必须要有帮手。他率先想到了才从体院毕业的段军。

当年共同劝导杨絮归队时,章志强与段军打过几次交道,那阵儿就感觉这小伙子厚重朴实,且在体院运动训练专业的成绩一直名列前茅,现已分配到职业体校做三级教练员,业务能力过关。

通过杨絮,章志强很快联系上了段军,推心置腹全盘托出自己的整个规划。段军深受触动,欣然同意协助其工作。章志强大喜,立刻找到局里,经人事处运作,将段军招至自己麾下。

在与人事处联络期间,章志强意外获悉旧日好友陆鸣数月前也回津海了。多年没有音讯,不知这位老友混得如何。

陆鸣的原籍是河北沧州,儿时随父母迁居津海。沧州乃武术之乡,陆鸣家中本就有不少练武术或搞体育的。受家庭熏陶,陆鸣也酷爱运动,自幼练就一副好体格,加之身高出众,小学三年级即被体育老师看中。他所在的同光里小学为津海著名的少年排球基地,自此他与排球结下了不解之缘。

上初中时,陆鸣已是区排球青少队的主力接应。适逢军旅青少队教练在各地挑苗子,他有幸入选,小小年纪便身着戎装,十九岁时正式成为军旅男排队员。因联赛表现优异,他不久便荣升国手,在那儿结识了章志强。当时国家队里,唯他二人操着一口津海话,同乡之谊显得格外亲近。

二十世纪八十年代初期,港台武侠小说风靡大陆。陆鸣被迷得如痴如醉,堪称武侠小说的铁杆粉丝,张口闭口不是金庸就是古龙,故而人送绰号"陆大侠"。章志强也极爱看武侠小说,交流阅读心得成为哥儿俩闲暇时的主题。

青春是美好又短暂的,转瞬间,已近而立之年的二人先后退役,章志强调到国家女排作陪练,陆鸣则返回军旅男排当助教。虽常有书信往来,见面机会却越来越少,尤其章志强出国这些年,哥儿俩差不多断了联系……

忆起当年往事,章志强心头泛起阵阵温暖,赶紧传呼陆鸣,结果传呼机号是空号。他转念一想,可不,手机都换两三代了,现在谁还用那玩意儿。

章志强从人事处那儿问来陆鸣新的联系方式,继而拨通其手机号。

没想到,陆鸣还真立马接了。

"喂,喂,陆大侠吗?找你可真不容易。"章志强这边激动得不行。

"还什么大侠呀,我眼下就是只小虾米!比被赶出丐帮的乔峰混得都惨。"

章志强憋住笑,心说:江山易改,本性难移,这家伙还是满嘴的金庸武侠。往下细打听才知,因军旅男排中老前辈太多,陆鸣当了八年助教没升一格,可身在体制内,任谁不是论资排辈慢慢熬着?确实不好办的是,军旅男排训练基地迁到福建漳州,距津海两千多公里。陆鸣是独子,眼瞅着父母岁数大了,要是他独自去了外地,父母遇到头疼脑热的谁照顾?

"真叫天南地北呀!我跟家里边简直赛过杨过和小龙女了,别回头也十六年见不着面。同上面磨破了嘴皮子,这才派我到北京房山训练处。名为处长,其实就一副科。关键那倒霉地方见天就我一个人,人家令狐冲在思过崖还能学'独孤九剑',我倒好,整个一'孤独犯贱'。"

章志强实在绷不住,咯咯笑出声来。陆鸣则接茬儿讲述自己如何费尽心机,终于脱离军旅男排转调回津海,可体育局也没地方安插,最后让他做调研。所谓调研员,章志强知道,那不过是个有职无权的半吊子差事,当初自己刚从国家女排退下来,也有过类似经历。陆鸣好歹也当过国手,被这么搭一边晾着,岂不可惜?

"千万别泄气,金庸、古龙笔下的大侠哪个不曾落魄,后来不都东山再起了?你就到我这儿来吧,咱哥儿俩搭伙抓青训,咋样?"

抓青训好歹算个正经事,陆鸣自然愿意。就这样,他也调入了训练中心。

有陆鸣、段军这俩好帮手,章志强便甩开膀子干起来。青训工作的核心是培养后备人才。为此,三人从体工大队到体育馆,从业余体校到有排球传统的中小学,到处寻找好苗子。

干这路活儿除了耳灵腿勤,眼睛还得毒,一旦瞅准了就叮住不放。津海本地女孩基本达标的还好说,高个子的却少之又少,那些特别中意的就更难找了。

陆鸣道:"我认为变通很重要,唯变才能出绝活儿,比如《易筋经》——"

章志强忙打断:"得得,你就直接说,打算怎么变吧?"

"能否到其他专业队踅摸踅摸?别一棵树上吊死。"

这主意不赖,由此三人分头忙活起来,先是关注篮球、手球、羽毛球等对身高有要求的球类运动,继而扩大到田径和水上项目。近半月过去,腿都跑细了,也没任何惊喜发现。

段军年轻,不敢多说话,只私下偷偷冲杨絮抱怨:"那陆大侠没事净整没用的,纯粹累傻小子。"

后来就是陆鸣自己也灰心起来,一屁股坐在网球场边的观礼台上:"没头苍蝇似的乱撞,简直不得要领。真正的人才呀,那是可遇而不可求的。"

章志强颔首道:"那好,明天休整一天,后天开始,咱还集中抓训练。"

三人起身往食堂走。转到宿舍楼前空荡荡的田径场,黄昏下只有几名女队员在练标枪。章志强他们抓的是青训,眼光全聚焦在十八岁以下的小运动员身上,对成年组选手不大关注。

他们本来就要溜达过去,无意间却听见标枪教练喊了一嗓子:"说你多少次了,这不是打排球!投掷时,持枪臂要尽量后引,出手才有爆发力。"

章志强三人不约而同望过去,见挨训的是一身量极高的女孩,浓眉大眼、虎头虎脑的,留着齐耳短发,不细看还以为是个小男孩。

"怎么也得一米八七以上。"章志强凭经验道。

段军点点头:"差不离,比杨絮还高出一头皮。"

"她是不是打过排球啊?"陆鸣边说边走过去打听,不大一会儿便满脸兴奋地返回,"敢情还是我学妹。"

女孩叫谭晓岚,当初也在同光里念小学,且为该校女排主力。那怎么又练起标枪来了?由于对之产生浓厚兴趣,章志强遂向标枪教练进行了解,方知谭晓岚竟有过一番独特经历,特别是其老爸谭凯,那才是个不同寻常的人。

谭凯从小好动,甭管踢球、打球,还是跑、跳、投,只要与体育有关的运动,逮什么喜欢什么。也正得益于运动天赋与出众体魄,他很快被军旅男篮选中。三年后,谭凯已成为球队的主力前锋,极有可能进入国家队。当时的中国男篮虽无法称雄世界,在亚洲却横勇无敌,拿个冠军易如反掌。这时的谭凯距离自己的冠军梦想仅一步之遥,至此谭凯的人生轨迹似乎一帆风顺。

但就在那年,在一场很普通的比赛中,因对手的恶意犯规,他不幸右腿腓骨骨折,其运动生涯戛然而止。被迫退役后,谭凯被分到津海卫生局保卫处,工作稳定,待遇也不错。可他压根儿不是个贪图安逸之人,暗暗发誓:未能实现的冠军梦,要让孩子替他完成。

为达此愿,谭凯连搞对象都严格规定对方身高。俗话说"爹矬矬一个,娘矬矬一窝",所以未来媳妇即使不搞体育,起码也得是高个子。挑来选去,谭凯终于娶了位津海拖拉机厂业余篮球队的女中锋。

老天爷好像有意拿谭凯寻开心,原本夫妻俩心气特盛地想抱个大胖小子,咋就偏偏生了个丫头呢。二十世纪八十年代初,计划生育卡得那么严,想生二胎门儿都没有,一心想要个男孩的谭凯欲哭无泪。算啦,闺女就闺女吧,只要自己下功夫培养她,谭家出个世界冠军也说不定。

33

知子莫若父，谭凯父亲很清楚当冠军是儿子多年夙愿，于是在给孙女起名时，刻意仿照那些体坛女将："听说篮球界新出了个郑海霞，有两米多高，刚拿了女篮亚青赛冠军，咱孩子干脆就叫'谭海霞'。"

"不行！不行！"谭凯连连摇头。

谭凯父亲立刻意识到，儿子就折在篮球上，自然不会让孙女再搞那种危险运动。老爷子转念一想，女排成绩不更好吗？去年拿了世界杯冠军，今年又拿了世锦赛冠军。

"眼下最了不起的运动员就是'铁榔头'郎平，要不叫'谭平'？"

"太像男孩了，一点儿都不秀气。"谭凯爱人坚决反对。

谭凯父亲又琢磨了半天："我看女排里属那个周晓兰长得最俊俏，球打得也不错，外号'天安门城墙'。咱叫'谭晓兰'咋样？"

"这名字好听。"谭凯爱人欢喜道。

谭凯皱皱眉："可那周晓兰打副攻啊！"

"啥副攻主攻的，人家是不是世界冠军？"

"这样吧，把她那兰花的'兰'，改成山字头的'岚'，显得有气势。"

甭管叫嘛，反正要培养的是未来的世界冠军，那首先得有个好身体。两口子基因没问题，谭晓岚打小个头儿就高，但那时中国人整体生活水平还比较低，粮油蛋菜都得凭票供应，尤其冬天，一连吃几个月大白菜，这营养哪儿跟得上。

一天，谭凯从高英培的相声《钓鱼》中突获灵感，把什么竿、线、钩、轮、坠、漂儿，连饵食、抄网全买齐了，得空就骑车到潮白河钓鱼。为了给女儿熬鱼汤增加营养，就是数九隆冬，他照样穿上大棉猴，带着镩子、凿子去钓冰湖。功夫不负苦心人,在谭凯精心调养下,谭晓岚七八岁便已要个儿有个儿,要劲儿有劲儿。

底子已打得够足缅,但让孩子从事啥运动呢?谭凯汲取自身教训,断不能从事有身体接触的项目。联想到女儿名字的由来,他最终决定让谭晓岚练排球。

排球项目为隔网对抗,当然要比篮球的直接冲撞安全许多,女排又在国内这么受重视,谭凯以为替女儿选择了最佳方向,年幼懵懂的谭晓岚只能任由老爸摆布。为能进入同光里小学这所排球传统校,谭凯不惜搬家迁户口;闺女入选校队,谭凯又开始自学起排球技术,以便课余时能指导孩子练习。

经四处寻觅,谭凯在离家数条马路外找到一片空地,借来辆平板车,往返拉了六趟细沙土,铺成自制的室外排球场。谭晓岚每天放学后及所有周末,都被带过去加练。动作稍不到位,谭凯就命其重复十遍,敢哭鼻子多罚十遍,再敢不听话就不给饭吃。

小孩儿本来就像块橡皮泥,怎么捏怎么有,谭晓岚还不时接受谭凯煲汤般的思想灌输。她刚记事时,就听老爸不厌其烦地反复讲,为了给她起名,全家人尤其是爷爷怎样煞费苦心,进而又详析名字的寓意。谭晓岚在潜意识里就知道,自己背负着两代亲人的期望与重托。之后,每次听到老爸呼唤,她都感到一种无形的压力,督促自己振作精神。

那年头没"洗脑"这词,但谭晓岚确乎是被洗了脑。再加上谭凯如此强势磨砺,终将其锤炼得不知苦累,只知拼命。

作为父亲,哪个不心疼女儿?谭凯清楚,体育这行淘汰率太高了,能冒尖儿的都是万里挑一,不苦练怎么成。俗话讲"拉锯必掉末儿",更何况父女俩这般下功夫,谭晓岚的球技自然突飞猛进。

眼见成效初现,谭凯欣喜之余又考虑起女儿该到哪儿进一步深造。当时韩珍尚未就任,谭凯掐半拉眼角也瞧不上正处低谷的津海女排,遂依靠当年的老关系将谭晓岚送到了军旅青少队。

但紧跟着问题来了。谭晓岚虽不同凡响，技术却不够纯正系统，还掺杂了好多谭凯的自创手法，这就让军旅青少队教练难以定位，于是请来成人女队教练俞双坪帮忙把关。"不倒翁"看过谭晓岚的训练表现，仔细斟酌后认定其应该打副攻。

对此决定谭凯甚是不满，可又做不了人家的主，只得听之任之。他心里始终不踏实，经常乘火车前往训练基地，哪怕见天跟单位请假，月月扣奖金也在所不惜。

可毕竟相隔千里，总有盯不到的时候。谭晓岚十六岁那年，在一次拦网落地后被对面队员踩了左脚，脚面肿得馒头似的。这纯属误伤，也无大碍，将养半月就能恢复正常训练。此事却令谭凯大为惶恐，自己的遭遇至今尚历历在目，现在女儿又无故受伤，他认为这里乃不祥之地，加上早就不满女儿打副攻，便有意另寻他处。

几经周折，谭凯探听到军旅女排有位助教即将回老家，出任川蜀女排主帅。川蜀女排也是老牌甲级队，女儿在那儿照样有发展。谭凯设法同那位助教取得联络，后者对谭晓岚印象深刻，能带这么个优秀球员返乡，正好给自己增添身价。谭凯又附加一条要求：必须让女儿改打主攻。那位助教痛快点头答应。就这样，经老爸运作，谭晓岚脱离军旅女排转投川蜀女排。

事实证明，谭凯走了步臭棋。

首先，谭晓岚受不了蜀地的潮湿气候，吃不得辣，没多久就被刺激出一脸青春痘。而蜀道难难于上青天，谭凯鞭长莫及，无法时常照顾女儿。这还不说，关键是谭晓岚因年纪小，在宿将众多的川蜀队一直当"板凳"，而那些土著球员又愈战愈勇，1998—1999赛季还勇夺联赛季军。看来，队伍短时间内不可能新老交替。

谭凯可不想女儿的大好时光白白荒废，尤其中国女排近来在世界排名连续下滑,再接茬儿干下去怕没啥前途。不行就换个专业。虽说中途改道为运动员大忌,也不乏个别成功案例。比如,当今女足不少国脚皆为半路出家的田径运动员。要不叫女儿改踢足球吧,眼下大型项目属女足最受国人瞩目,亚特兰大奥运会中国女足夺得了亚军,并赢得"铿锵玫瑰"的美誉。

想到这儿,谭凯去找两位体育局朋友商议,二人一致反对,且明白对他讲:"踢足球玩的是腿上功夫,个儿高不见得是优势,球王马拉多纳不过一米六五,国家队队长孙雯更是只有一米六三。再者,足球拼抢有多凶?那是玩儿命的事,腿断胳膊折是家常便饭。"此话正戳中谭凯痛处,他立时断绝此念。

足球也不能踢了,再往哪儿发展?体操、游泳没基础不成,乒乓球乃国球,高手擦垛成山,练上十年也没你的份儿。跑步?可中国这方面水平低。

"径赛不行,那就田赛?"体育局朋友说,"铅球的黄志红拿过世界冠军。女子标枪也挺好,国家田径率先冲出亚洲的就是这项目。你忘啦,咱津海的张丽在 1989 年还夺得世界杯亚军呢。我同市队教练挺熟,可以帮你搭个桥。"

闺女身高胳膊长,练标枪当然占便宜,不妨试一试。

谭凯没征求女儿意见,就替她做了主。

"凭什么替我做主? 不行,我必须拒绝他一次! 我这辈子必须拒绝他一次!"春节放假一到家,再无法忍受父亲专权的谭晓岚奋起反抗。她摔门进到自己房间,自此不吃也不喝。

初二一大早,女儿还没动静,谭母便轻轻推开她的房门。谭晓岚忙用被子蒙住头,谭母在她床边坐下来:"知道你没睡。今天只有我们娘儿俩,我敞开了要对你说的是,没有你爸的影响,你是不会成长的。因为你太像他了,你就是他的翻版。"

谭晓岚霍地撩被子坐起:"从小到大的每一天, 爸就像个无处不在的影子时刻跟着我，我一睁眼，就看见他瞪着我，我已无法分辨哪个是自己！"

"我第一次见到你爸时，他真的太高大了，填满了整个房间。我想我可以和这个男人在一起，我愿意和这个男人生下一个孩子，这个孩子当然就是你。"

谭晓岚大声喊道："我只想摆脱爸的影子！"

"这个影子就是你的护身符，他把你紧紧勒进血肉里，你必须得习惯他，只要你活着那就是你唯一的根，是你用来对抗外面世界的动力。"

谭晓岚越听越无语。

"去，穿鞋下地，给你爸赔个不是！"

34

年后，谭晓岚就没再返川。但她练了十多年排球，冷不丁改学标枪，委实不适应。最令人难以接受的是，教练竟命令她至少增重十五公斤，力度不够，标枪成绩不可能大幅提高。

添这么多膘，不得变成肥母猪？不干！父母那儿撒不出的气，谭晓岚就跟教练找补，规定的饭食只吃半份，剩下则偷偷倒掉，俩多月也没长出一公斤。同教练顶牛还能有个好？教练干脆把谭晓岚搭一边晾着。

得知内情，谭凯心急火燎，一边给教练赔礼道歉，一边训斥女儿。

"您不能总逼我做您想做的事吧？"谭晓岚脱口而出。

"你以为这些年我跑前忙后的，难道是为我自己吗？"

"差不多。"

"什么！"谭凯雷霆震怒，正要狠狠给女儿来一巴掌，却见谭晓岚闭上眼，泪水顺眼窝滚落而下……

人这一辈子,得意之事只占一成,不得意的却十之八九。比如望子成龙和望女成凤,父母越是过望,往往越成空。谭凯太急于让女儿实现自己未能实现的冠军梦了,结果却是过犹不及。

意识到问题的严重性,谭凯一时又不知如何扭转,甚至打算让谭晓岚再去改练既注重身高又讲求灵活的羽毛球,可女儿快二十岁了,显然已经来不及。

正胡思乱想没个准谱,陆鸣来找谭凯。之前虽素不相识,可毕竟都在军旅队服过役,相似的经历让二人很快熟络起来。

陆鸣直陈来意,说他同负责青训的几位教练看过了,大家都认可谭晓岚的条件和球技,也跟孩子聊过了,她还想继续打排球。

"别再犹豫了,这么好的机会千万别错过。"陆鸣劝谭凯道。

"津海女排老疲于保级,以后能有多大出息?"谭凯患得患失。

"哪有现成果子等你摘?做事要有定力。《射雕英雄传》中的郭靖笨不?照样练就降龙十八掌。像你动不动就让孩子变来变去,到了儿准一事无成。"

谭凯有些动心,但是还要求与青训负责人面谈。

"看来我面子不够大呀!"陆鸣对章志强说。

"为表达诚意,多跑两趟也应该。"

当天,章志强便亲自去见谭凯。其他事宜两人谈得都痛快,唯独章志强也说谭晓岚更适合打副攻,谭凯的脸再次暗下来。

"所有的成功和登顶,都来自无人问津时的坚持和努力。什么事都怕定不好位。只要找准人生方向,就潜能无限。"章志强耐心解释道。

"谁让我闺女叫'晓岚'呢,想来就是副攻的命。不过,您得争取让她进首发。"

章志强郑重地说:"命是弱者的借口,运是强者的坚持。我知您期望值高,之前也花费了不少心血,否则谭晓岚不会这么出色。生活中,其实每个人都在负重前行,每个人背负的东西却不一样。您别把所有的宝都往孩子身上押,否则,早晚得把她压趴下。我还是坚信天道酬勤,有耕耘必有收获……"

用了足足仨钟点,章志强总算说通了谭凯,谭晓岚得以重归排球这条路。而谭凯此番更不吝血本,拿出家中多年积蓄,刻意买了台日本进口摄像机,有时间就到青训基地,将谭晓岚训练情况一一录制下来,待周末和女儿回家一起观看分析。

见谭晓岚迅速恢复状态,已不必耽搁在青少队,章志强便直接将其推荐到津海女排成人队。他介绍完谭晓岚的相关情况,陆鸣在旁补充道:"这丫头出手又快又狠,发球也堪称一绝,简直就是'小李飞刀',例无虚发。"

听章、陆二人这般卖力宣传,求才若渴的韩珍欣然将谭晓岚招揽旗下。

又多出一双强健的膀臂,韩珍对球队未来充满信心。而更大的惊喜还在后面:为迎战 11 月于日本举行的第八届女排世界杯,国家女排进行了全面调整,新出炉的队员大名单中,林庭赫然在列。

"我入选啦!我也是国手啦!"林庭乐得直蹦高,她将自己的食指放进嘴狠咬一下,感觉生疼,才相信这消息确实是真的。

韩珍同样欣喜异常,电话里向国家队负责选拔球员的程教练连声致谢。

"是您培养出了这么好的队员,该我们感谢您才对。"程教练言辞恳切,"我负责任地讲,如今国内若论最好的全能接应,应是江浙队的朱苏娅;若论最好的保障接应,非你津海队的林庭莫属。教练组特别看重她稳定的一传,这对巩固国家队后防至关重要。还有那个孙红雁,也是不可多得的自由人,要好好培养,将来必大有发展。"

韩珍听罢,孩子般激动得手舞足蹈。当晚,她破例将林庭带到教工食堂单间摆酒庆贺。林庭受宠若惊,极其少见地流下泪来:"没有您,我不会有今天。您曾说过，我将是津海女排第一个进国家队的，这句话始终都在激励着我……现在可以讲，我没辜负您的期望。"

韩珍也眼含泪水："有件事我没对你说过。咱首次打进甲级赛时，我有幸遇见了当时的国家体委主任。他对我讲，津海女排早年曾是甲级劲旅，可近二十年来再没给国家队输送过人才，得加把劲儿。当时我心中像压了座大山。如今你能入选国家队，我比拿了联赛冠军还高兴。运动员的最高荣誉就是为祖国争光。进入国家队后，一定好好干，争取把中国女排丢掉的世界冠军重夺回来！"

翌日，市体育局领导与津海女排教练组、队员一道开了个隆重的欢送会，林庭风光无限起程赴京，参加国家队集训。

送别爱徒返回体工大队，韩珍仍久久难以平静，回想自己执教这六年，一步步将苟延残喘的津海女排带出低谷，带来巨变，其间经历了无法计数的困苦艰辛。如今一支过硬的班底业已建起，接下来，就要设法向更高的巅峰发起冲击。

正思考时，体育局人事处小谢打来电话，通知韩珍准备办理退休手续。

"什么？我？退休？"韩珍震惊道。

"没错，您下个月满五十五周岁，按规定应该办退休了。"

小谢不像在开玩笑，韩珍这才意识到，自己不知不觉竟到了退休年龄，想想还有诸多心愿尚未实现，但有制度卡着，该退就退吧。好在章志强也回来了，正好给他腾出位子。

虽有几分不甘，韩珍毕竟是个明白人，很快就想通了。她即刻找来章志强，明确表示要向他移交工作。

回体工大队不满半月，章志强已深切感受到，韩珍对球队的巨大贡献及大家对她的崇敬与信任，故而连连摆手："这绝对不成。您是咱女排复兴的头号功臣，除了您，这个帅位没人敢坐。漫说队员不答应，局里也会考虑返聘。我现在给您打下手，不是挺好吗？"

韩珍严正地讲："你刚来,不大清楚。一则,我不能赖着不走,这样就挡了后辈上进的路。二则,当初咱津海女排要啥没啥,乙级联赛全倒着数,那时叫谁上谁都不肯。如今兵强马壮,又有了大把赞助费,必然有人打破脑袋往里钻。咱俩这么反复推让,万一来个不顶饯的,这些年的努力不就付诸东流了?"

章志强深知韩珍所言在理,可自己怎么也是初来乍到,就这样接任,不定引来多少闲话呢,甚至暗中撤梯子、使绊子也未可知。

津海女排虽表面称作秀水轮胎俱乐部,实则与国外俱乐部有着天壤之别。这里并非简单的劳资聘用,赞助商只提供资金得以冠名,根本不参与人事管理,所有球队成员仍属体育局。而体制内人际关系非常复杂,尤其讲究论资排辈。据悉,目前局里年过五旬且资历相当的排球教练就有十几位,不把这些因素考虑进去,即便自己当上主教练,位置也很难坐牢靠,所以还得看上级如何安排。

很快,局里有了初步意见:韩珍办理完退休手续后不再留任,空出的职位将由相关部门领导商议确定。对此,女排上下深感震惊,虽然韩指到了年限,但身体状况没丁点儿问题,为何不能返聘?

说起来,其间的奥妙可谓一言难尽。眼下津海女排已由残羹冷炙变成香饽饽,主教练一职早就被人盯上了。偏巧,国家排协又决定下赛季全国联赛扩增至十二支球队,以津海女排现有实力,打进前十名不成问题。不用担心背锅,大伙儿更没了顾忌,争夺帅位者络绎不绝。

局领导当然要选贤任能,可又不能不做些平衡。韩珍的才干、业绩有目共睹,但任教已达六年之久,总要给别人个机会吧。尤其那么多老教练眼巴巴等着呢,更有甚者直言不讳:"我毛都熬白了,可算把那位奶奶熬退休了。"

越来越大的压力,让韩珍不堪其忧,于是她当众表明:"到点儿,我保证退。"

35

这下大伙儿才把心搁肚里,扭头跑到上面活动。但无论他们怎样运作,女排毕竟是津海体育界最受关注的重点项目之一,其继任教练人选,局里必须认真斟酌,择贤而定。其间也约谈了章志强,他当然是那句话:"一切听从领导安排。"

赵亮却替师兄着急:"你怎么就不争取争取?"

章志强笑道:"想把我放火上烤啊?没见有些人眼珠都快瞪出血来了。"

"平日就会吃饱蹲,见了利益就抢尖儿上,脸皮可真厚。"徐国祥愤愤不平。

其实他们也是自作聪明。有些东西,争来的反而不值钱。《雍正王朝》里那位邬先生有句台词说得妙:"争是不争,不争是争。夫唯不争,天下莫能与之争。"

局领导经过审慎考虑,最终选中前男排主教练马宝昌。自男排解散后,马教练始终踏踏实实抓基层训练,这次女排换帅,他全凭老成持重、勤勉敬业得以意外胜出。

新任主教练敲定,韩珍也该退休离职了。对其工作,体育局给予了极高的评价,称赞韩珍在人员、资金、技术等相当困难的情况下,以拼搏奋进之精神,艰苦创业,严格训练,从根本上改变了津海女排的落后面貌,不仅取得了优异的成绩,更积累了大批人才,奠定了津海女排未来发展的坚实基础,可谓居功至伟。

韩珍离任当日,津海女排队员无不落泪。听说韩指退休,有的队员早就哭过好几回了。韩珍则强忍感伤,尽力安慰大家:"一个个别都哭丧个脸。球队换教练不很正常吗?天下没有不散的筵席。六年又怎样?好比当班主任的,由一年级一直带到六年级,学生要上中学了,还能再跟着?记住,前面的路长着呢,努力拿下全国冠军,争取入选国家队,才是对我最大的回报!"

她又郑重介绍了继任的马教练,然后与朝夕相处两千多个日夜的队员们挥泪作别,被大家依依不舍送出体工大队。自此,津海女排接力棒交到了马宝昌手上。

这位马教练是个认真的人,接队前便做了大量研究和实际调查,并未否定韩珍确立的小球串联与打防反的总战术,但更侧重主攻手强攻能力的提升。马教练特别恪守规矩,凡事一板一眼皆遵照制度条例,决不越雷池半步。每天训练按时开始、准点结束,从不加班拉晚。尽管始终不苟言笑,看上去没那么亲和,但只要你完成训练要求,马教练绝不额外增负。

起初球员还不太适应,可时间一长,个别爱偷懒的觉着跟随马教练更舒服。队长戴颖同杨絮几个觉得这样下去,全队原先那股子拼劲儿就要丢了,遂悄悄向徐助教反映。

徐国祥对此也颇为担忧,抓空儿对马教练讲:"咱现在的训练力度不够啊,滚翻摔救一类的高难动作也都停了,球员都变懒散了,这种状态能应付联赛吗?"

马教练不以为意:"别杞人忧天。常规训练嘛,就得按部就班,不能天天跟搞突击似的。你呀,受韩指'女版大松博文'影响太深了,没见魔鬼训练搞得老队员个个满身伤病?人是血肉之躯,运动太过量,身体吃不消。更何况光靠苦练未必能出成绩。我带队向来把握科学训练,讲究培养球员的规范意识。只要有了自觉性,上场迎战就不会走板。"

徐国祥本来还想再劝,被赵亮拦下:"马指带男排那会儿,你们都退役了,我跟过他一段时间。这老头儿拧得很,认准的事九头牛都拉不回来。再者,每位教练各有其执教理念,等联赛时咱再看效果吧,兴许比韩指更胜一筹呢。"

临近年末,林庭满脸沮丧地从北京返回。刚结束的第八届女排世界杯,中国队表现糟糕,仅排名第五,是历届征战世界杯的最差战绩。

一下火车,林庭立即前去探望韩珍。师徒俩小别重逢,有说不完的体己话。因忙于备战世界杯,未能赶回参加韩珍的退休仪式,林庭颇感歉疚,更为恩师的离任而惋惜。提及此次日本之行,她忍不住抱怨起来:"训练还不如咱队苦呢,松松垮垮的。其实,我觉得大伙儿的水平也没那么差,还是训练和临场指挥出了问题。照这打法,明年悉尼奥运会肯定没戏!"

"这就是了。如果你的训练量常人都能接受,冠军凭什么给你?"见林庭心情很糟,韩珍又劝道:"也别想那么多,赶快归队,联赛还指着你呢。"

时别津海女排不足半年,林庭发现球队已不同往日,最明显的变化就是训练时间缩短,强度降低,精气神上也好像少点儿什么。

晚饭时,林庭同队长戴颖咬起耳朵:"这么练能行吗?反正我觉着不带劲。"

"马指的要求也挺到位,就是不如韩指狠。食堂宁师傅那天还和我开玩笑说,可得感谢马指,都不用给女排单独起火了。"

"是不是眼下时兴轻松训练法?在国家队也没那么累。"

"管他什么法!能打赢球就行,只怕——"戴颖轻叹一声,把后半句咽了回去。

1999—2000赛季的全国女排联赛定于2000年1月8日开幕。而本届联赛不仅参赛球队扩容,赛制也变更为:先分成A、B两组各六支队打双循环,之后根据成绩再分组打双主双客交叉。

分在B组的津海队一如既往地慢热,前两轮对辽沈队和南部队又来了个四连败,第三轮才在主场击败了本组实力最弱的队,继而再次撞上老对手军旅队,结果两战皆负,随后还要面对同样强大的江浙队。

队员表现得疲疲沓沓,哪儿还有曾经的激情和斗志?徐国祥可真起急了,照这么打下去,肯定得滑到保级区。他忙同马教练商讨,希望改变一下思路与战术,后者干脆地一摇头:"教练组议定的方案没有问题,只是队员贯彻得不够。另外,水平摆在那儿了,搁谁也打不赢。"

见说服不动主教练,徐国祥心似油煎地将几位核心球员找来,让大家集思广益,想想破局之法。

"没觉出马指的排兵布阵有毛病,但就是打着不带劲。"戴颖道。

林庭直言道:"你整个一烂好人!要我说,马指太循规蹈矩,又认死理儿,一条道跑到黑,关键时刻也不知变通。要换成韩指,每到褪节儿上不但能拿出新点子,还总要劈头盖脸狠骂一顿!"

"看来咱们就是欠骂。"杨絮半打趣地说。

"没错,真就欠骂!"陆月洁跟上一句。

徐国祥严肃道:"江浙队可是被我们打到泥里的手下败将,咱又有主场优势,无论如何,这一仗必须拿下!"

徐国祥的战前动员还真起到些效果,津海队首战3∶1获胜。但江浙队敏锐地发觉对手缺乏了以往的灵动,立即调整打法,翌日再战便完全占据上风。津海队虽拼尽全力,仍2∶3落败。

待十轮小组赛结束,津海队位列第五,同东鲁队一道归入保级区。

退休回家的韩珍本不愿再指手画脚,但实在忍耐不住,遂拨通马宝昌的电话:"马指,得赶紧变招啊!而且我瞧场上面貌也差。咱津海队打球,四分技术,六分精神。没有那股精气神,仗自然不好打。"

马教练不胜其烦:"您太主观了!竞技体育凭实力,没听说靠面貌赢球的。"

"二十世纪八十年代老女排的面貌,就是拼搏精神!"

"那只能算辅助,起决定作用的还是实力。放心,我比您更急,更盼着取胜。"

马宝昌说的是实话。作为现任主教练,他岂不知肩上的担子重如泰山,刚接手不到一年球队就降级,怎对得起局领导的期望?

也是该着津海队翻盘,保级战中最强对手闽南队的主力二传因旧伤复发无法参赛,而被逼到绝境的津海姑娘又拿出往日背水一战的拼劲儿,尤其后起之秀倪鹃发挥出色,不仅跑动积极扣杀凶狠,拦网也是密不透风,成为本场"得分王"。加上戴颖、林庭等几名主力皆有上佳表现,津海队3:0击败闽南队。

这场球打顺了,接下来又连克东鲁队、川蜀队,津海队总排名第九,可算是保住了全国联赛的宝贵席位。

36

面对勉强保级的尴尬战绩,体育局并不满意,责令津海女排认真反思,找出自身与强队间的差距。马宝昌连忙召开教练组扩大会议,总结经验教训。这一扩大,才把章志强给扩进来。

整个赛季,章志强始终被晾在一边。之前他也提出多项建议,马教练颇不舒服,虽没直说,但话里话外透着不满:欧洲逛荡几年就抖上了?教外国人的那些路数合不上国内女排的拍。你不主抓青训吗,手伸那么长显得比谁有见识?

章志强明白马教练的弦外之音,作为挂名的兼职助教,何必多此一举讨人嫌,故而识趣地忙自己的本职工作去了。

虽说近来一直抓青训,但对全国联赛,章志强不会事不关己高高挂起。不管有无津海女排的比赛,他每场必看,因此对整个赛程了解得很详细。

听完马宝昌总结,章志强随即发言:"我认为马指讲得有道理,实力才是胜利的保证,手下没骨干球员绝对不成。我们同闽南队那场保级战,若非倪鹃一鸣惊人独得17分,能拿得下吗?而我的主要任务,就是为队里输送这样的优秀人才。比如上次推荐的谭晓岚,我相信她日后肯定也能独当一面。"

闻此,马宝昌不屑地哼了声:"怎么又提她?你们老把谭晓岚吹得神乎其神,也不看看她练的那也叫技术?全是野路子!"

"野路子才能出奇制胜啊。'乱拳打死老师傅',对不?"陆鸣争辩道。

章志强暗想:当着老教练说这话,他能爱听吗?他忙捅了下陆鸣,自己接过话头:"甭管啥路数,能多得分就行,您不妨把她当作秘密武器用,千万别让这么好的苗子始终坐冷板凳啊。"

说到这份儿上,马宝昌也不便硬驳章志强面子:"我知道你们一片好意。放心,年底联赛时我管保还把她带上,而且尽量多地提供出场的机会。"

新世纪元年,奥运会也充满了新气象,除首次在南半球的大洋洲举行外,本届参赛国家、比赛项目乃至电视转播所覆盖的国家和地区数量,均打破历届奥运会纪录。中国代表团史无前例夺取了二十八枚金牌,在奖牌榜上首次挺进世界前三。

相形之下,中国女排的表现就显得太暗淡无光了。小组赛两胜三负,名列第四,踩线晋级;八进四淘汰赛又0∶3败于俄罗斯,只能参加五至八名的争夺。此时已输得一无所有的中国队终于放下包袱,打出了应有水平,先后击败韩国队、德国队,获得第五。古巴队仅以3∶2的微弱优势,侥幸赢了俄罗斯队,获得冠军。

观看完决赛直播,章志强冲青训组几位教练连连摇头,他认定古巴队称霸之路已至尽头。这拨队员从十几年前打到现在,差不多经历了三个奥运周期,身后竟没顶上一个像样的新人,未来排坛还能有她们什么事?

"下届保准是俄罗斯。看人家那俩'大娃'谁挡得住?"陆鸣感叹道。

"还有四年呢,谁说中国就不能咸鱼翻身?"段军不大服气。

"翻身?就现在这情形,拿啥翻?"

"体育总局须下决心全面重组,整个班子大换血!"章志强说。

“可别把咱的林庭换下来。”段军说。

“错又不在一传上，明摆着网口不占优势。”章志强分析道，“中国队整个攻防体系存在明显漏洞，教练临场指挥也有问题，还不敢大胆起用新人。江浙队的‘喀秋莎’朱苏娅，军旅队的‘高妹’黄薇薇，包括咱的孙红雁，这么多优秀后备力量，为何让她们闲着？”

“就是太保守！跟咱那马老爷子犯一个病。”陆鸣说。

一提到马教练，段军叹了口气：“唉，还不知年底联赛啥模样呢。”

“结果应该不会太差。”

章志强这样讲是经过仔细盘算的。目前津海女排比去年又上了个新台阶，戴颖、杨絮等老将虽已二十七八岁，但状态尚佳；林庭、陆月洁等中坚力量正在当打之年；孙红雁的一传和防守技艺日臻完美，且入选了国家青年队，也算准国手；更有脱颖而出的倪鹃和自己力推的谭晓岚。如此实力，不敢妄想夺冠，冲击前四还是蛮有希望的。

另有桩事也不能不提，秀水轮胎已与津海女排正式终止合作，赞助商换成了日资富丽亨株式会社，也是家轮胎公司，但品牌影响力要比秀水大得多，乃世界头号橡胶制造企业。当初秀水抢得先机，花三十万便冠名津海女排，收到不错的广告效果。作为竞争对手，富丽亨不免眼红。恰因东南亚金融危机，秀水公司周转不灵，被迫放弃冠名权。富丽亨趁机插进来，向体育局提出接手津海女排的赞助，还将赞助费翻上一番。体育局何乐不为？

这下，津海女排真是要人有人，要钱有钱，势大气壮。联赛成绩能不更进一步？马宝昌铆足了劲儿，一心要打个漂亮的翻身仗。

怎料，第五届联赛赛制再次出现重大调整，从小组赛到第二阶段赛全部改成主客场单循环，且十二支球队分成 A、B、C 三组对决，各小组前两名进入前六，后两名则进行七至十二的排位赛。

对此调整，各参赛队均表示欢迎，因为原先的双循环确实太累人，现在一周只打一场，大家都能缓口气。不过，队与队之间交锋少了，每场比赛的胜负便显得尤为重要。

也是邪门儿,此番津海队又与老对手军旅队分到同一组,同组另外两队则为闽南队和燕京队。马宝昌定下的初步目标是力保小组第二。

12月9日,津海队首战主场3:0掀翻闽南队,马教练大喜过望。但随后球队着魔似的忽然没了感觉,第二轮居然在主场1:3输给了新晋级的燕京队,到了客场又接连负于军旅队和闽南队,幸亏3:1从燕京队手中扳回1分,否则非小组垫底不可。这下,前四算是泡汤了,能够保级都得念佛。

花那么大气力备战,怎就落到这步田地?

韩珍懒得再同马宝昌置气,电话直接打给章志强:"你说说看,问题究竟出在哪儿?"

"咱的技战术僵硬死板,又用力过猛,首场就将自己的弱点暴露无遗,让对手摸透了底子。加之不思变通,每场打法大同小异。除非实力占优,还得打顺手,才有取胜的可能。"章志强实话实说。

"这不行啊!你能不能站出来力挽狂澜?"

"您的心情我特别理解。可我一个挂名助教,此刻上去指责人家主教练,还力挽狂澜,搞不好就被质疑有夺位之嫌。"

"你实在不方便讲,我出面找局领导,必须把他给替下来!"

见老太太真动了肝火,章志强连忙劝阻:"千万别,临阵换将可不吉利。尤其您是前主教练,说这话就更不合适了。放心,以咱队水平,保级总还有把握。"

韩珍觉得此话在理。不在其位,不谋其政,自己都退下来两年了,再跑去干涉现任教练的决策,招人烦还在其次,被误解成倚老卖老可就难堪了。算了,有啥事等赛季结束再说。

哪承想,事态发展越发难以收拾。进入第二阶段,津海队依然毫无起色,接连两个客场大败,第十轮居然被青黄不接的南部队3:1拿下,积分倒数第三。后面只剩四场比赛,其中川蜀队的实力明显在津海队之上,云滇队、东鲁队的水平又相当接近,稍有差池就难以保级。此时的津海队可以说危在旦夕。

马宝昌其实也恨不得扭转局面,可他越怕输就越不敢变阵,主力队员一打到底,像谭晓岚这样的新人,后几轮又全被按在板凳上。

此等败绩真乃奇耻大辱,体育局上下忍无可忍,什么"兵熊熊一个,将熊熊一窝""一将无能累死千军"之类的难听话,塞得局领导满耳朵都是。但换帅这种重大决定,可不是谁随意就能拍板的。

正不知如何拿捏时,赞助商富丽亨的老板派助理找上门来,说公司高层对女排近期表现极度不满,话里话外带着指责:他们不能花冤枉钱力捧一支降级球队,这会大大有损公司名誉。富丽亨强烈要求体育局更换主教练。若体育局固执己见,本赛季球队一旦降级,公司即刻解除合作协议。

由此,换帅事宜越发迫在眉睫。体育局领导不敢轻下决断,正紧急磋商,凌副市长打来电话过问此事,他也认为女排目前的危局须即刻扭转。至于新帅人选,凌副市长道:"我觉得志强同志够资格。他是党员,思想素质没得说,同时业务过硬,欧洲执教成绩突出,带青训更是有声有色。我们一直都在讲'庸者下,能者上',那为什么不能提拔任用这样的干才?当然,这只是我个人提议,具体情况还要你们酌情安排。不管起用谁,都须尊重本人意见,不能搞强行摊派。"

37

客场惨败,马宝昌从江苏太仓带队回津海,灰头土脸地刚一进局里,就听说自己将被勒令"下课",不禁大惊失色:"哪有半截腰就把主教练拿下的道理！怎么也得等赛季结束吧？"

同事们没好意思明说，等赛季结束，津海女排早降级了。

"谁来顶我？"

"传闻是章志强。"

"就那小子，一心想着谋朝篡位！"马宝昌愤然道。

"想多啦，据说是某位上层领导点的将，局里是奉命委派。"

"咋不委派别人呢？这指定有暗箱操作！也好，他不是能耐吗？就让他来收拾这烂摊子！"

当天午后，体育局的正式通知下到津海女排，马教练口中泛起一股涩："这多好，满打满算不到两年，屁股没坐热乎，人就靠边站了。"

一次寻常的人事变动，却在津海体育界激起千层浪。就算掰着手指头往前捯，津海女排还没有过赛季中间撤换主教练的事。就是当初降至乙级，那位主帅不也晃荡到过完春节，才让韩珍接的手吗？时代不同了，如今连教练也成了不稳定职业。

前有马宝昌的被搭罐儿（方言，意为辞退）之鉴，后有女排濒临降级的危险，再没人敢争那个烫手的帅位。这局面，让继任者章志强越发的"压力山大"。

本赛季，章志强虽始终密切关注赛事，但球队成绩一路下滑，他才感到自己先前的预判过于乐观。更料想不到的是，津海女排竟被同一块石头绊倒两次，再不采取非常手段，灾难性的结果恐难逆转。正忧心如焚时，他接到上级指令：待女排客场返津海，由他担当主教练。

章志强本欲欣然领命，却被身边一干好友拦阻，大家劝他三思而行。陆鸣更直截了当地讲："这就是一落褒贬的活儿。干好了，会有人说你'半路截和''摘桃子''捡现成的'；干砸了，对上对下都没法交代。不如先婉言推辞，等赛季结束，再看形势而定。"

"当年，倪匡曾给金庸代笔写了段《天龙八部》，让读者骂了个狗血淋头。我在军旅队也代人做过俩月主教练，费劲不小，最后功劳是人家的，错全扣我脑袋上。"陆鸣不禁现身说法。

章志强不怕承担重任，他自认有能力化解危局，然而朋友们的忠告不能当作耳旁风。此外，前任的感受与周围的舆论也让他不得不有所顾忌。

跟着别人的态度走容易精疲力竭，计较别人的评价必然无所适从。都说抓住机遇就是抓住了谋事在人的拐点，问题是怎么抓住拐点中的关节点。握有实力就行了？显然不会这么简单。

思虑再三仍举棋不定，章志强决定再次问计自己的老爹。老爹乃二十世纪五十年代的大学生，毕业于北京师范大学历史系，如今是名退休的中学老师。虽一生不得志，但一未沮丧颓唐，二未变得琐碎平庸。当初章志强有意出国学习，家中皆反对之声，唯老爹鼎力支持："一个人若想出人头地，若想成为人上人，没点儿真本事可不行。志强出国，就是去学真本事，我们不能拦他！"

如今自己又遇棘手难题，章志强希望多听听老爹的声音。

听儿子讲完始末缘由，老爷子叹了口气："说话你就年届不惑，还是遇事犯迷糊。如项羽不当机立断夺下宋义帅印，破釜沉舟击败章邯，何来推翻暴秦，成就霸业？在此重大关口，我送你八个字——义不容辞，当仁不让。"

父亲的音量不高，却力道十足，立时冲破了章志强心中的阻碍。他如释重负，激情满怀地站起身。

"想通啦？这还不够。"老爹续道，"古往今来，欲成就一番大业的人，总要经受种种考验。当此大任，必须非同凡响。诸葛亮初出茅庐时，连关羽、张飞都质疑他的能力。博望坡一把大火，让所有人都心服口服。"

"我明白了！"

之后数日，章志强一直在想，该如何演示自己登台亮相的"火烧博望"。

按说，新老教练交接那天，马宝昌理应同队员告别，并向大家介绍章志强。但马教练推说身体抱恙，不肯露面。章志强不以为意，从从容容步入训练中心。对章教练早有了解的杨絮、林庭等人则带头鼓掌欢迎。

"别鼓啦！知道大家对我抱以厚望，但除了抠细节、注重过程，我也别无他法，我既非神仙，又没有万能胶、杀手锏。今天，我不想讲'个人发展如何与国家联系在一起'之类的大道理。我们是个整体，生死关头，唯坚守信念和团结一心，津海女排方可共渡难关！因为，意志、血性是我们的队魂！"

章志强的开场白简短明了，他知道现在需要的不是自己的夸夸其谈，而是拿出具体可行的应急对策。

训练开始后，章志强将戴颖、杨絮、陆月洁等核心队员相继叫到身边，单独问询队里近来的各种情况，乃至精细到每个人的饮食起居、举止言行。其间他刻意向林庭探问孙红雁为何屡屡表现失常，方知孙红雁这段时间又逆事缠身。

原来国青队教练都说好了，孙红雁肯定能去悉尼，但奥运会大名单一出，还没她的名字。没过俩月，因津海女排俱乐部改换门庭，她父亲又丢了工作。

秀水公司无力继续资助，球队另找东家本在情理之中。令秀水懊恼的是，女排居然同富丽亨合作起来，这就等于在帮自己的商业竞争对手做广告。秀水老板心生怨恨，为了泄愤，便以企业应对危机进行裁员为由，将孙红雁的父亲踢出了公司。还不到两年，老爸就第二次下岗，孙红雁的心中又增添了一份重压。

对球员们的现状心中有数后，章志强将已经相当成熟的战法进行了调整，于当晚召集教练组人员，阐述周末对阵云滇队的策略。

众人听罢惊呆了：瘦得像竹竿的倪鹃为大主攻，杨絮跟她打对角；撤下经验丰富的老将田敏，派上生瓜蛋子谭晓岚担纲主力副攻，善于观察的全面手陆月洁沦落为替补；放着孙红雁不首发上场，后排防守的担子全压在林庭一人身上……

"咱队可从没这么打过球。"

"联赛赛制都一变再变，球队的打法为何就一成不变？唯有变，才能出其不意，让对手摸不着头脑。"

"那万一输了比赛咋办？"

"我是局里委任的主教练，出了问题怪不着任何人，当然由我负全责！"

临阵换帅往好里说，是球队内部调整，往难听里说，便是前主帅提前"下课"。这种变动搁足球界一点儿不新鲜，排球界却并不常见。津海女排于联赛正打得如火如荼之际突然换帅，无论如何也引发业内一场小地震，耳朵不聋的云滇队自然早已获悉。他们不停地剖析对手：主教练换了，可球员还是那拨人，能有多大变化？

直至开赛前公布首发，云滇队所担心的还是发生了。津海队彻底调整了阵容，晋升大主攻的倪鹃进攻异常积极，生面孔的 5 号副攻，常于 3 号位立体暴扣，线路诡谲不说，起跳时间也比别人慢半拍，恰因如此，她总能打乱对手拦网节奏。生面孔发球还特别刁钻凶猛，云滇队一传经常直接垫飞，就算勉强接住也很难到位。

将自己出色的自由人弃置一旁，向来擅长打防反的津海队忽地主动进攻起来，云滇队主教练一时摸不清对方路数，队员更晕头转向，战前部署全被打乱，稀里糊涂便连丢三局。

章志强首秀赢得干净脆生，仿佛一股清新之风强劲吹过，经此一役，业界不但见识了章志强的灵活硬朗，也惊喜于津海队又冒出了一位下手极快、球风怪异得只能用"贼"来形容的副攻小将——谭晓岚。

面对主动得分超过主攻的小副攻，余下三支队伍连忙研究防范对策。然而接下来的三场比赛，谭晓岚并未首发出场，只发球时偶尔露露面,之前坐在下边的孙红雁、陆月洁则披挂上阵,一个司职一传,一个负责防守。杨絮回到大主攻位置,倪鹃变为接应,林庭则改当了副攻……总之,津海队的阵容每场都在发生不可思议的变化,对手很难猜透章志强如何出牌。加之"每球得分制",队伍一旦处于被动局面,根本容不得缓手。

在原先极为不利的态势下,最后四场比赛三胜一负,津海队成功保级,总积分也蹿升至联赛第八。

38

新帅章志强亮眼的表现,令体育局领导非常满意,当然负面评价也不少。有人说他靠玩花活儿,连蒙带唬胜之不武;还有人讲,以往津海女排总是越到联赛后半段表现越好,主帅换谁都一样取胜,章志强不过白捡个便宜。

闲言碎语传到队里,气坏了陆鸣:"嫉贤妒能!我就奇了怪了,有些人专业的事情很扯淡,扯淡的事情很专业。志强,你左耳听右耳冒,千万别当回事!"

无须陆鸣劝慰,章志强早有心理准备,他笑道:"虽说一人难称百人心,但有些话并非全无道理,单凭变换阵法,只能击败旗鼓相当的对手,像川蜀队那样的强队我们并没法取胜,所以还得从训练抓起,才会让球队有质的飞跃。"

翌日,津海女排召开赛季总结会。马宝昌依旧称病缺席,不少与会者对其肆意贬低,甚至把他说得一无是处。见此章志强断然道:"我不认同刚才那些意见,不能因为吃了几场败仗,就一棍子把人打死。马教练抓训练还是很有成效的,若不是队员们基本功扎实,后半程我们很难做到反败为胜。"

消息很快传出,得知章志强当众为自己辩白,马宝昌多少顺了点儿气:"好歹他算说了两句公道话。"

对于那些只会带兵,不会打仗的人,给他个军士长干干,还是没问题的。据此,体育局分派马宝昌负责考察后备人才,并参与筹划全运会工作。如此,新赛季津海女排主帅教鞭,毫无悬念地移交到章志强手上。

四轮联赛下来,队员们虽领教了章指的足智多谋,到底还没经过常规训练,包括杨絮、林庭在内,大家正满怀期待时,却获悉章指生病住院了。

原来,章志强自小就有偏头痛的毛病,那年任教佛罗伦萨时,因仗义援手华商,得罪当地黑手党,头部遭暴徒重击,自此这个毛病就时常发作,但大多时候,吃两片镇痛药也就顶过去了。近来因为经常熬夜,昨晚又忙到半夜两点,他刚要上床,头顶忽然炸裂般剧痛。爱人见状,赶紧拨打120将其送至总医院。

脑CT、核磁共振都做了,也没检查出什么。病情难有定论,只能先住院观察,何时出院谁都说不准。但帅不离位,章志强的突然住院令女排猝不及防,局领导即刻开了个应急会,最终决定让徐国祥临时代理主教练一职。

让这位默默苦干八年、对球队了如指掌的老助教接盘,的确是眼下最稳妥的办法。暂时代理不比临危受命,甚至会受累不讨好。干出成绩是分内之事,稍有差池连个替你背锅的都没有,一旦正牌主帅回来,还得乖乖脱袍让位。但徐国祥并没这些顾虑,毫不迟疑毅然领令。当天中午探望章志强时,他更直白地讲:"安心养病。我就是替兄弟看摊儿的,等你痊愈后,帅印立马完璧归赵。"

韩珍闻知此事,连连竖起大拇指:"国祥真是难得的大好人,厚道啊!"

有这样尽责又老成的人把关,津海女排稳定了下来,训练很快步入正轨。

原本队员也想抽空去医院，章志强爱人一怕影响丈夫休息，二怕孩子们破费，电话恳请徐国祥务必替她挡驾。

拦得住队员，拦不住家长。先是林旭东，继而杨絮、戴颖等人的父母相继前往医院，水果糕点、营养补品几乎堆满病房，孙红雁母亲还特意做了自己拿手的番茄牛腩。家长们的深情厚谊，令章志强夫妻甚是感动。

等前一拨家长走净了，谭凯这才带着天麻、银杏、何首乌之类安神健脑的中药材露面。慰问过病人后，话题很快转到谭晓岚身上。

已经两个赛季过去了，谭晓岚出场次数仍极为有限，即便章志强掌印的后四轮也仅昙花一现，这让谭凯大为不快。眼下章志强患病，津海女排又被迫换帅，担忧女儿前途的谭凯再次萌生让谭晓岚转行的念头。

看出谭凯的心思，章志强坦诚道："别看小谭上场次数不多，已引起不少排球行家的关注。但她入队时间短，与队友还欠磨合，出现不稳定在所难免。作为球队的秘密武器，我雪藏她，主要是不想让她被对手轻易研究透。"

谭凯点点头："您的话在理，我也相信您的能力，可那位徐指把得牢吗？晓岚马上虚岁就二十了，运动员这个岁数很关键，如明年她还没闯出名堂，怕是再没出头之日。在这个孩子身上，我们付出了多少！晓岚要不能获得成功，我家老少三代的心血也就全白费了！"

谭凯的这番话，让章志强沉重起来。都说中国的父母最疼孩子，也没几个像谭凯这样为了孩子倾其所有的。谭晓岚确实天赋异禀，做教练的不能将其打造成材，良心难安。

章志强想了下，对谭凯道："要不是身体出了情况，这赛季我就计划重点培养小谭。不过你放心，我这就联系老教练韩珍，请她给小谭开小灶。"

"人家退休多年了，还能管这事？"谭凯将信将疑。

"凭韩教练的人品，我敢打赌，她肯定管。"

章志强深知，韩珍始终心系津海女排，凡球队的事烦劳到她，从没推辞过,都是全力以赴。联赛期间,孙红雁因个人及家庭诸多变故一度状态低迷,章志强遂求韩珍为她做心理疏导。后者立时出马,仅两次长谈,孙红雁便彻底想通,更以出众的后排表现当选联赛"最佳一传"。

当着谭凯的面,章志强拨通了韩珍电话,翔实介绍了谭晓岚的近期表现。先前韩珍虽没带谭晓岚多长时间,但已发现她潜质非凡,自然希望将其打造成津海女排的一颗耀眼新星,于是即刻同意出手相援。

通话时,章志强有意开着免提,谭凯清楚听到了全部谈话内容,总算吃下颗定心丸。

韩珍说到做到,撂下章志强电话便找徐国祥协调此事。自第二天起她就重返体工大队,针对性地对谭晓岚进行系统培训。

徐国祥知道自己能力有限,特意将陆鸣请来做助教。在大家的共同努力下,津海女排整体的串联技术和串联实力大幅提高。

转眼三个月过去,章志强身体完全康复,徐国祥即刻就要移交权力。倘真如此,他这段时间的付出难免被忽略掉,章志强说啥不肯接受。哥儿俩争执了半天,在章志强再三坚持下,徐国祥勉强答应带队到本赛季结束。章志强则一边调养身体,一边继续抓青训工作。

一眨眼 2001 年已过去大半,7 月 13 日,国际奥委会主席萨马兰奇于莫斯科世界贸易中心宣布:2008 年第二十九届夏季奥林匹克运动会主办城市是中国北京。

申奥成功,中国人的百年奥运梦想成真。消息传来那一刻,亿万华夏儿女无不为之喜极落泪,整个神州大地沸腾了。当晚,仅首都北京就有四十多万人欢呼雀跃地拥向天安门广场。

彻夜狂欢,体育人自然欣喜不已。大家以各种方式表达欢庆之情。章志强虽大病初愈,仍被朋友拉去喝酒,中午才喝完。当天晚上,津海电视台体育栏目主持人汪冲又把他拽进津利华大酒店。

近年来,汪冲始终为津海女排现场解说,由于常到训练中心做采访,与球队处得就像一家人。章志强不好驳汪冲面子,随之入席后,发现同桌有个生面孔,经汪冲介绍,此人竟是大富商梁伯成的三弟梁季兴。在章志强印象里,梁季兴曾是《体育在线》的一名记者,时不时被汪冲带到局里来。刚听汪冲说,晚上的这顿饭是梁季兴做东请客,真不知他何时改行做的生意。

章志强心说,在津海市,汪冲大小也是个著名体育节目主持人,公事公办的话,漫说要见哪位教练,就是见分管体育的市领导那也不是难事。但此番他拽上梁季兴还特意要自己必到,想来这桌酒宴不单为庆祝中国申奥成功,汪冲这样安排,必另有其目的。

章志强猜得八九不离十,今晚梁季兴果然另有打算,他是为侄女梁胜男——家中最大的麻烦制造者,特来向章志强求救的。

39

原来,梁季兴的大哥梁伯成乃我国实行市场经济后首批下海经商者,起先从南往北倒腾服装、电器,在当时还不兴三包的年头就承诺确保售后,讲信誉,重质量,很快成功赚到人生第一桶金。拿着这笔钱,梁伯成又于津海开设了多家酒吧、歌舞厅。因在娱乐场内结交下不少五行八作的朋友,他由此掌握到大量商业信息。

一次闲聊时,有位东北客商当笑话讲了个见闻。他说自苏联解体后,俄罗斯奇缺的多为日用工业品,反倒是大型客运飞机特别富余,且出手价格超便宜。说者无意,听者有心。"只要胆子大,夕阳都是你的。"这就是梁伯成的口头禅。经多方打听,他获悉新成立的齐鲁航空正急需客机。梁伯成很快着手联系日用工业品,跑了无数国企,除了各种货物,还找到堆积如山的罐装食品。他决定从外院雇位俄语翻译,飞到莫斯科跟俄罗斯人商量要拿罐头换飞机,结果这么不可思议的生意竟被搞定了。

这么大一笔买卖,保证金就上千万元,梁家那点儿资产零头都不够。对此梁伯成来了次神操作,因提前算好俄机飞到津海只用一天时间,从津海发货的列车却要整整一个礼拜,梁伯成便约定同时发货。自然是飞机先到,梁伯成就以此做银行担保,搞到资金再支付罐头货款。靠这种机智惊险的时间差,梁伯成居然用数百列车皮的罐头换回了五架苏式客机。

为敢想敢干的人创造机遇打造奇迹,唯掀起改革新浪潮的中国市场才有这种开放包容的胸襟与环境。在当时,商人地位迅速上升,一下子成为社会财富的主要拥有者,梁伯成凭借自己的胆大敢为而一夜暴富。

别看梁老板经商思路很前卫,封建的子嗣观念却痼疾难除。他祈天祷地想要个传宗接代的儿子,老婆偏不称他心意地生了个女儿。二十世纪八十年代末,计划生育还是国策,为了自我安慰,梁伯成只得给女儿起名叫"胜男"。

本就重男轻女,加之整天忙着经商,梁伯成对女儿疏于教育。一开始,梁太太也挺疼闺女,后来丈夫越来越有钱,索性缴纳巨额罚款,不但要了二胎,还生了一个大胖小子。

梁伯成如愿以偿,梁胜男却自此不被待见。因长时间无人管束,七岁那年,玩野了的梁胜男游荡到中原公司附近时发现自己迷了路。离家十几站远,天又黑了,换别的女孩早吓得哇哇大哭,梁胜男单凭记忆揪着公交站牌,一站站往回捯,最后竟成功摸回家。已是晚上八点半,还不见她人影,梁家报警的同时又撒人四处搜寻,正手忙脚乱时,梁胜男没事人似的径直拉开冰箱门,凡能吃的东西通通被她狼吞虎咽掉……

看着这份吃相,所有人都啧啧无奈。谁不清楚梁家公主是出了名的暴脾气,别看个头儿不高,却力大手狠,干起仗来周边的男孩全惧三分,家里总得为她时不时打伤人而花钱平事。

通过这天的事,梁伯成竟对女儿另眼相看,觉得这不叫人省心的祸精不是一般的心大，有胆量、主意正，随他。

梁伯成知道三弟是家中最喜欢女儿的人，遂把自己的烦恼无奈地讲给他听。

"不是我偏心，胜男性格率真不羁，我们要因势利导。"梁季兴开导大哥道。

"除了搬请观音菩萨，我是孙猴子遇上红孩儿——没招了。"

"评书《隋唐演义》不是讲，李渊起初也拿儿子李元霸没咒念，之后来了个武林高手教其功夫，李元霸很快就上了正道。我看不如让胜男搞体育去。"

"只要能耗得她不捅娄子，学啥都行。"

体育门类多了去，侄女究竟入到哪行？梁季兴咨询了诸多体校老师，大都认为以其现有条件，练举重比较适合。可梁胜男觉得举重除了卖力气又呆板得要死，将来还得把身材练走形。她更喜欢那种上蹿下跳、连滚带爬的项目。

梁季兴一想，干脆由她自己选吧。也不知梁胜男从哪儿听来的，网球是贵族运动，试过后又觉球拍过重，没练两天就放弃了。后来一部名为《胜利女排》的日本动漫让她对排球产生了浓厚兴趣，她请求三叔帮着找地方去打排球。

依着随心所欲的侄女，梁季兴为其联系了区业余体校的青少队。原以为这不过是临时起意，未承想，侄女却真上了瘾，特别是腾身跃起、挥臂砸球那种痛快，实在太爽啦！美中不足的是，业余体校球员年纪都比她大，个头儿也比她高，大家没法玩一块儿去。

难得侄女对一件事上心，征得大哥允许后，梁季兴主动给津海著名的排球传统校同光里小学提供了一笔赞助费。新学期伊始，梁胜男便转到该校就读，并顺利加入校排球队。道儿远不怕，开车接送嘛。

这下同光里小学炸营了。二十世纪九十年代中叶，家里有辆夏利就牛上天了，谁能开得起进口奥迪！

"德国四圈儿不过是接送孩子上学用的，毛毛雨罢啦。人家爸爸还坐大奔呢！"梁胜男班主任不无炫耀道。

连老师都如此，学生们对梁胜男就更加艳羡。但大家很快发现，这个富二代太有个性，一言不合就翻脸。在球队，其他队员已会组织一些简单战术了，梁胜男却只会颠球，加之极不合群，没谁乐意搭理她，唯二传手陈静姝能与之相处。

陈静姝父母是做家具生意的，孩子幼年时正草创基业，一年之中大半时间在外地跑生意，两边老人又都身体不好，就常将陈静姝托付亲友照管。陈静姝在各类家庭间辗转，一来二去养成了和啥脾气秉性的人都能相处的好性子。

陈静姝到同光里小学全因就近入学，并非为打排球，但由于身高超过同龄人许多，一下被体育老师看中，就给编到了排球特长班。因其性格内向安静、沉稳谦让，体育老师指定她当二传手。甭管做什么，陈静姝都特别认真，三年下来，基本功相当扎实，已成为队中的小小核心。

如今来了个各色的梁胜男，还吵着要打主攻。见别人不愿给她喂球，陈静姝则主动出手相帮。虽说特立独行惯了，梁胜男也感念陈静姝的善待，由此二人便成了好朋友。怎奈陈静姝比梁胜男年长一岁，很快从小学毕业了。

而陈静姝所在初中，乃津海首家私立全天候寄宿学校——前望中学。校名字面意思可理解为"前途充满希望"，创办者的宗旨是要全力打造欧美范儿的贵族学校。那些有钱的富豪家长了解后，即使学费超公办校近十倍也认头送孩子去前望中学。

陈静姝父母被前望中学的宣传打动了心，自己也确实没有精力看管，把孩子放在这种高档寄宿中学不失为最佳选择。苦练多年的排球就此半途而废,陈静姝既不甘心又不舍得,但自己一个十三岁的孩子又能做得了谁的主。

与陈静姝截然相反,梁胜男并不关心今后是否还能继续打排球,她一心所想就是要与好友在这里重聚。极其难得的是,梁伯成这次表现得很痛快,他认为女儿只有进入市内最好的中学,才与梁家的地位相配。

可果真进入前望中学,梁胜男立马后悔不迭。

学校收取那么多真金白银,须让家长们感到物有所值的同时,还要赢得社会广泛认可。要达到这几重效果,最直接的办法就是书山题海,用拼命加码之策拔苗助长。在教育唯分数论的大环境下,无论何种手段,只要考试成绩与升学率上去了,任谁都赞你办学质量好。由此,前望中学不顾学生身心健康,砍掉副科课程,挤出一切时间讲授中高考科目。再加上早自习、晚自习、课后辅导……总之,每天课量排得满满当当。

繁重的课业负担把学生们挤对得几近发疯,更无法容忍的是,为节省开支,学校极限压缩与教学无关的雇员,致使日常管理不到位,学生宿舍四层楼内仅安排两人早晚轮班负责。二百多个孩子哪照看得过来? 环境脏乱差自不必说,学生间各种矛盾冲突也频有发生。

但学校这些事就是再出格,梁胜男也一概懒得理,然而有人胆敢欺负好友陈静姝,她可就非管不可了。

40

陈静姝本就五官清秀,再加上身材高挑双腿颀长,称之亭亭玉立一点儿不过分。对这位前望中学公认的校花,不少问题男生早起了歪心思。

富家子田小龙是前望中学的一个校霸,初一时尚有约束,到了初二,他摸透学校情况便肆意妄为起来,拉上俩臭味相投的同学做走卒,整天在校园横着膀子晃，没事就欺凌弱小，每每见到陈静姝还出言挑逗，弄得陈静姝见着他们就心惊肉跳。见此，田小龙变本加厉，越发频繁纠缠，陈静姝只得向老师告状。

因没啥实质性问题，班主任仅将三人训斥一顿后就作罢了。

班主任的轻描淡写令田小龙胆子越来越大。一天，下了晚自习，田小龙于楼道拐角处故意贴近骚扰，陈静姝慌忙转过身，他趁势在其臀部捏了一把。陈静姝飞也似的逃开，引得三个家伙在背后疯狂大笑。

回到宿舍，陈静姝呜呜痛哭不止，正巧梁胜男过来找她，见状连声追问，陈静姝只好实情相告。

"你怎么这么软弱可欺？知道吗，人一旦老实过了头，就叫窝囊。这种事告诉老师家长都没用，什么批评教育，纯粹扯淡！你等着，我这就替你出气去！"

梁胜男再也按捺不住，起身便走。陈静姝一把没拽住，她已冲到门外。

半年来，枯燥繁重的课业压抑得梁胜男一直想找地方宣泄。如今见好友受人欺负，心中升腾起一股邪火，她径直奔向男生宿舍，大声将田小龙三人叫到楼外。

"你们听好，今后谁再对陈静姝招一把撩一把的，看我不剁了他的咸猪手！"

梁胜男虽气势逼人，但到底是个小女生，田小龙见状岂能当回事。他斜着眼睛冷哼道："就凭你，还想拔创（方言，意为替人出气）？哪儿凉快哪儿待着去！"

"对啊，就凭我。要不过来比试比试？"梁胜男边说边攥紧双拳。

"我可是好男不跟女斗呀。"

"呸！还好男，你就是欠揍！"梁胜男懒得再废话，蹿上去就是一冲天炮。富家子大多面条身子嘴把式，哪儿像梁胜男说出手就出手，仅一拳就捶了田小龙个腆蹲儿，不待他爬起，梁胜男旋即腾起，以钉地板的架势在他头顶狠狠就是一掌。梁胜男还不解气,跟着飞起一脚,之后迅速骑到田小龙身上,双拳雨点儿般落下。

田小龙疼得嗷嗷惨叫,急唤身边那俩走卒:"你们都是死人啊,还不快来帮忙!"那两人赶紧上前摽住梁胜男,田小龙借机滚爬起来,也加入团战。

再怎么能打,梁胜男也敌不过三个男生的同时围攻,被按倒后立时遭到一顿拳打脚踢。幸亏陈静姝及时叫来宿管,总算把架拉开。梁胜男鼻青脸肿,长这么大还没吃过如此暴亏,她瞪着双眼,却没一滴泪水。

校领导闻讯慌了神,这些孩子家长没一个好惹的,若此事被外界宣扬出去,前望中学还怎么办下去?为今之计,只能设法弥补。校方首先派教务、德育两位主任带上慰问品,到宿舍好生安抚梁胜男;再让初二年级组长、班主任押着田小龙三人前去赔礼道歉;继而问责,解聘失职的宿管。

校方其实用不着这么多虑,梁胜男遇事从不向家里告状,梁伯成也知女儿不是省油的灯,对其在外边的各种打架早已司空见惯。而陈静姝怕再招惹麻烦,也没跟父母说实话。由此,梁、陈两家都未追究,学校巴不得息事宁人,按说这场冲突也就这么平息了,但一个更大的乱子还在暗中酝酿,大大出乎校方意料。

初二,正是一个孩子从少年到青年的过渡期,此时的性格、习性一旦定型,今后很难再扭转。而只顾抓分数的前望中学,恰恰忽视了这一阶段学生的心理和品德培养。由于学校仅浮皮潦草的口头管教,未予任何有力惩处,田小龙几人并没认识到自身的错误,更无丝毫悔意,虽暂时不敢对陈静姝动手动脚,却常说些下流的污言秽语。陈静姝除去躲避,就是向父母提出尽快转学的要求,同时也劝梁胜男离开。

梁胜男自然不想在此再待下去,但也不能咽下这口气。通过秘密跟踪,她摸清了田小龙的活动规律,一个奇葩的报复手段浮现脑海。

当时学校厕所还都是蹲坑,就是高档的前望中学也极少有坐便马桶,男厕所仅在靠窗位置装了个新式坐便器。每次解大手,田小龙必抢占此处,后来那马桶干脆被其独霸。

梁胜男了解到田小龙午间休息时习惯上厕所,遂偷偷买了挂鞭炮,藏在书包底层带进学校。等用罢午饭,她提早躲在一楼厕所后窗根儿底下。不大一会儿,田小龙果然哼着流行歌曲溜达进厕所,大模大样地端坐在马桶上。机不可失,梁胜男立即取出鞭炮,用打火机点燃引信。

当时已是 6 月,中午天气虽热,但还没开空调。为保持空气通畅,厕所时常敞着窗户,梁胜男跃身扬手便将鞭炮从窗口丢了进去。这些年的排球真没白练,她蹦得高,手法也准,不偏不倚正扔到田小龙脚下。

梁胜男特地挑选了大号钢炮,每个炮仗都有拇指粗细,且拿牛皮纸包裹,这"噼里啪啦"一爆开,真可谓惊天动地,把田小龙炸得鸡飞狗跳,裤子都没顾上提便仓皇逃出。大家闻声望过来,见其衣服上净是鞭炮崩的黄白点儿,鞋也跑掉了一只,溜光的屁股还挂着屎,女生皆惊声尖叫,男生则乐得直不起腰。由此"前望小霸王"颜面丢尽,成为全校头号笑柄。

仇是报了,梁胜男的祸也闯大了。学校财物损失事小,恶劣影响如何消除?查明真相后,校领导气急败坏,不仅向梁家索赔,还要开除梁胜男。

梁伯成好一番上下打点,校方勉强同意让梁胜男读完本学期,但过完这个暑假,前望中学不再保留其学籍。梁胜男倒乐得从那鬼地方脱身,至于去向,陈静姝调哪儿她去哪儿。

花钱转学,对梁伯成来说不叫事,真正犯愁的是梁胜男的前途问题。再怎么也是自己的亲闺女,总不能让她放任自流吧。

对此,三弟梁季兴埋怨大哥道:"当初说了你不听,就该让孩子继续练排球,她在同光里小学那会儿不挺老实的吗?"

"老实了没错,可也没见学出啥名堂。"

"名师才能出高徒,还得找个好教练。"

"唉!"梁伯成摇头笑了,"瞧她现在那小矬个儿,哪位教练愿意要?老

175

三,你好歹当过体育记者,那圈子里人头熟,胜男的事就全拜托你了!"

梁季兴连日来东奔西走,特别上心地各处烦朋友找门路。那日于电视中看到旧友汪冲报道申奥成功,他当即前往电视台,恳求其帮忙想主意。哥儿俩反复商讨,方动意宴请章志强。

席间,梁、汪二人好话说了两卡车。可肩负培养女排后备人才的重任,岂能无原则地接纳球员。章志强抹不开情面,因此只答应先验看梁胜男是否满足入队条件,之后再做决定。

听说三叔要带自己参加青训,梁胜男无比兴奋,她可没忘了陈静姝,定要拉上好友一道前往。

两年没摸排球的陈静姝,本以为今生已与排球绝缘,赶上这千载难逢的机会,她决计为自己争取一次。陈静姝父母始终觉得亏欠女儿,原想多花些钱让孩子获得最好的教育,反让其受了更大委屈,正不知如何弥补呢。女儿既有此意愿,夫妇俩当然全力支持。

转过天,俩孩子随梁季兴来见章志强。步入训练中心,看到十多名女队员正跑跳腾跃,听到她们击打排球与"嘿""哈"叫喊的声音,她俩恍然闪回到当年的同光里小学,只是这里的场地更宽大,设施也更先进完备。深埋心底的那份挚爱再次被点燃。

但青训队教练一见她俩心凉了半截。段军悄声对章志强讲:"就梁胜男那小个儿,当自由人都够呛,还想打主攻?陈静姝身高倒可以,但整个一林黛玉,哪儿吃得了咱这份苦?"

41

甭管咋说,人都来了,总得走走程序吧。段军先带俩孩子去查体,结果拿标尺一量,陈静姝一米七九,而梁胜男只有一米五八。见有人禁不住笑出声来，梁胜男不以为意，尽管在这里见谁都得仰视，她依旧自我感觉良好。

查完体，就该检验二人的排球功底了。梁胜男表演了自己拿手的暴扣，段军认为她弹跳不错，力量也够足，但线路过于单一。梁胜男不服，段军唤过一名与之年龄相仿的副攻。梁胜男连扣三球，皆被对方封死。梁胜男脸上挂不住，非要拦对方俩球。那副攻先是打了个小斜线，之后又轻巧一吊，梁胜男甭说拦网，连球都没碰着，多少有些泄气。

段军又让梁胜男试着接发球，并暗示那名副攻发个刁钻的上手飘球。梁胜男见球晃晃荡荡从天而降，忙抢步上前伸双臂去垫，段军见状连连摇头。这种球看似飘忽绵软，下沉时却颇有力道，必须双手上托，指根还得能吃劲儿，若一味拿胳膊硬垫，保准垫飞。果不其然，梁胜男前臂一触到球，那球便横向崩出界外。

此等球技委实不敢恭维，段军难掩失望地让梁胜男到场边休息，转而验看陈静姝的二传。想不到，仅一项测试，即令段军目瞪口呆，就连曾为国家男排老二传的章志强也吃惊不小。

排球比赛中严格规定，每回合单方球队只能接触三次球。所谓一传，就是一方接到对手发球或进攻的第一次触球。而接到一传球后调整给自己得分队员的二次触球，就叫二传。二传手可谓排球场上的组织者，不仅要将球传到本方进攻最佳位置，还要头脑清醒，不时组织一些出其不意的进攻。一支最终站上冠军领奖台的球队，无不具备球星、整体、配合三要素，能将不可或缺的三者完善组织起来的，就是二传手。

得二传者得天下！纵观世界女子排坛，不乏传奇的二传手。2012年伦敦奥运会，身高一米五九的日本二传竹下佳江，不仅把本队送到第三，还拦死了当时世界最高攻手加莫娃。可见巅峰期的竹下佳江是怎样厉害的存在。

正因二传手对球队而言太重要，一个优秀二传手的标杆也就特别高,寻常球员更难担此任。二传出身的章志强深谙其中道理,为考查后备选手,他有意设置了一项特殊的检验方式。

在津海女排训练场约两米五高的墙壁上,章志强分别用红、黄、蓝三色油漆,按"品"字形画了三个圆圈。按照教练口令,球员要把手中的球一一传向对应的圆圈内。起初还没什么难度,但随着教练不断提速,二十个球不到,不少球员就开始发晕。

轮到陈静姝了,她被段军带到三个圆圈近前。

"真没问题?只要错一个就算结束。"段军盯着陈静姝问。

"知道了,您开始吧。"陈静姝点头回应道。

"好!"段军命两名球员各拖来一个装满排球的大号铁丝筐,分别距陈静姝四米开外。段军朝左侧一挥手,同时喊了声:"红!"陈静姝看准来球线路向上一推,将球推至红圈内。"蓝!"话音未落,右侧的球已飞过来,陈静姝伸开十指轻轻一送,球横向拐弯,直点在蓝圈中心……

转眼间,三种颜色被颠倒了三轮,陈静姝皆应付自如,再怎么加快语速改变口令仍未能难住她,段军便开始在方位、颜色间随意调换。然而不论速度多疾,也不论怎样穿插变化,陈静姝都能准确无误地将球传向指定圆圈内。到后来,段军竟忘了自己发出过多少口令,协助测试的队员却相继举起手,因为两只铁丝筐内已再无球可发了。

可能方才太过专注,段军此刻才发现训练大厅内聚拢来许多人,直至这个精彩的测试完美终结。

见众人都情不自禁为陈静姝喝彩,章志强心说:那是外行看热闹。传球入圈并没有多高技术含量,其难度在于传球者不能有一丝杂念,情绪始终不许有波动。而这静如止水的心境普通人很难做到,真是后生可畏呀!但这么好个苗子,先前怎么没发现?他转念一想,倒不奇怪。自己抓青训这两年,陈静姝恰巧在前望中学读书。这才叫歪打正着,本来是要测试梁胜男,却无意间拾到了颗遗珠。

闻听此讯,陆鸣也兴奋不已,指点着段军道:"还说人家林黛玉,这不小龙女吗?《神雕侠侣》里,诸多顶尖高手都练不成的双手互搏,人家小龙女却一学就会,无非因心无旁骛,定力超常。陈静姝就有这个意思,她绝对是个天生的二传手! 搭的比卖的还要好,这回咱是赚着了。"

　　章志强很认可陆鸣的话。陈静姝肯定要作为重点对象来培养,可那个梁胜男又该咋办? 退回,似乎不太近人情,何况她那股子冲劲儿也很难得,加之其年纪尚小,万一日后个头儿蹿上来,说不定一样是可塑之才。

　　一下接纳陈、梁两个小队员,青训队就此逐渐壮大起来。与此同时,津海成人女排也取得了长足进步。徐国祥与陆鸣、赵亮几个撸起膀子,集训大见成效。尤其谭晓岚,经韩珍的悉心调教,半年来球技有了质的飞跃,已完全与球队融为一体。另外,戴颖、杨絮、陆月洁等人的水准不减当年,是津海女排中能力最强的老将。还有可喜可贺的,球队内的国手已增至两名。

　　中国女排在悉尼奥运会惨败后,国家体委反复斟酌研讨,于年初调整了其教练组,原先的程助教升任主帅,队员也进行了大换血。由于技术出色、发挥稳定,林庭得以继续留用,孙红雁不仅正式加入国家队,更被确定为主力自由人。

　　如今的津海女排兵强马壮、斗志旺盛,在 2001 年 11 月于广州举行的第九届全运会上位列第五名,取得了历史最好成绩。徐国祥并不满足,回津海后及时总结经验,使津海女排在 12 月开幕的新赛季联赛中势不可当,小组赛六战六捷,首次以小组第一跻身前六名。

　　连体育局领导也未料到,临时代职的徐国祥能取得这样的成绩,媒体也对其不吝赞美之词,唯徐国祥相当冷静。他明白,自己并非运筹帷幄的帅才,每次排兵布阵全凭教练组的群策群力,甚至连戴颖、杨絮、陆月洁都参与了意见。自己不过虚心听取,善于选择,将最佳方案运用到实战上罢了。

局里自然希望女排再接再厉更上一层楼，徐国祥口头表示全力争取，实则底气不足。能走到现在，自己已是超水平发挥，这还不算运气成分，若想冲进第三轮，辽沈队、沪上队、川蜀队都是横挡在面前的劲敌，而军旅队更是难以迈过的一道坎儿。

　　近两年，由"不倒翁"俞双坪执教的军旅女排已顺利完成新老交替，球队实力较以往更加强大。

　　"高妹"黄薇薇目前已为亚洲女排第一高度。她出身南京体育世家，父母都曾是运动员，优良的基因基础使黄薇薇五岁时就蹿到了一米五。每次坐火车，父母都拿出户口本同乘务员解释，否则就得给她补票。有这样的身高优势，又有家庭熏陶，打排球成了黄薇薇的不二选择。她刚上初中即被军旅青少队招纳，十八岁便入选国家队，并帮助球队拿到亚锦赛冠军。因个头儿超高，拦网是黄薇薇得分的绝活儿，近来又经俞教练精心打造，其体格越来越健壮，扣杀也变得干脆有力，加之速度及灵活性都有提升，在新组建的国家队里也是绝对主力。

　　俞双坪手中的王牌不仅黄薇薇一张，其主攻张依娜同样是国家队主力。这个从营口选拔来的东北姑娘，身高虽只有一米八一，却弹跳出色，滞空能力强，扣球势大力沉，凌空摆臂的姿态犹如大鹏展翅，被队友亲切地称作"大鸟"。

　　二传赵燕妮也非同寻常，其穿针引线组织进攻的手法出类拔萃，因相貌清秀，打球聪明灵巧，被外界誉为"花之秀"。可惜生不逢时，由于国内头号二传马昆的横空出世，赵燕妮在身高和拦网方面略处下风，只得屈居国家队替补。尽管如此，她仍是联赛队伍中的优秀二传之一。

　　军旅队中，第四位国手是自由人黎樱。论防守卡位与接一传能力，她稍逊于孙红雁，但为军旅队筑起坚固的后防线则是绰绰有余。

　　不得不提的是那个叫蓝芸的强力接应。这位安徽姑娘擅长大力跳发，前后排进攻都能得分，也曾入选国家集训队，只是当时接应位置已被林庭及江浙队的"喀秋莎"朱苏娅牢牢占据,且程教练坚决执行老女排时期的全攻全守、攻防平衡、高快结合的思路,在这种体系下,蓝芸的技能难以得到发挥,由此遗憾落选。但津海队不能因其被退回军旅队,便忽视这一犀利的火力点。

42

"别忘了,她们队内还有个童灵菲呢。那孩子可是我带出来的,初二时就被军旅队挑走了。她现在刚满二十岁,已是球队的主力主攻,身高臂长打法凶猛,扣球棒头重,可与张依娜形成两翼强攻。"林庭的父亲林旭东又打电话提醒徐国祥。

主攻、副攻、二传和自由人皆为国手,接应还是准国手,再加上林旭东所讲的童灵菲,组成了几乎无懈可击的"军旅王朝",这简直就是小国家队呀!

刚结束的第九届全运会上,军旅队轻松夺冠,国内联赛也所向披靡。幸好津海队未与其分在同一组,但进入第二阶段循环赛,头一个对手便是军旅队。

为能将宿敌击败,津海队教练组连日密集商讨,仍无破解良方。徐国祥多方请教老前辈,众人也都积极献言献策,但包括韩珍在内,也拿不出足以制胜的必杀技。

因之前数场比赛,只要琢磨出好点子,章志强便即刻联系徐国祥或陆鸣,徐国祥也把希望寄托在他身上。徐国祥掏出手机,未等拨号,章志强的电话抢先顶了进来:"琢磨了几天,我也没想出太好的对策,所以不知跟你说些啥。"

"要是连你这'智慧囊'都没了招,我可就麻爪儿啦!"

"眼下两队之间的差距不是战术能弥补的,人家又有主场优势,我想,'不倒翁'不会给咱任何机会。"

"咱总不能坐以待毙吧？"

"'小快灵'加'变'！就得冲他一下子！"

这也是没办法的办法，客场作战的津海队再次祭出变阵这一杀手锏，开场便先声夺人，以林庭和谭晓岚的快球奇袭，打出个小高潮，一度以 11:6 领先。但老辣的俞双坪对此早有防备，通过两次暂停，迟滞津海队的节奏，并向自己球员传授应对之策，终使军旅队稳住局面，逐渐逆转败势。21:25，津海队首局惜败。

第二局军旅队攻势更猛，很快以 25:18 再拿下一局。总不能又让对手"剃光头"吧？津海队姑娘们在第三局展开血拼，争夺异常惨烈，最终以 26:24 硬是扳回了一城。但打到第四局，津海队已明显力不从心，反观军旅队则愈战愈勇。结果 16:25，对手领先 9 分取胜。

比赛最终以 1:3 的局分宣告结束。赛后，双方主教练相互握手，望着俞双坪看似平淡却难掩得意的微笑，徐国祥上前道了声祝贺，之后默默转身离去。

陆鸣连声感慨："军旅队忒厉害啦，简直成东方不败了！"

赵亮则叹道："是啊，咱上一个台阶，人家上三个，这怎么超得过去？"

虽说再次负于军旅队，但后边还有七场比赛要打，必须马上做出调整。当晚，教练组聚到徐国祥房间，研究如何应对接下来的几个对手。经分析得出：同军旅队的比赛虽然输了，较之以往，队员的整体水平还是有很大进步，否则也拿不下第三局，只要战术合理用人灵活，津海队完全有能力赢下后面的比赛。

津海队向来就有这么股子压不弯、打不垮的韧劲儿，在随即的七轮大战中奋勇拼杀，四胜三负，加上第一轮带入的成绩，以总积分第三，史无前例地杀入了半决赛。遗憾的是，半决赛没能扳倒积分第二的辽沈队，按赛制，半决赛不再搞循环，只一场定胜负。由此，津海队也就失去了同军旅队争冠的资格。

输掉了半决赛,还可以争第三。季军之战的对手是川蜀队。在第二阶段,津海队与之两次交手,主客场均以 2:3 告负。但教练组一致认为:尽管我方连战连败,各局比分却都极其接近,双方实力在伯仲之间,加之此次我们占据主场之利,只要放手一搏,绝对有取胜可能。

经过一周休整,津海队全力迎战,而球员年龄老化的川蜀队打到此时已现疲态,夺取季军的欲望远不及津海队强烈。比赛竟成了一边倒,三下五除二,津海队以 3:0 轻松战败对手。本赛季最终排名出炉,军旅队夺冠,津海队挤进三强。

一个临时代理主帅,初次试水即带队闯入联赛前三,真是大有作为。成绩摆在那儿,按说徐国祥也可以理直气壮地要求扶正了吧?然而,比赛一结束,他即郑重提出要把位子还给章志强:"我可并非高风亮节,但起码有自知之明。"

明白徐国祥出人意料的选择是出于公心,是以大局为重,但章志强听说后还是很为难。徐兄刚干出点儿成绩来他就去接任,且不理外人如何讥讽自己"下山摘桃子",关键是于情于理都说不过去。

"哪有这么多顾忌?当初咱有言在先,我只替你盯完联赛。当时赵亮、陆鸣几个都在场,他们都可以为我作证。"徐国祥认真地说。

"又不是打官司,用得着传证人?再说,我来执教,未必有你干得好。"

徐国祥近前一步,恳挚地说:"老实讲,这段时间我没睡过一个整觉。如果仅是压力,我还能扛着,但一想到咱那群天天吃苦的孩子,想到津海女排联赛夺冠的目标,我再赶鸭子上架就对不起良心了。"

"我也没长着三头六臂,上次对战军旅队,不照样被人家打得束手无策。"

"那不是电话指点吗?如果你亲临现场坐镇指挥,肯定不是那情形!"

徐国祥如此襟怀坦荡,章志强若是再继续推辞,反显得自己的谦让太过矫情，且主帅一职迟迟定不下来，也不利于队伍的稳定。想起父亲送自己的"义不容辞，当仁不让"八个字，章志强的内心陡然硬朗起来。

一个主动让贤，一个勇担重任，体育局领导对此结果也很满意，随即写成书面材料上报到市里。经相关部门审议后，体工大队遂下发了正式委任书：2002—2003赛季，章志强做主教练，徐国祥为首席助教。

章、徐等干将联手抓女排，业内外满满的是期待。凌副市长在一次常务会议后，刻意将体育局领导留下单独谈话。

他语重心长地讲："明年就是津海建市六百周年了，届时全市各领域都要拿出成果为庆典献礼。相比之下，体育战线却表现不佳，优势项目寥寥无几，在全运会奖牌榜上的排名始终徘徊在二十名左右，这与咱直辖市的身份极不相称。如今女排上升势头很好，你们一定要加把劲儿，将此作为提升津海体育地位的突破口。"

赴任前，章志强找来段军，将青训工作一一托付。记下重要事项后，段军执意要摆酒钱行。章志强看出段军心中五味杂陈，似有特别的事要讲，遂应下他的邀请。

二人来到训练中心附近的餐馆，未及酒菜上桌，段军便忍不住道："青训的事您放心，咱教练组这帮兄弟没掉链子的，保证全力以赴。不过，还得拜托您件事，这可关乎我的终身幸福。"

"曙，还终身，这么严重？"

"不是说着玩的。咱刚认识那会儿，我跟杨絮就谈两年多恋爱了，可直到现在，明明近在咫尺，我们却没成婚，她也坚决不退役，就这么晃荡着。"

"既然彼此珍惜，那就得彼此真诚，彼此说真话。你问过杨絮原因吗？"

"昨天刚问过。她还是那句话，除非拿下联赛冠军，否则一切免谈。"

段军的话叫章志强意外又感慨。何止是杨絮，戴颖也满三十了，一样未退役、未结婚，满心所想就为圆那个冠军梦。林庭、孙红雁两人，中日友谊赛那会儿还是初中生，现已长成二十多岁的大姑娘，她们的韶华青春都奉献给了排球。看来,自己一旦执掌帅印,必将责任重如山啊!

"章指,您给我交个实底,咱女排到底能不能夺冠?"段军盯着章志强追问。

"将相本无种,做人当自强。我看所有省级队里,顶属津海女排拼劲儿韧劲儿足。当年国家女排的五连冠不就靠这种精神得来的吗?只要这股精气神在,再配以科学训练,咱就有夺冠的那一天。"章志强决绝道。

"我信您的话。盼着这一天能早早到来。"段军斟满两杯酒,一仰头,自己先干下一杯。

通过与段军的这番交谈,章志强更明确了奋斗目标:就是脱掉自己几层皮,也要在一至两年内,带领津海女排登上联赛冠军领奖台。

43

那天晚上,夜虽已很深,章志强全无睡意,他取出先前制订好的三年训练预案,重新用心修正。除带队打过四场联赛,他在负责青训期间也没远离津海女排,对每名现役队员都十分了解。从目前形势看,在不违背运动规律的前提下,这个计划必须再提速。

眼下国内排坛,除独占鳌头的军旅队一枝独秀外,各队态势可谓群雄逐鹿。昔日诸强中,川蜀队因尚未做好新老交替会沉寂一段时间,其余的辽沈队、江浙队、沪上队、姑苏队、闽南队,没一个好对付的。漫说夺冠,就是单纯只想保住赛季前三也非易事。津海女排要尽快实现登顶伟业,等待自己的,该是怎样严峻的考验?

受父亲影响,章志强从小就喜欢翻阅史书典籍。记得《孙子兵法》上讲,为将帅者当具备五德,即"智、信、仁、勇、严"。而中国人的哲理历来讲究辩证统一,就说这"五德",既强调"兵行诡道",又强调"无信不立";既要求"慈不带兵",又要求"爱兵如子"。如何在诈与信、严与宽之间把握好火候分寸,这对于一个好的主帅来说非常重要。

章志强凝神自省:一名教练是否称职,不仅看他的技术能力,还要看他能不能调动队员积极性,能不能鼓舞士气,能不能在队员心底留下"泰山崩于前而色不变"的定力等。这些看似很虚的东西,其实在关键时候很重要。在个人性格、人格魅力,乃至球队风格上都不能偏软,更不允许一遇到困难(比如伤病)就崩盘。

翌日清晨,章志强早早来到体工大队,徐国祥、陆鸣、赵亮等助教也随即到达。都是老熟人无须寒暄客套,章志强抓紧时间跟大伙儿开了个碰头会,把自己的训练规划和盘托出。最后,他强调道:

"外人眼里,津海女排身高和力量都没优势,要我说,没优势正是我们的优势。没身高,我比你更快更灵活;没力量,我比你技术更全面;没球星,我就打整体。你总打不死我,此消彼长,你的力量又能持续多久?再加上津海人特有的艮劲儿、咬劲儿和韧劲儿,这就是我们的风格特色。从今天起,我们训练的一切宗旨,就是让所有球员既能守又能攻,既能战又能胜!"

赵亮忍不住质疑:"靠小快灵和整体全面,就能药到病除?"

陆鸣在旁笑道:"《笑傲江湖》里,谁能战胜东方不败?还不是教会令狐冲独孤九剑的风清扬,《葵花宝典》招数再高也白搭。人家风老剑客是无招胜有招。武林大家霍元甲的迷踪拳,不也讲究无招吗?"

"透彻!"章志强接着道,"常言道,水无常形,兵无常势。但无招并非没路数的胡打乱闹。老子曾说过'抱一为天下式',又说'多言数穷,不如守中',这'抱一'是境界,'守中'是方法。通过苦练、实练加巧练,我们要使每个队员都强大自信起来。到时候,无论对手是力量型还是速度型,我们都能不拘常理,任意挥洒!"

陆鸣慨叹一声:"看来,我这些年的武侠小说算是白看了。经章兄一讲,方悟出无招胜有招于排球技战术中的现实意义。"

其他几位助教也大有收获,难怪人家是"智慧囊",其执教理念真是智慧。

理念虽好,但效果如何,还得靠实践来检验。

得知章志强今天起正式上任,女排姑娘们都提前抵达训练大厅。章志强再次打破常规,没搞交接欢迎仪式,不到半分钟的简单致辞后,便让大家开始训练,之后逐一叫来球员进行单独谈话。

第一个被叫过来的就是队长戴颖。章志强表情严肃地对她说:"作为老队员,你经验丰富,技术过硬,但你清楚自己最大的弱点在哪儿吗?"

质问突如其来,戴颖嗫嚅多时也未回答出来。

见此,章志强直截道:"比赛每到生死关头,你总顾虑太多,老不传3号位,尤其不敢给谭晓岚喂球,怕她年轻把握不住。结果呢?总拿不下关键分!"

戴颖心中剧烈一震,用力点点头。

接下来是杨絮。章志强也一针见血:"你一传还是不过关啊!的确,面对一米八五的大主攻,接六轮一传实属不易,但不易也得接!另外,你扣球很有俄罗斯队主攻的特点,线路打得较长,今后还要追求落点上的变化。"

对林庭,章志强更不客气:"发球是你的软肋,十次有九次勾飘,太没威胁!这一年,你要熟练掌握跳飘和大力跳发。再有,你身高优势不明显,面对拦网队员只能靠手型,这方面还得多动脑子。"

章志强同每个球员讲的话都不多,但切中肯綮,让人听了冷汗涔涔。

陆月洁过来时,章志强提前就堆满了一脸的笑:"聪明,国内最优秀的副攻之一,这是众人对你球风的评价,今后希望你能继续起到稳定军心的作用。"真没想到新主帅会这样评价自己,陆月洁说了声谢谢,便红着双颊转身跑了出去。

　　　　…………

别人都叫过了，唯独孙红雁没被叫到。

孙红雁心中发毛，忙主动上前询问："章指，您怎么不找我呀？"

"你打得很好，没什么问题可说啊。"

"啊，真的吗？"孙红雁红着脸不安道。

"你要注意自我保护，特别是你右膝的伤，可别再加重了。"

这话仿佛初春的暖阳，让孙红雁心中又多了几分明亮。她懂事地鞠躬谢过章志强，转身离去。

望着孙红雁的背影，徐国祥颇为感慨地对章志强说："这孩子太不容易了。爹妈到现在还没找着工作，无形中给她加了一层压。因拼命训练，她腿伤复发，去年还——"徐国祥顿了下才接着道："有件事，我始终没敢对外人说，她之所以提早返津海备战全运会，是因为被国家队刷下来了。"

"真的？ 怎么回事？"章志强大吃一惊。

"其实，真不能怨她。"徐国祥摇摇头，讲起事情原委。孙红雁刚到国家队时，因有腿伤，训练不够理想，就总觉得矮别人半截。去年6月首次现身四国精英赛，看到众多世界级自由人的实力，越发自惭形秽。信心一挫再挫的她开始情绪低落，接防技术一路下滑。见孙红雁状态没有好转，程教练便让军旅队自由人黎樱代替其位置，叫孙红雁暂时回津海进行调整。这不就是变相退回嘛。

那一段时日，孙红雁几近崩溃，甚至准备彻底放弃。她找到徐国祥直截道："全运会我不打了，联赛也不打了，我什么都打不下去了。"自孙红雁入选市队起，徐国祥就是助理教练，对她了如指掌。为解开孙红雁心结，徐国祥私下没少劝导鼓励，集训时又当着全体队员这样说："你们身边有咱国内最优秀的自由人，大家都要好好向她学。"尽管孙红雁训练中时常出错，徐国祥还是一个劲儿地表扬她打得好。教练如此，孙红雁只好勉强坚持。

全运会首战,津海女排获胜,徐国祥连忙告诉孙红雁:"技术统计显示,这场比赛你一传数据排在第一。"实则,徐国祥根本没看到技术统计,但他这个谎撒得好,让信以为真的孙红雁慢慢找回了状态和自信。果然,因全运会及联赛上的优异表现,孙红雁很快就重回了国家队。

听到这里,章志强乐不可支:"你徐指这样的实在人,偶尔说句瞎话更具欺骗性。"

"如不能尽快解决家中困难,分散打球精力不说,也会加重她的心病。"徐国祥语气越发沉重。

可不是嘛,家中有一对双双下岗的父母,任谁都会有压力。如何让为数众多的"四○五○"再就业,也是当下社会的难题。除去年龄劣势,这些下岗人员的知识结构与信息化时代严重脱节,对他们而言,许多岗位已无法适应。

"我听说,最近海燕厂正扩大生产,且融资上亿元,引进了瑞士加工中心和日本数控自动设备。孙红雁妈妈再怎么也是大专毕业,经过进修学习,说不定会被招回去。真正棘手的反倒是她爸爸这样的老复员军人。"

听徐国祥这么说,章志强霍地想到梁胜男的父亲梁伯成。作为津海知名富商,梁伯成有那么多买卖,安置个人应该没问题。

44

对此徐国祥不以为然:"之前我曾走后门儿将她爸弄到赞助商秀水轮胎当司机。后来球队同秀水轮胎解约时不太愉快,结果人家找个茬儿就把她爸给开了。商人可没咱体育人的直来直去。我劝你也得小心点儿,千万别再重蹈我的覆辙。"

徐国祥提醒的是，自己之前没同梁伯成打过交道，贸然求助，容易弄僵，不如去找与梁家交情不错的那个电视台体育栏目主持人汪冲。

近来汪冲忙得手脚朝天。恰逢四年一届的足球世界杯，整个体坛都聚焦在足球上。特别是本届韩日世界杯，中国男足史无前例地入围三十二强，更引发国民的高度关注。汪冲虽常年负责女排新闻，现在也被拽去追踪报道足球了。可就是再忙，章志强托付的事也不能不上心。

汪冲回手就给梁季兴打电话，哪知梁家老三竟然道："幸亏你没直接找我大哥，否则肯定碰钉子。"

汪冲不解其意："我可帮他闺女进了青少队，他能这么不给面子？"

"不是不给面子。我哥有个规矩，他的公司不招'三爷一托'。"

"什么情况呀？"

"'三爷'是指少爷、姑爷和舅爷，这类亲戚成事的不多，坏事的不少，惹完麻烦拍屁股就跑，于是一概不用。'一托'就是你这种朋友托付的关系户，如碍于面子收一个，后面就十个百个跟着。既为关系户，还得安排舒坦又挣钱的职位，万一干活儿不顶饿，好意思开除吗？总之，毛病一大堆，我哥干脆就不开这口。"

"但这事咱也不能不管啊。孙红雁可是中国女排主力，她爸的就业问题可能会影响她在世界级比赛上的发挥！"

闻此，梁季兴哈哈笑道："就知你张嘴就是高大上。没错，事关国家荣誉，责无旁贷。这样，也别找我大哥了，我给出个招，眼下咱沈阳道古玩市场越来越红火，全华北的文玩虫子都往那儿扎。我一铁哥们儿刚在那儿开了个门脸，缺人手，孙红雁她爸不是司机吗？正好帮着四处跑跑。"

汪冲略一琢磨，老话都说"乱世黄金，盛世古玩"，随着中国经济持续向好，如今的古玩行业方兴未艾。若肯在这方面下功夫钻研，日后兴许有大发展。

谢过梁季兴，汪冲旋即告知章志强，后者又转告给孙家。孙红雁父亲下岗多年一直未找到稳定工作,并不挑剔干什么活儿,立刻欣然同意,第二天便由梁季兴引着去了沈阳道。因他干活儿肯出力气,试用期下来,老板非常满意,定了两千元的基本月薪,奖金另算。这个数目在2002年那会儿可是相当高的,孙家人欢天喜地。

孙红雁心怀感恩,自此这个饱经生活与事业困扰的姑娘,变得越来越坚毅顽强。无论什么高难度训练,她都保质保量完成。

除了不怕累的孙红雁,津海女排还有一个队员也特能吃苦,她就是谭晓岚。自幼被父亲几多打磨,谭晓岚早已练就一身钢筋铁骨,运动量再大也大不过谭家三代人的希冀和重托。别看谭晓岚平时好动,从小养成写日记的习惯却一直没有中断。每本日记的扉页上,她都写有一段励志的话,诸如"肯下苦功的人,不向命运低头的人,终在历尽磨砺之后,与美好相遇""人生的每一步都要踩在坚实的地面上,一步一步地走,才能到达成功的彼岸"等。

相比之下,津海女排的其他队员的情形就不一样了。尽管之前也体验过韩珍的魔鬼训练,徐国祥掌印时训练强度也不低,但章志强执教后,其训练强度用"恐怖"二字形容一点儿不为过:每位球员厚厚一摞计划书,直至下赛季联赛开始,每一时段皆有具体任务,要想达到指定目标,除去拼命苦练,再无他法。漫说刚入队的小队员,就是戴颖、杨絮、陆月洁这样久经磨砺的老将同样吃不消。

"仨礼拜没约会啦!段军还以为我要跟他吹了呢。"杨絮无奈地对戴颖说。

"我也是,都快忘了男朋友长啥模样了。"戴颖表示认同。

"照这么练下去,咱这老胳膊老腿非残废不可。现在回想,当初的韩指就是慈母转世啊!"听陆月洁这么说,杨絮接着道:"真没想到,章指平日看着还算温和,咋一到训练大厅立马就变成了煞神,面冷得让人肝颤。

我最怕被他那双毒眼逮着漏,丁点儿毛病也甭想蒙过去。"

戴颖显得通情达理:"虽然都很苦,但大家训练的侧重点不一样。章指说得明白,一旦碰上实力强大的对手,你无法控制对方,只能全力控制自己,哪怕承受再大的压力,也要把自己做到最好。"

"有些失误,就是我们自身漏洞和短板造成的,以至于别人还没打咱,咱却先把自己的分扔了。"陆月洁自我分析道。

杨絮点点头:"说来说去,拿不到冠军就啥都不是,漫说吃苦抱怨,之前所有的付出也付诸东流了。"

…………

春去夏至,天气越发炎热,津海女排的训练量不减反增。徐国祥都有点儿含糊,悄声对章志强说:"当初韩指打磨防反技术和小球串联也没敢这么玩儿命,现在上这么大的量,会不会把孩子们累垮?"

章志强拿眼盯着徐国祥足足一分钟:"你的这个问题,我真没法儿正面回答,体育比赛运动员的后天能力和先天条件同样重要,咱就拿巴西队打比方吧。巴西队队员身材都不高,但人家身体素质好,脚下移动快,腰腹力量强悍,滞空能力尤其突出。咱津海队队员同样身材不高,但我们的身体素质、移动速度、腰腹力量、滞空能力能同人家比吗?其二,排球比赛讲究个人战术与集体战术的协同配合。而我们呢?就算是国内联赛最好的队伍,一传、二传、发扣拦、后排防守也都有欠缺。"

说到这里,章志强深呼出一口气:"我们现在搞超强训练,有可能突破了人的生理和心理极限,但人的潜能也同样得以充分挖掘和释放。不如此,一年之内想超过军旅队,那就是天方夜谭。"

凡二十世纪七八十年代在国家排球队历练过的人,都对当时的"三从一大"原则有着非寻常意义的切身领悟,比如韩珍、章志强,他们更将这种领悟融进了骨髓。

但内行都不能理解的大运动量训练,外行该是怎么个反应?原本还有家长托关系找门路，一心想要把女儿送进津海女排，闻听这支球队的魔鬼教练的训练方式让孩子们苦得如入炼狱，无不望而却步。

这天趁午饭时间，体工大队一位副主任凑到章志强身边："你在国外执教多年，可你的训练方法却比传统的还传统。不合世界先进潮流也就罢了，外边都议论你剑走偏锋急于弯道超车，负面影响传来了不少。局里刚从美国回来个宋博士，是专门研究运动科学的，要在体院做演讲，你不妨过去听听。"

"行呀，对于新思想新理念，本人一向乐于接受。"章志强这样应着，但心想：众口难调，别人可以任性，唯独自己必须保持清醒。

周末上午，章志强准时来到体院报告厅，三百多个席位座无虚席，宋博士正神采奕奕地讲述着自己理解的欧美体育观。

"西方社会纷纷倡导'快乐体育'，认为体育就是娱乐，人家玩着练，照样能拿世界冠军！可到了我们这里，拼命练，还美其名曰拼搏精神。这样功利的体育有多么可笑，就算终有一天你成功了，也是事倍功半……"

章志强越听越别扭，耐着性子等到演讲结束。台下提问时，他抢先发问道："宋博士，我就是想知道，那个玩着练出来的世界冠军叫什么名字？"

宋博士略显尴尬，转而狡黠地反问章志强："我也特想知道，你是否见过人家运动员如何训练？"

"当然知道！我在欧洲做了六年教练，你那套玩着练的'快乐体育'纯属蒙事。只要他是生长在地球上的普通人，就没有一个世界冠军不是用汗水换来的！"

45

章志强之所以不给宋博士留情面，是他深知，当下某些"海归"并非如外界吹嘘的那样,真才实学没多少,却善于哗众取宠。他们顶着留洋的光环,到处别有用心地误导公众。

"你说的'快乐体育',不过是针对大众体育而言,与竞技体育风马牛不相及。"章志强接着道,"试想,高三毕业生不苦读,能考上好大学吗?同样,运动员不苦练,能实现更高更快更强吗?"

当着全场众多听众,台下这位如此直戳,宋博士很不舒服,强摆着笑脸反问道:"我也请问,若不遵循米卢先生倡导的'快乐足球',国足能首次打进世界杯吗?"

"我不否认米卢执教期间对国足产生的影响,但不敢苟同的恰恰是他的'快乐足球'理念。等到世界杯赛场,一旦与国际强队场上对垒,那时咱再看,'快乐足球'能否让亿万中国球迷快乐起来。说一千道一万,还得自己变强大,体育世界才会尊重你!这个过程就是训练!"

"让我们拭目以待。"宋博士模棱两可,赶快结束了与章志强不愉快的问答。

几天后,韩日世界杯开战。对于首次出征的中国队,足协预先设定好上中下三级目标,即"赢一场、得一分、进一球"。出乎他们意料的是,中国男足小组赛竟进零球、失九球惨遭垫底。

三级目标全部落空,男足再次令国人蒙羞。就连中央领导也甚为恼怒,一位政治局常委更毫不客气地讲:"中国足球的水平就是这样。你让它高也高不起来,因为它没有这个本事,平时不好好练,这是根本问题。"

章志强以此为鉴,正告津海女排姑娘们:"竞技体育绝非闹着玩的儿戏,通往冠军的路只能靠拼搏奋斗铺就!"队员们被深深触动,之后训练愈加刻苦,无数的滚摔在身上留下块块青紫,咸涩的汗水从头流到脚,球衣每天都凝出片片汗碱来。但大家都咬紧牙关坚持,再没人叫苦,再没人抱怨。章志强看在眼里,既感动又欣慰,暗自颔首:这个火候,才像一支打不垮的铁军!

接下来，在与来访的美国大湖排球俱乐部进行了几场友谊赛后，按照中国排协和排管中心的统一安排，津海女排便奔赴昆明进行每年一次的封闭集训。

也许是每天三练的运动量大，抑或是高原反应产生了身体不适，几天来，章志强发现陆月洁人很疲惫，且情绪低落。陆月洁今年也快二十八岁了，这个年纪在联赛中已属高龄球员，她却始终能维持原来的技术水平，实属不易。今天抓空儿，章志强计划和她聊一聊。

见章指破格放自己半天假，陆月洁如释重负，恨不得立马倒在床上大睡一觉。返回宿舍路上，章志强却从后头赶了上来："身体不舒服？"

见章指一脸不放心，陆月洁一笑，没头没脑道："林庭三人都去国家队集训，杨絮刚刚做过手术还处于恢复阶段……"

"有压力了？"

"您看我，扣球没有谭晓岚勇猛，防守不似孙红雁激情，年龄比戴颖小却又长林庭几岁。以前3号位半高调整得分的活儿，差不多都是谭晓岚干，现在仅剩我一个，不上不下的，带着几个年轻球员，又是大奖赛又是锦标赛的，进攻上我们不可能一帆风顺。"

噢，她是担心万一发挥不好，影响球队的成绩。多么好的队员呀！章志强心里发热，片刻才道："韩指、马指带队那会儿，你得过'最佳拦网''最佳防守'，这两年就连'最佳发球''最佳扣球'你都得了个遍。比起谭晓岚，你是弹跳不高力量不足，可你以巧取胜，且越打越精。"章志强顿了顿，又道："所以，那些被建造好的房子，除了砖石木料，到了儿还得有水泥去堵洞抹缝儿，否则它就不能经受住雨打风吹。相信自己的能力，你没问题，只要坚持，就会有回报。"

昆明训练基地，从训练馆到队员宿舍，不过短短一公里的路，章志强就这么说呀说，陆月洁默默听了一路，但从那一刻起，她便打消了退役的念头。

暑往寒来,转眼又是深秋时节。

受韩日世界杯的冲击,年内中期国内其他赛事全部停摆。为在过长的空档期内保持运动员们的竞技状态,中国排协决定,提前一个月进行2002—2003赛季第七届全国女排联赛。

11月16日,在江城举行的开幕式上,联赛新的主题曲《梦在飞》响彻舞台。随着动感十足的音乐,所有参赛球员共同放声高歌:

> 融化所有冷漠,燃起无限骄傲,太阳为我撑腰
>
> 空气中有种自信的味道,感受彼此心跳
>
> 宇宙开始燃烧,让所有梦想步步高
>
> 梦在飞,开始高飞
>
> 飞过所有欢笑泪水,分享这精彩滋味
>
> 所有人一起真心面对,在激情的岁月里无人入睡
>
> …………

热烈明快的旋律,预示着这届联赛将是一次激情四射、梦想飞扬的排坛盛事!

历经九个月的休整与备战,各支参赛队都精神饱满、跃跃欲试。作为去年全运会和联赛的双料冠军,军旅女排依然尽显王者霸气,黄薇薇、张依娜、童灵菲、赵燕妮、黎樱、蓝芸等精兵悍将皆处于最佳竞技状态,在A组里一骑绝尘,以全胜战绩率先杀入第二阶段。

而被分到C组的津海女排,似乎又犯起了慢热的老毛病。开赛伊始,客场对阵姑苏队,津海队上来就丢掉首局,好在随后连扳三局,总算初战告捷。之后几仗又吊诡的“逢强不弱,遇弱不强”,交锋老对手南部队时,还以1:3败北。小组赛结束后,津海队和南部队同积11分,津海队靠

负局数少两局,勉强夺得小组第一。

外界都看不大懂,津海女排又是换帅又是关起门来闷头苦练,到头来就这不靠谱的成绩?

能有这种疑问的人并不清楚,这是为了麻痹对手,章志强有意为之。因为凭眼下实力,无论怎么打,津海女排也肯定小组出线,故而章志强只使出五六成能量,以待攒足劲头应对更为激烈残酷的第二阶段。也因之前很长一段时间没什么像样的比赛,章志强正好要借小组赛,检验全队几套打法及不同的人员组合。对此队员们心领神会,所以无论顺境逆境,大家都不急不躁,依教练安排稳步推进。

进入第二阶段,津海队将接连面对江浙队、军旅队、辽沈队……可以说,场场都是硬仗。津海队的精神状态与之前判若两队,首战老牌劲旅江浙队,开赛即攻势如潮。江浙队没想到对手会运用全攻全守战术,一时难以适应,处处被动挨打,18:25丢掉首局。津海队先声夺人。

江浙队毕竟有主场优势,温岭体育馆内,在数千名本土球迷的呐喊助威下,她们第二局奋起反击,以25:22扳回一城。

见江浙队慢慢摸着自己路数,章志强利用局间整体变阵,使出津海队最拿手的打防反、打副攻战术。比赛期间竟来了个乾坤大转换,实在令人匪夷所思。江浙队一时不知如何调整应对,只好依仗实力硬磕,但最终还是连丢两局。输掉比赛后,队中灵魂人物"喀秋莎"朱苏娅含着眼泪向全场球迷鞠躬致歉。

江浙队主场落败,却并未引起俞双坪足够重视。或许是以往与津海队交手取胜的次数太多了,这位一向谨慎的名帅多少有些轻敌。曾先后击败过韩珍、马宝昌、徐国祥三任津海主帅的俞双坪认为,你章志强再擅长临机变阵,终归队员还是那拨人,短短几个月内,再有新花样还能翻上天去?

这之前,俞双坪将大量心思都用在了研究辽沈队身上。辽沈队是传统强队,不仅为上届联赛亚军,本届表现也十分抢眼,同样六战全胜居小组第一。外界皆称"军辽相遇"就像提前进行争冠决赛。由此,俞双坪苦心孤诣精研细算,极具针对性地排兵布阵,结果以 3∶2 力胜辽沈队。

拿下这关键一仗,俞双坪压力骤减,接下来虽客场对阵津海队,可他的准备明显不够充分。等两队一交手,俞双坪不禁愕然失色——津海队球员仿佛个个练就了金钟罩,其防线更如铜墙铁壁。原先的薄弱环节不再明显,就是主攻杨絮转到后排,一传也是少有的稳定。张依娜、童灵菲的双翼强攻,黄薇薇的多点开花全部失效,无论如何也砸不开对方一丝缝隙。

费尽气力还是不下球,遭卡轮越打越急躁的军旅队,无谓失误也渐多。俞双坪本想通过暂停平复一下队员情绪,可他自己也难掩焦灼,军心还怎么稳得住。

46

正所谓骄兵必败,军旅队一路太过顺风顺水,忽遭对手顽强阻击,登时自乱阵脚。到后来,一传被对方的大力跳发逼到崩溃,居然频频接飞。津海队趁势加快进攻节奏,发、扣、拦均屡屡得手,不可思议地分别以 25∶15、25∶13 大比分拿下前两局。

第三局津海队又一度领先 8 分,此刻军旅队球员才如梦方醒,开始放手一搏,逐渐将分数差距缩小,可惜为时已晚,比分最终定格在 25∶22。

当胜利的时刻来临,许多津海队球员都不敢相信自己的眼睛,屏住呼吸仰首凝视着鲜红闪亮的记分牌。稍许,林庭第一个欢呼起来:"我们赢啦!我们打败军旅队啦!"旋即所有队员激动地相拥在一起,观众席上的津海球迷也都狂喜不已。

军旅队上下蔫头耷脑,但目光中净是不服不忿。俞双坪面沉似水,轻轻一哼。此前第三局后半程,他见形势无可逆转,索性暂停都不叫了,心中暗道:等转到我们主场,看我们如何报仇雪耻。

津海队 3:0 完胜军旅队,这条爆炸性新闻瞬时轰动业内外。面对铺天盖地的赞美之词,章志强头脑相当清醒:此次津海队大胜,绝非军旅队实力不济,只是"不倒翁"大意失荆州,因此算不上一场实质性胜利。他告诫球员,切不可扬扬自得、忘乎所以,而且此战使津海队成为众矢之的,各队都会加倍防范,今后的路可能举步维艰,须做好应付各种困难的准备。

果不出所料,下个对手辽沈队早已高度警惕起来。原本她们综合实力远在津海队之上,军旅队的失败让她们不得不抓紧时间研究对策。老话讲"临阵磨枪,不快也光",之后的周末比赛,辽沈队显然要比军旅队难啃得多,双方比分咬得很紧,始终没有被拉开。辽沈队教练看得明白,这赛季津海队的技战术已不同以往,虽说其两个副攻不具备军旅队副攻的统治力和侵略性,但移动速度快,与二传配合的能力强。后排起球能力跃升了一个台阶,再加上固若金汤的防守和充沛的体能,与这种"打不死"的球队长时间相持,自己这边迟早会顶不住。

第四局,津海队一传到位率竟达到 72.7%,而辽沈队在这一项就送给津海队 5 分。得益于稳定的发接和自失控制得好,比赛被津海队拖进了决胜局。

决胜局一开局,辽沈队已尽显疲态,很快陷入全面被动。津海队则一路领先,很快以 15:10 拿下比赛。

传统实力强队辽沈队也败下阵来,无疑给第二阶段参赛的其他球队带来巨大的压迫和震撼。实力较弱的燕京队战战兢兢来迎战,对津海队没有任何威胁,0:3 败阵而去。又过一周,江浙队来到津海主场,其锐气也远不及上一轮,津海队兵不血刃连下三城,且没一局让对手超过

20分。

本赛季开赛之前,业内外普遍认定,军旅队夺冠毫无悬念。孰料,横空杀出了黑马津海队,看她们"谁挡杀谁"的架势,这是打算"一黑到底"了?

虽说津海队用极不讲理的打法逮谁灭谁,"不倒翁"俞双坪依然认定只要军旅队全力以赴,定能在自家主场成功复仇。这一周内,他着重训练队员的发球,希望通过高质量的冲发球,有效地破坏对方一传,迟滞她们的快变。

"不倒翁"的确老辣多谋,其针对性的对策也屡见奇效。与津海队再次交锋,军旅队便以大力跳发球抢得先机。尽管津海队一传已足够稳定,但若遭遇连续的强力发球,短板和漏洞就被放大了。再加之军旅队两大主攻的轮番重扣,对手便很难招架。情急之下,津海队队员接发连连失误,二传手组织不出更多的战术演变。军旅队越战越勇,先是一个25:16,又一个25:22,将津海队逼到悬崖边。

局间休息时,章志强提醒队员:"虽然前两局我们表现得不尽如人意,但现在大家必须及时调整心态,不要被对方钉了几个地板球就急躁不安。对方是由强力发球带动拦防,接下来,我们先不再考虑一传到位率,应尽量将球起高,起到中场就能形成进攻。其次,球不要在网口送得太多,她们拦网好,只有拉长离网距离,咱的线路变化才能更灵活。同时,移动速度必须要快,要扯开她们的拦网人。"

第三局一开局,军旅队还是以排山倒海的攻势9:2领先。但逆境中的津海队心态非常好,在体能下降的情况下,虽一路趔趄着就是屹立不倒,且渐渐告别开局阶段的保守,更有拼劲儿。但对于俞双坪来讲,这可不是个好苗头,他不禁暗自惊诧:津海队何时起变得这么抗击打了?

俞双坪哪里料想得到,为征服军旅队这支劲敌,几个月来,津海队始终针对其特点进行模拟训练。曾经中国女排为适应欧美选手的高点强攻,多次调来男排球员进行对练,借鉴此法,章志强申请从津海男排借兵,得到体工大队领导批准。很快,津海男排从教练到球员都无条件地鼎力支持津海女排。

津海男排曾一度解散,后虽重新组建,成绩始终平平。尽管如此,毕竟是群壮小伙子,身高力量自有天然优势。对照军旅女排主力球员,章志强从男排中精挑细选,克隆了一支军旅女排。

通过多次与之模拟实战,章志强让大家认识到主动防御与被动挨打有着本质区别,队员们防守训练更加积极主动,意志品质也得到了磨砺。章志强则悟出多套应对军旅队的办法,特别当对方占尽优势,一旦打疯了,己方如何去扛住。

如今靶向苦练的功效凸显,后两局,津海队越发目光坚定,韧劲儿十足,因为教练已经把战术布置下去了,大家都努力将这些战术很好地贯彻下去。细致观察场上双方球员的表情,已经同之前调转了过来。反是军旅队久攻不下又急于求成,发挥越来越不稳定。抓住对方情绪出现波动,津海队步步为营,将比分逐渐反超。之后便一路领先,连着两个25:21,神奇地将总局分扳成2:2平。

军旅队没能攻陷对手的防御体系,反而让自己的心理防线彻底崩塌,打得毫无章法。兵败如山倒,无计可施的俞双坪也只能摇头叹气。津海队趁势火力点全开,摧枯拉朽般以15:9斩获决胜局。

从未有过的接连受挫,让军旅队全队士气低落。俞双坪也才真正意识到,自己遭遇了执教生涯中最强劲的对手。

第二阶段收官,津海队积分高居榜首,军旅队紧随其后,另两个四强席位分别由辽沈队、南部队分得。休整两周后,四支队伍进行交叉半决赛,结果众望所归:军旅队3:1胜辽沈队,津海队3:0胜南部队。这样,本届联赛头号种子同最大黑马将于2003年1月25日展开巅峰对决。

与津海队争冠，"不倒翁"俞双坪既期待又畏惧。期待的是，能有机会一雪前耻；畏惧的是，他迄今没能找到对付津海队的办法。半决赛刚结束，俞双坪便调来前面十四轮津海队的比赛录像，反复观看研究，经对比发现，自己的战法有迹可循，对方的战法几乎没有一仗是完全相同的。似津海队这种来无影去无踪的打法，实在叫人找不到出处。

但津海队毕竟刚刚崛起，根本不具备冠军底蕴，关键时刻未必不掉链子。以军旅队的经验和实力，就是硬吃，也能把它吃下来！俞双坪心里暗道。

47

俞双坪清楚，决赛中的临场状态至关重要，故而他决定采取相对轻松的备战方式，将重点放在调整球员心理上。

与军旅队的养精蓄锐截然不同，津海队依旧保持每日六到七小时的大运动量训练。之前两胜军旅队有积分优势，决赛又得主场之利，加之这个赛季津海队网上实力明显强于过去，不仅进攻有了，拦网技术也提高了不少，对此，章志强却不敢有丝毫大意。如今的军旅队就像只受伤的老虎，定会更加凶猛地发起反扑。论综合实力，津海队与之仍存在一定差距，前两次交手不过是相互试水，1月25日的夺冠之战才是双方真正的终极较量。行百里半九十，若不想功亏一篑，从自己到队员一刻都不能松懈，方可抵御来自各方的种种压力。

苦练了一星期，章志强突然决定周末放假两天。有张有弛乃文武之道，决战前夕，他更希望通过家人的激励来给队员积蓄力量。

大家说笑着走出体工大队。一见到杨絮，等候多时的段军便推车迎上来。

"你怎么在这儿？"杨絮纳罕道。

"我有秘密情报系统,提前探知你们今天放假。"

"好嘛,当自己是007啊？"

段军憨笑着:"快走吧！我爸妈特意给咱做了一堆好吃的。"

杨絮点点头,心中甜蜜无比。

"还没咋地,这儿就腻乎上了？"林庭几人在背后咯咯乐道。

段军脸一红,赶忙拉上杨絮,二人蹬车飞也似的走了。

艳羡地望着他们远去,戴颖不急着给自己男友打电话,她想先回家,同父母吃顿难得的团圆饭。

骑车来到钢厂宿舍,她刚在楼前锁好自行车,父母已迎了出来,跑在最前面的还是可爱的贝利。京巴犬寿命通常在十三年左右,如今已垂垂老矣的贝利,很可能来日无多。戴颖将它搂抱在怀里,心中叨念:定让它活到我夺冠的那一天。

林庭和孙红雁这姐儿俩边骑边聊,之后便分头回到各自家中。

林旭东对女儿热情相待,餐桌上更直接夸赞道:"这赛季表现太棒了,爸给你打120分。"

"怎么还多出20分？"

"发球加10分,心理素质加10分。不过,决赛打不好,我可全倒扣回去！咱说归说,笑归笑,这或许是你职业生涯中最艰苦的一仗。赢下这一仗,就是给将来参加世界大赛铺底！"

孙红雁家的晚饭直至过了八点才开,因为番茄牛腩不多耗点儿工夫,肉就炖不透,色香味就达不到让女儿尽享的标准。孙母边盯着火候,边同闺女聊比赛。为能与女儿有更多共同语言,现在她自己也成了铁杆球迷。

"后防线可得守好,你们队个头儿不高,网口上吃亏,你作为自由人责任重大呀！"

听母亲对排球如此在行,孙红雁很感动,向她保证决赛中定将全力以赴。

津海女排队员家长中,最絮叨的当属谭凯。自打谭晓岚一进门,他便说个不停,说完对此次决赛的看法,又难得地表扬起女儿来:

"论副攻水平,你现在同军旅队那个黄薇薇不分伯仲,有些地方还略胜她一筹,老爹为你骄傲啊!我有种非常强烈的感觉,这回只要帮咱津海女排夺冠,你极可能入选国家队。"说话时,谭凯眼中已是泪光闪闪。

看女儿默不作声,谭凯忙拍了拍她肩头:"比赛时千万要放松啊,焦虑的时候肩就会紧,扣球线路就会有变化,一有变化,失误就会增多。"

"您放心,从一出生,我就为这天的到来在做准备,我不会给谭家丢脸的!"

…………

周一归队后,球员的精神面貌果然大幅提升,训练加倍卖力,且多次痛击男排克隆的军旅队。而这一周的备战,时间仿佛也着了魔,随着人的心情忽快忽慢,有时眨眼就是一天,有时又度日如年。就这么起伏跌宕着,周末终于来到了。

当晚七点开赛,下午只进行了简单的体能训练。给大家做完战前动员后,章志强又表情凝重道:"远的不讲,从韩指带队起,也过去整整十年了,你们当中绝大部分人经历了这十年的风风雨雨,摸爬滚打、艰辛跋涉才走到今天。现在冠军近在咫尺,你们当中有谁还想再等一年?"

"没有!"所有队员异口同声。

章志强提高声调:"还是那句话,决定这场比赛输赢的不是技术、战术,而是心理。没错,我们的确从没打进过决赛,可能会在关键时刻紧张、慌乱,甚至不知所措,但我们夺冠的愿望比任何队伍都强烈!对不对?"

所有队员同时高呼:"对!夺冠!"

在队长戴颖的带领下,"津海必胜"的呐喊声,响彻训练大厅……

2003 年 1 月 25 日,农历腊月二十三,按北方民俗应是祭灶的小年。但今天,津海市民已将灶王爷丢到脑后,啥也不如人民体育馆的这场女排决赛来得重要。

自家女排一路过关斩将最终挺进决赛,欣喜若狂的津海球迷更呈几何级数激增。决赛当天球票早已售罄,没买着票的球迷心有不甘,手举钞票苦守体育馆门口等富余票,可实在是一票难求呀。

那些有幸得以进场观赛的球迷,很快便自发组成几支啦啦队。为造势助威,大伙儿想出种种花样,甚至把戏台上的锣鼓搬了来。特别是汉沽渔民,拿出了出海时才用的飞镲,个头儿似锅盖,俩镲往起一碰,震天撼地响。尚未开赛,观众席上的各式乐器便吹奏敲打起来,直把主场气氛渲染到鼎沸。

此次现场直播,津海电视台高调请来了央视体育名嘴安达升。能与这样的同行大腕联袂解说,汪冲兴奋又拘谨。安达升这位名解说,因语速过快时有口误,其成语联排句也为国内观众所津津乐道。但人家到底亲历过无数国际顶级赛事,在其跟前,最好少发表个人见解,以免露怯,贻笑大方。

比赛即将开始,安达升马上进入状态:"2003 年的这个赛季,津海队与上届冠军军旅队会师决赛。而这场比赛的一个重要看点是国家队新老两位二传及新老两位自由人之间的隔网对抗和比拼,考验她们在关键时刻接球和传球的能力。"接着安达升又语速飞快地介绍两支参赛队伍的首发阵容:"津海队 1 号位是二传戴颖,与她打对角的是接应林庭,主攻是杨絮、倪鹃,副攻是陆月洁和谭晓岚,自由人是孙红雁。军旅队 1 号位是有着亚洲第一高度的黄薇薇,目前司职大副攻,主攻是张依娜、童灵菲,二传是赵燕妮,接应是蓝芸,自由人是黎樱。双方尽遣主力,都拉出了决战决胜的架势。"

场边,章志强与首发球员一一击掌,队员间也相互击掌鼓劲,之后斗志昂扬地跑进场地。按排协老规定,双方队长在副裁判的主持下,以抛硬币方式确定挑边和发球。自每球得分制后,发球未必有优势,所以猜中币面者大都选择挑边。此番戴颖幸运猜中,自然选挑边,因此首局由军旅队率先发球。

经过前两阶段之后,两支队伍都迅速进入到最佳比赛状态。军旅队主攻张依娜发了个勾飘,津海队杨絮忙将球托起,戴颖抢步跟上斜向传至4号位,林庭纵身腾跃迅疾出手。这次进攻快捷无比,对面的黄薇薇仓促起跳拦网,结果打手出界。津海队首开旗门,观众席立时锣鼓喧天,喊声阵阵。

在四千多球迷的助威下,津海队球员连续发动攻击。倪鹃的平拉开与林庭的小斜线扣杀多次得手,谭晓岚的背飞、前快、拦网、后攻不但连连下分,力量大、质量高的跳发球也直冲军旅队后区,给对方传接造成了极大麻烦。此外,津海队破攻率也非常高,从一开局始终压着对手三四分。

反观军旅队,每个队员打得都很紧,加之馆内震耳欲聋的锣鼓铜镲声,也把她们搞得有点儿发蒙,队内核心黄薇薇更是在前半局一分未得。面对场上队员糟糕的表现,"不倒翁"俞双坪只得叫暂停,之后接连换下状态欠佳的黄薇薇、童灵菲和蓝芸,换上身材相对较矮的几名替补。这一来军旅队场上仅剩半数主力,基本转为守势。不过,刚上场的这几名替补并非等闲,防反打得有章有法,虽还处于下风,也没让津海队拉开比分。

消耗近半小时,津海队才以24:21夺得局点。场上局面危急时,俞双坪往往习惯十指交叉,俩拇指不停地上下转动。而此刻他却摊开双手,不急不躁地靠在折叠椅上,眼瞅着自己队员的扣球又被林庭和陆月洁双人拦网直接封死。

赢得首局,津海球迷欢呼雀跃,队员们也开心无比。章志强却双眉紧锁,感觉俞双坪颇为蹊跷。几位助教也小声嘀咕:"按常理,排兵布阵应扬长避短,搞不明白,对方怎放弃高点强攻,改打防守了。"

48

章志强沉默不语。他看得出,现在,对方要打破常规出变化了。俞双坪放弃高球,改用以快打快,就是想扯开津海队的拦网。

第二局伊始,俞双坪依旧沿用上一场后半局阵容,且走马灯似的多次换人,津海队这边眼花缭乱,谭晓岚2号位一个到位的背飞,被对方防起后反拿到比分。这表明她们已适应了场外气氛,并逐渐找到津海队的节奏。

章志强霍然起身,示意裁判暂停。

对军旅队的表现,汪冲越看越觉脊背发凉,借暂停之机悄悄与安达升耳语。安达升内行地说道:"以往都是津海队拖死别人,今天反要被人家拖死。且军旅队用替补玩车轮战,一旦津海队球员体能下降,俞双坪再调回所有主力,以'迅雷不及掩耳盗铃之势'(比赛解说的经典错话)全线反击,津海队很难招架。"

汪冲连连颔首,安达升的分析与自己不谋而合。如此,津海队危矣。他恨不得立马冲到球队席,提醒章志强注意。

两个解说都看清的形势,章志强岂能犯迷糊?除此他还意识到,对方两个副攻虽脚下移动慢,但黄薇薇的定点进攻和2号位快球让己方实在被动。照这么打下去,即便拖至第五局,军旅队主力仍能保持充沛体能,而津海队没有任何优势可言。

章志强及时叫了暂停:"我们要有耐心,来回球很多,要一板一板跟她们磨。杨絮,拦网时注意取舍点,进攻时,黄薇薇这边一旦突不过去,就拐手腕从直线走。谭晓岚,你多发1号位、6号位之间的球,让她们打不起后二快球。戴颖你要同她们的二传斗智斗勇,尽量利用网长扯开对方防线。再有,孙红雁还得扩大防守面积,后排队员要多主动承担一些,好让前排队员大胆地去进攻。"

的确,俞双坪事先是将大方针定为硬吃。因为此役军旅队的目标是卫冕,而津海队是争冠,求胜欲望比自己更强烈,之前又刚取得两连胜,士气正盛,还有主场球迷的呐喊助威。如不速将这些因素一一消化掉,非但硬吃不了对手,弄不好还崩去自己俩门牙。

赛前俞双坪曾交代队员:"津海队的快攻并不可怕,只要用高质量的发拦,后排队员注意取位起球,再把防守提起来,她们的快攻就打不起来。津海队的进攻不是多变吗?那咱就以变制变,就此展示一下咱碾压式的实力。"

眼瞅章志强那边叫了暂停,估摸他已猜到自己意图,俞双坪心道:是时机该列出最强战阵了。

转瞬间,军旅队主力重新登场,与津海队打起了强势对攻。方才在场边观战,黄薇薇、张依娜等人见师妹们表现不错,津海队不过如此,信心大增。而津海队队员也丝毫不怵这些名将,遂与对手硬碰硬起来,可这样一来,身高的短板便立时凸显。军旅队本就占据网口优势,再加发球质量高,有效破坏了津海队的一传,比分迅速反超。

见津海队陷入被动,陆鸣张皇地对章志强道:"坏了,'不倒翁'是学《天龙八部》的慕容复,以彼之道还治彼身,用乱拳打乱拳,后果难料!"

章志强点点头,但形势瞬息万变,他一时也没有万全之策,只得用替补常丽换下擅打强攻的杨絮,授意其配合副攻加强拦网。但效果不佳,15:12,军旅队已将优势扩大到3分。章志强再叫暂停,强调收缩防御。

可是人的思维、行动都有惯性,打了一局半的顺风球,愣要扭成逆风球,纵使长于变化的津海队,骤然间也难以调转到位。勉强追到16平,赶上军旅队的强轮,黄薇薇、蓝芸、张依娜都在前排,津海队被三个火力点打得防不胜防,分差一下被拉开。军旅队乘胜追击,以席卷之势25:18扳回一城。

安达升感叹道:"军旅队的强轮实在太强,津海队真是挡不住啊! 可以说,她们后半段完全控制了局面。用句体育术语,这就叫'统治力和侵略性'!"

汪冲忧心忡忡:"是啊! 不抓紧找到破解之法,津海队后面会很难打。"

而此刻章志强业已想出了对策,他利用局间休息,向队员指明要放缓步调,稳定一传,设法将军旅队带入自己的节奏。之后他刻意点拨戴颖,要求她在调配球上尽量减少输送4号位,那种暴露性强攻毫无威胁,须用2号位、3号位的快球制胜……

就在津海队调整战术时,俞双坪这边也向队员强调:"津海队虽主场作战,但首次打决赛,在一场定胜负的情况下,只要跟她们拼硬实力,就能保住咱的冠军!"

第三局开局,自信满满的军旅队主力锐不可当,连续打出小高潮,比分由4:1至9:2,一路遥遥领先。

津海队缺乏经验的毛病暴露无遗,球员上场后大脑一片空白,没能贯彻好教练意图,作为组织核心的戴颖则孤木难支。章志强勃然大怒,第二次暂停时,没鼻子没脸挨个儿一通数落。他的一番痛骂,真就把球员们骂醒了,大伙儿又拿出以往的那股子韧劲儿,死死咬住对手,终将分差缩至1分,16:17。

俞双坪忙叫了本局的首次暂停,告知队员:"津海队已适应了咱的跳发,别再耗费气力。"他嘱咐二传赵燕妮:"张依娜、童灵菲和蓝芸的后排进攻都非常强,多分配球给她们,对手就会顾此失彼,疲于奔命。"

这招正打在津海队的命门,连着几个球没能防起,军旅队20:18领先。而排球比赛谁先上到20分,所带来的心理优势是很有分量的。随后津海队虽竭力抵抗,最终仍以22:25告负。

津海队总局分1:2落后。此刻,即便是最忠实最乐观的津海球迷,也不禁为自家女排姑娘们的前景担忧起来。

安达升直白地讲:"津海队太紧张,防守起球率过低,快攻打不出来。失去自己的特点,对方就没压力,且会越打越猛。"

得赶紧解决队员的心理问题。布置完战术后,章志强神情凝重道:"比赛的时候少想乱七八糟的,现在拼的就是心态。我们别灰心,别放弃,多用脑子想我刚才强调的技战术。"

仿佛一针强心剂,章志强的话重新给队员们注入了活力,但能否让球队起死回生,除了贯彻好教练意图,更得立足于拼。队长戴颖率先伸出手,其余五人的手随即搭上,大家齐声高喊"必胜",开启了攸关生死的第四局。

开局后,军旅队黄薇薇靠高点强攻先拔头筹。津海队的倪鹃也以一记脆生的斜线抽杀还以颜色。

1:1平。

汪冲立时赞道:"倪鹃虽然力量不大,但技巧掌控得好,依靠自身线路变化造成对方打手出界,照样可以下球。"

话音未落,军旅队张依娜的钉地板重扣,将分数改写为2:1。紧跟着,津海队谭晓岚、戴颖的双人拦网,拦死了童灵菲的开网进攻,2:2……

就这样,双方比分咬扯着相互攀升。就好似洪拳对咏春,一个刚猛强悍,一个迅捷灵动,攻防转换令人目不暇接,场面煞是精彩。

安达升由衷感慨:"不愧为冠亚军决赛,堪称龙争虎斗,让人大饱眼福!军旅队平均年龄二十二岁,平均身高一米八六,力度、高度占尽优势,但遇上津海队这块'粘皮糖',再好的牙口也很难嚼得动。"

比分已至19平,俞双坪脸色难看起来,他十指交叉,拇指在飞快转动。

军旅队连续三轮进攻未果,这时黄薇薇边线处起跳,打了个平拉开,林庭没拦住,球打手后横向飞出场区。却见孙红雁一路小跑,直追到球队席附近,单臂把球捞了回来。军旅队二传赵燕妮重新组织新的攻击,由重炮手张依娜再施猛扣,杨絮拼尽全力,还是把球垫飞了。本已毫无希望,孙红雁仍狂奔进无障碍区奋力扑救,可惜球直落入观众席,她扑空的身子"咣"的一声重重撞在挡板上。

全场一片惊呼,以为孙红雁肯定得受伤,哪知她用拳头狠捶几下地板,滚身而起,呐喊着冲回了赛场。

"我的天,这也太拼啦!简直不要命。"安达升不由得低声赞叹。

虽然军旅队先上到 20 分,张依娜却跳发出界,随即蓝芸、黄薇薇也出现自失,加上津海队的拦网和快球,军旅队连丢 5 分,津海队反抢先拿到局点。

安达升对着话筒,无奈又不解道:"军旅队总在某些时候大起大落,进入一种莫名其妙的状态。"

"没什么莫名其妙,这是被津海队的精神给镇住了,在这种逆风球上,我们的姑娘比军旅队显得更有底气!"汪冲热血上涌,他突然觉得自己浑身是胆。

闻此,安达升笑了。这一刻,他特能理解身边小同行的家乡情怀,随即善意地补上一句:"是的,津海队的这股拼劲儿,确实很像二十世纪八十年代的老女排。"

紧要关头,军旅队也想奋起直追,但林庭一个角度极刁的小斜线击碎了她们反超的念头。25∶23,津海队终于拿下关键的第四局。

49

两队又站在同一起跑线上,接着就是决胜局。究竟该如何应对?双方球员都聚拢在主帅身边,她们要从各自的中枢获得生死一役的战术信息。

俞双坪面色发白,却依然泰然自若:"我们离卫冕只差一小步。决胜局是 15 分,拿到第一分很关键,后面压着她们打,津海队就很难扳回了。

只要先上到 10 分,她们就撑不住了!"

与俞双坪的老道轻松相反,章志强无论表情还是语调都严正了许多。他清楚,津海队与军旅队交手也不是一次两次了,各自都把对方研究得很透彻,每个轮次从哪儿突破,反击用什么样的布防站位也都非常明确。每一分从哪儿打都跟背球路差不多,你怎么发,我怎么接,你的进攻球员怎么样,相互间已无秘密可言。想到这儿,他对巴巴盯着自己的队员们说:"把军旅队拖进决胜局,相信她们更有压力。我们要抱着想赢不怕输的心态,打一分赚一分,比赛没有结束,一切皆有可能。技战术还是咱的看家本领,减少自失,不主动给对手送分。发球找那个 9 号,直到把她发下场。"章志强停下来,然后一字一顿地说:"我在此送大家一句话——等待世界的改变,要一万年;自我改变,今天就行了。"

"必胜!加油!"大声呐喊完,六名津海队队员绷簧般弹进场内。

比赛开始,军旅队全线压上,且副攻当强攻打,很快以 5:2 完成俞教练第一步战术目标。面对不利开局,津海队球员心理难免慌乱,可决赛时哪容丁点儿杂念,你越想赢越怕输,手脚就越不听使唤。倏忽间,军旅队便以 8:4 领先交换场地,继而又以 5 分优势率先拿到 10 分。按俞双坪的说法:此态势下,落后者必将崩溃。

津海队命悬一线,章志强被迫叫了本局第二次暂停。连连丢分后,大家注意力没那么集中,搁平时能救起来的球也一传失误了。必须让队员们头脑清醒,将精力全部投入比赛,他厉声怒斥:"生死关头,还胡思乱想啥?一板没打死,注意力集中再来呀,谁再无谓失误,回去就开了她!别总看比分,只管给我拼!要是还顾点儿津海人颜面的话,豁雷捣撒子(方言,意为不惜代价全力搏杀,不拼个你死我活不罢休)也把这局给我拿下来!"

这一骂,骂醒了大家,姑娘们血脉偾张,又拿出了天地不怕的劲头。

但精神的力量未必立竿见影,气势正盛的军旅队不会因你敢拼命就自动败下阵来,何况这会儿正好是她们的强轮,自然要抓紧得分,扩大战果。

双方球员不管不顾闷头打球,作为解说的汪冲却没法不在意比分。

"7∶12啦,还有戏吗?"

安达升摇了摇头:"够呛,从没见过这种情形还能翻盘的。除非奇迹……"

俩主播正低声私语,谭晓岚3号位一记暴扣,8∶12。跟着林庭发了个刁钻的跳飘,军旅队9号直接把球垫过网,戴颖反传2号位,谭晓岚跨步斜身,又一脆生的背飞,9∶12。

汪冲惊喜不已:"在如此不利的状况下,谭晓岚仍然没有一点儿胆怯,力度一点儿不减。津海队就需要这样作风泼辣、敢于下手的队员来打破僵局。"他的话刚出口,军旅队那边黄薇薇扣了个并不擅长的开网球,却歪打正着地压在边线上。13∶9。

"这运气!"安达升脱口道,"但这场球,津海队就是输了,也虽败犹荣。"

"比赛还没结束,一切皆有可能,我们要相信津海队。"汪冲不甘道。

果然,随着黄薇薇发球出界,津海队吹起了反攻号角。

接下来的防反,戴颖并没把球传给手感正热的谭晓岚,而是传向了杨絮。军旅队以为津海队要打快球,不期对方突然在2号位、4号位之间突破。津海队两个边攻手也毫不手软,大力猛扣,11∶13。

俞双坪的拇指转得越来越快,当接应林庭再次扣球得分后,他再也坐不住了,忙示意暂停。

"姜还是老的辣,戴颖这个时候真敢分配球。"安达升说。

汪冲则感动道:"杨絮这位美女主攻更不容易,她拖着条伤腿征战了十几年,真是津海队的定海神针啊!"

解说激情澎湃,观众席更是热火朝天,津海队每缩小一次分差,啦啦队便扯开嗓门儿叫好,鼓乐家伙更铆足劲儿地吹。

在家乡父老的助威声中,谭晓岚使出拿手的大力跳发,排球直落军旅队后场。

安达升震惊道:"平了!13平!简直不可思议!此刻比赛已进入白热化,谁能笑到最后,让我们拭目以待!"

居然被对手追平,军旅队队员个个红了眼。童灵菲泼命打了个钉地板,抢得赛点。

"难不成会被自己老乡灭了?津海队要是这么输可有点儿冤。"安达升叹道。

存亡一念间,戴颖第三次传向4号位,杨絮奋力扣杀,比分重新拉平。场内一片欢腾时,杨絮却按住左膝,表情痛苦难耐。知道她落地时腿伤复发,戴颖赶紧抬手向章志强示意。

杨絮因伤退场,津海球员情绪出现波动。陆月洁发球下网,把赛点送与对方;多亏林庭后排偷袭得手,追至15平。可未及喘息,军旅队凭张依娜重扣重获赛点。

"稳住!"戴颖边说边悄悄发出暗示,谭晓岚、林庭心领神会,一个3号位背快掩护,另一个2号位背飞打成。

"漂亮!16平!"汪冲赞道。

但随后倪鹃的变线扣杀被黄薇薇拦死,军旅队仍占得先手。

之后,几番周折相持不下,还是林庭冲到前排,以落点极佳的抢攻,终将比分扳成17平。

汪冲高喊:"林庭已经第三次将津海队从死亡线上拉了回来!"

安达升也赞道:"太出色了!我个人投她为今天最佳球员。"

俞双坪感觉气氛对己方不利,遂叫了本场比赛最后一次暂停,他告诉队员们:"一直保持高压态势,津海队总会吃不住劲儿的!这会儿彼此都死盯着对方,谁先眨眼谁就完蛋。"

这边,章志强对队员的表现已相当满意,只再次提醒道:"大家不要有想法,现在每一分都很关键,她们两个边攻已经蹦不起来了,要集中精力,还是盯住她们的副攻!"

的确,这关口,任何技战术全在其次,主要比的是意志,斗的是韧劲儿。双方不敢有丝毫松懈,你追我赶地由 18 平一路战至 22 平。

这场精神与毅力的较量中,俞双坪万万没想到,首先眨眼的竟是自己最得意的门生黄薇薇。在又一轮拉锯后,军旅队好不容易靠津海队队员触网得到第八个赛点,黄薇薇却因过度紧张,再度发球出界。

漫说球员紧张,此刻整个体育馆都要窒息了。安达升声音抖颤:"军旅队八个赛点还没吃掉津海队,再有悬念的小说都不如现实来得刺激!"

你不吃我,那就等着我吃你,津海队抓住战机转守为攻。军旅队张依娜见势不妙,孤注一掷挥拳狠砸。林庭腾跃而起,双臂筑起一堵高墙,硬是把球顶了回去。24:23,津海队实现反超。

紧接着,替补杨絮上场的常丽一个大力跳发,军旅队后排没接稳,球被直接垫回网口。谭晓岚眼疾手快,飞身一个探头。随着排球砰然落地,比分最终锁定在了 25:23。

"我们赢啦!"

"津海队赢啦!"

"一局 15 分定胜负的比赛,却打到了 25 分!"随着两位现场解说岔了音的呼喊,场内外瞬间欢声雷动。所有津海队队员跑进场内紧紧抱在一起,看台上观众跟着狂喜呐喊。

章志强心潮澎湃,强忍着盈眶的热泪,跑过去一一拥抱他可敬可爱的队员们:"打得太棒啦!你们为津海赢得了无上荣光!"

球员们先是喜极而泣,之后伴随震天的锣鼓蹦啊,跳啊,笑啊⋯⋯

汪冲激情难抑,一个劲儿抢安名嘴的话道:"这场比赛决胜局换边的时候,津海队还 5:8 落后,接着又是 9:13 落后,再接下来就是连续挽回八个赛点,真是激动人心、一波三折呀。津海市自 1980 年男足夺冠后,三大球再没得过全国冠军,今天,靠女排奇迹般的逆转,二十三年的梦圆了!这场荡气回肠、振奋人心的精彩大战,必将载入中国体育史册!"

欢庆气氛在颁奖时到达顶点,彩带彩花覆盖了整个人民体育馆。

眼望津海姑娘将冠军奖杯高高举起,汪冲对着话筒激情道:"津海女排夺冠告诉我们,在别人看来绝望的时候,自己一定不能绝望,希望就在你手中。只要把握住机会,永不言败,最后的胜利就会属于你!"

现场有球迷拍下了一个经典镜头,还配上文字:"决赛结束后全场抱头痛哭,只有谭晓岚在傻笑。"真扯,那叫傻笑?作为冠军队,除主帅章志强当选"最佳教练"外,个人技术奖方面,全队只有谭晓岚一人当选"最佳发球",她凭嘛不笑。

多少年后,每每提及那场经典的决赛,津海球迷还津津乐道:

"第一次看联赛,就赶上了津海女排王朝的开启!"

"从那以后很长一段时间,军旅队第五局必输津海队!"

"就像掉进了百慕大,有时干脆坚持不到第五局!"

…………

50

古时候,数不清的才俊是"十年寒窗苦读日,一朝金榜题名时",如今的津海女排也颇有这个味道。自家孩子考中状元,家里人当然要大庆特庆。2003年的腊月二十三,此起彼伏的鞭炮声在津海上空轰响,就仿佛除夕大年夜提前到来了一样。

但凡事就怕掉个儿,有一喜必有一悲。在津海队欢庆胜利的同时,军旅队这边则沮丧不已,更有队员泣不成声,主教练俞双坪难掩自责和懊恼。在赛后记者会上,他面若冰霜道:"明年军旅队若再败给津海队,我主动下课。"

无论对手欲如何卧薪尝胆，决心下赛季重整旗鼓收复失地，津海女排也得先尽情享受成功的喜悦。亲临赛场的市体育局领导第一时间向女排全体成员表示热烈祝贺。由于已近年根，庆功会就放到新春后举行，从转天起球队痛痛快快放个长假，大家过完元宵节再上班。

颁奖结束后，乘车返回体工大队已是子夜，全队上下仍沉浸在极度兴奋之中。林庭搞怪，率众威逼章志强用意大利语演唱歌剧《图兰朵》名段《今夜无人入睡》。章指带球队是把好手，唱歌却五音不全，没唱三句就跑了调，逗得大伙儿前仰后合。

正乐呵着，忽然手机铃响，章志强见是韩珍打来的，赶忙跑到楼外清静处。

"韩指，您老还没休息？"

"这么高兴的时候，谁能睡得着？"韩珍动情道，"志强啊，谢谢你！替津海排球人圆了几十年的梦。近些天我始终没敢打电话，就怕影响你们备战。我确信，以你的能力，会引领大家取得更大的成功！"

"没您前边打下的坚实基础，津海女排不会有今天。"

…………

说呀说，在这个难眠的胜利之夜，新老两位主帅谁都不想挂掉手中的电话。

津海是一座民风民俗浓厚的城市，尤其春节前后更有说道。放假这几天，章志强本想按老例，帮家人扫房、发面、购办年货，可各路媒体哪肯放过这位新科冠军教练，前来采访者络绎不绝。官面、私交也你邀我请，折腾得吊钱儿、福字都来不及买。但再怎么，章志强也没忘再三叮嘱妻子，务必把老爹寿诞的东西准备好。

章志强父亲的生日按阴历算是正月初八。林庭比谁耳朵都长，将探得的消息告知队长戴颖："你可得所有人都招呼到，咱一块儿给师爷贺寿去。"

"绝对,一个都不能少。"

章志强知道后,见拦也拦不住,便让家里边的亲戚晚上开寿宴,腾出中午专门迎候队员们。初八一大早,女排队员陆陆续续结伴而来,什么寿桃、蛋糕、烟酒、点心、水果呀,再加上叽叽喳喳十几位大姑娘,挤爆了两室一厅的偏单。家里一下子来这么多人拿啥款待?自然是最具津海特色的长寿面了。

津海人做寿讲究三鲜卤。其中最提味的是海鲜,通常为虾仁、海参和海米,有条件的再放些鱿鱼、蟹黄或皮皮虾。做卤时,先将里脊、五花肉切成薄片,葱花、八角炝锅后,海鲜连同肉片烩上鸡蛋、木耳、面筋、香干、黄花菜等辅料,最后用淀粉勾芡,卤还没出锅已鲜香扑鼻。拌面的菜码少说得十种以上,必备的就有白菜丝、芹菜丝、黄瓜丝、莴笋丝、胡萝卜丝、青萝卜丝、豆芽、黄豆、青豆、白粉皮、红粉皮以及大蒜,拌在面里五彩缤纷。面条也有说道,得拿高筋粉和的手擀面,煮熟后不过水,直接吃锅挑儿,要的就是这热气腾腾的红火热闹。

"太好吃啦!我要回碗!"队员们叫嚷着,筷子伸出老长。

"敞开吃,你们师娘今天和了两袋面,不吃撑了对不起师娘!"

老寿星也笑逐颜开,对儿子道:"你们此次夺冠让我想起个典故,汉高祖数败于项羽,九里山一战定天下。这帮孩子就是为咱津海跨马征杀的韩信和樊哙!"

"那我们章指就是运筹帷幄决胜千里的张良张子房。"林庭立马接茬儿道。

"这丫头嘴可真巧。"章父哈哈大笑。

"不光嘴巧,脑瓜还灵。"章志强道,"外行说我们搞体育的是头脑简单、四肢发达,大错特错!就排球而言,它绝对是一项高智商的运动。"

章志强爱人捅了他一下:"甭一说排球你就来劲儿,姑娘们都老大不小的了,你这当教练的,也该关心关心她们的终身大事了。"

"对！对！"章志强扭脸冲杨絮道，"你跟段军抓紧点儿，别老让人家傻等。"

"已经订好了，2月14日登记。"

"情人节！够洋气的。"林庭蹿过来逗道，"这么大的事，章指不问，你还眯着！"

恭喜完杨絮，章志强转而问起戴颖。

"我们可没那么时髦，准备下月4日。"

"二月二，龙抬头啊！也是个好日子！"

待问及孙红雁，林庭抢着道："跟她爸妈一个套路，都找青梅竹马的老邻居。"

"就你嘴快。"腼腆的孙红雁脸臊成了红布。

陆月洁插话问："你们家过年咋买那么多牛肉，还挨家给邻居都送去一大锅？"

"我们哪儿买得起？还不都是街坊送的。"

原来，就在夺冠的第二天，孙红雁母亲打开家门，看见门前摆放着一袋袋牛肉。清点完数目，孙母便明白了，这是筒子楼所有邻居一家一份送的。

章志强感慨万千："咱津海人就这么实诚，值得我们为之奋勇拼搏！"

长假一结束，体育局便召开了隆重的庆祝大会，津海女排从教练到队员分别被授予各种荣誉称号，还论功行赏，获得数额颇丰的奖金。

会后，孙红雁从奖金中取出一万元递予杨絮。

"这做什么？跟你说过了，不着急还。"

孙红雁认真道："我妈已回手表厂上班，我爸工作收入也不错，日子比以前松快了许多。我家最困难的时候你解囊相助，这份恩情我都报答不过来。你就要操办婚事了，快拿着。"

"好吧。"杨絮接过钱,又从中数出七百,塞给孙红雁,"我可是无息贷款,当时就给了你九千三。快把这些钱交给你妈。"

杨絮如此为自己着想,孙红雁真正感觉到在女排这个集体中,大伙儿不但同甘共苦,更是亲如家人。

这天,章志强刚到办公室,便接到国家女排程教练打来的电话,祝贺完津海女排联赛夺冠,又接着道:"你们现在人才济济,林庭、孙红雁越来越出色,那个谭晓岚,我也要定了。只是戴颖年纪偏大,赶不上下届奥运会了。"

这一遗憾确实无法弥补,戴颖、杨絮若不坚持打球,恐怕早为人母了,如今虽已订婚,依旧没退役打算。章志强当然希望球队内有几员老将压舱,尤其戴颖,其位置眼下无人可以替代。这就暗藏着巨大隐忧,新人二传在哪儿?再不及时顶上来,津海女排这艘刚刚扬帆出海的船,一旦遇到大的风浪,很难不被倾覆。

放下程教练的电话,章志强又把电话打到段军那里,询问陈静姝青训的表现。段军对其赞不绝口:"我看至多再过一年,您就可调她进市队,将来保证扛大梁!"

章志强接着问:"那个梁胜男现在咋样?"

"甭提了!"段军声音高上去八度,"就没见过这么难管的孩子!脾气暴不说,关键是,我这三十大几的才刚登记,她十三岁一小屁孩儿也早恋开了。"

原来,春节前梁胜男于训练中心偶遇同光里小学一位校友。那男孩原本也打排球,现已改练篮球。旧相识重逢,俩人越聊越投机,梁胜男竟情窦初开,整天魂不守舍,连正常训练也受到了影响。

章志强听罢,忙叮嘱段军道:"我父亲是个老班主任,他对我讲过,学生早恋切不可强压,否则会适得其反;更不要刻意挑明,只能找准时机予以疏导。"

段军叹了口气："除了早恋，这姑奶奶还管不住自己的嘴。能吃也不怕，但人家不长个儿光长膘，快成婴儿肥了。天知道什么办法能约束得了她。"

梁胜男是汪冲推荐的，如管教不好，实在对不住为津海女排卖力解说的汪主播。于是章志强对段军说："挤时间，我过去看看。还有，那个篮球小子咋样？"

"噢，挺不错的，帅气阳光，难怪梁胜男迷得不行。"

"既然这样，咱干脆给他来个'围魏救赵''釜底抽薪'。"

在章志强指点下，段军直接去找正与梁胜男交往火热的男孩，以自己和杨絮的恋爱经历现身说法，男孩被打动，当即表示以后不再干扰梁胜男的训练。

"这还不够。除夸她球打得好外，你还得表现出特别崇拜体坛明星的样子，鼓励她多下功夫，将来也能成为高水平的运动员。"段军又补充道，"另外，你要暗示你不大喜欢没有自制力的女孩。这样，她自然会想方设法控制自己的饮食。"

男孩点了点头："段指是为她着想，我也希望她好，我会按您说的做。"

这招还真灵。在男朋友的积极引导下，梁胜男训练时比以往认真了许多，也不再胡吃海塞了，尤其那场突然降临的疫情，让恐惧至极的梁胜男真正收了心。

51

早在今年年初，广东那边就流传一种古怪的感冒，致死率非常高。2月，国内多地开始抢购板蓝根。但预防性药物并没什么作用，严重的疾病还在不断蔓延。经医学专家研究认定，这是一种非典型性肺炎，简称"非典"。3月15日，世界卫生组织正式将该病毒命名为SARS。

时至 4 月,非典疫情已席卷大半个中国,致命的无形病毒彻底搅乱了人们的正常生活,社会经济也受到强烈冲击。中央及地方政府纷纷出台命令,严格执行居家隔离要求,各种群体活动包括体育赛事一律按下暂停键。

　　看着每天蹦出的确诊和死亡数据,平时大大咧咧、对啥都漠不关心的梁胜男也揪起心来。没几日,自己一邻家阿姨也患上了非典,被送往武警医院重症监护室急救,惊愕惶恐下,梁胜男非但不敢随意外出,就连"不得见,毋宁死"的男朋友,也被迫取消来往了,只乖乖跟教练和队友一起封闭训练。

　　严格遵守上级指令,津海女排很快转移至山区集训。在近乎与世隔绝的封闭环境下,抛开种种外界纷扰,全身心投入到训练当中,球队整体技战术又得到了进一步提升。

　　之后,由于国家采取的防控策略及时有效,非典病例大幅下降。到了7 月,疫情基本结束,民众为逃脱此劫长出了一口气。

　　解除隔离的津海女排平安返回市区,随着大家得以与阔别两个月的家人重聚,又一特大喜讯传来:许久未在国际级赛事有所表现的中国女排,竟在意大利举行的世界女排大奖赛上荣获冠军。章志强心说:大奖赛虽不在排坛三大赛之列,但此番的胜利来得太及时了,对于程教练尤其意义非常。因为这之前的很长时间里,由于那次"让球风波",程教练始终饱受各界的质疑和责难。

　　去年第十四届女排世锦赛,小组赛中国女排确保出线后,程教练雪藏起主力阵容,尽遣替补上场,结果负于弱旅希腊,复赛阶段又以替补阵容败给韩国。结果引起巨大争议,舆论普遍认为这种输球,实则是在挑对手。

　　面对铺天盖地的批评,程教练满含委屈地说:"中国队已经出线,派上替补既没违反大赛规则,也意在锻炼新人。输球后的小组排名确实对我们有利,但替补队员在赛场上都很努力,绝非外界所说的丢掉拼搏精神。"尽管反复辩解,中国队还在四分之一决赛中击败巴西队,杀入了四强,但此事仍遭业内外一致谴责。袁伟民更代表体育总局严厉指出:"中国女排要想站在最高领奖台,就要有勇气从每一个对手身上踏过去!"

多年战绩平平的中国女排,太渴望在国际赛场上用一个较好的名次来提振士气了,程教练就是当真故意避开强队,搁在过去,章志强一准能理解。因为当初自己刚执教佛罗伦萨女排时,也曾利用联赛规则避开强敌使球队成功晋升甲级。但现在看来,竞技体育必须恪守公平原则,挑对手永远不是上策。赛场上同对手怎样斗智都不为过,万不可把功夫花在场外。

同样,程教练也对"让球风波"做了认真反省,并当众表示:"以后遇到类似情况,中国女排会坚决拼到底,如成绩再不理想,即使总局不撤我,我也将主动辞职。"从那时起,全队上下齐心,刻苦训练,现在终于凭实力夺取了世界冠军,不仅洗刷了前耻,也让公众对中国女排寄予了更高期望。

说话间就到了十一长假,杨絮、戴颖两人相继补办了因非典疫情耽搁的婚礼。

两位姐姐大婚之日,队中师妹自然要帮着忙前忙后,就连在北京备战世界杯的林庭、孙红雁、谭晓岚三人也特地赶回津海。章志强、韩珍等新老教练皆以嘉宾身份应邀出席,体育局领导则派代表前来道喜,场面好不热闹。

平日最爱张罗的林庭此次表现得并不算积极,甚至有些强打精神的感觉。沉浸在喜悦中的两位新娘全未在意,亲戚朋友更没谁挑她,只有特别细心的章志强观察到了。

身为教练对球员任何细枝末节都不可忽视。联想到林庭在大奖赛时的发挥也很一般,章志强觉得不太对头,旋即给程教练打电话了解情况。

后者解释说,林庭训练及比赛的状态基本正常,只是闲暇时总无精打采,不像以往那般活力四射。

"你呀,太敏感。"陆鸣道,"钟表还得时常上发条呢,人的情绪就不能忽高忽低的?"

"要不就是上届联赛落选'最有价值球员',闹情绪了?"赵亮瞎猜道。

徐国祥立时否定:"你也太小瞧林庭了,她心理素质相当过硬,又是多年的国手,怎么会在乎那点儿小事?"

章志强赞同徐国祥的观点,春节为父亲祝寿时,林庭还不这样,肯定是其他地方出了问题。但林庭是个鬼机灵,从她嘴里套话可不容易。趁典礼结束尚未开宴的空当,章志强叫过林庭,想寻机摸清就里,却被其巧言遮掩过去。章志强又去询问与林庭要好的队友,结果从孙红雁那儿探明了内情。

原来,林庭情绪低落的原因来自老同学周浩民。这位清华才子起初一直与林庭保持联络,上大二后,周浩民开始攻读双学位,繁重的课业使之整天连轴转,寒暑假都很少回津海。而林庭自从入选国家队,训练、比赛几乎没有断档。俩人各忙各的,常年见不着一面,通信间隔越来越长,交流起来发现不知说什么好,后来连电话都不再打,春节期间仅互发短信问候。但林庭的内心深处始终有一份记挂。

联赛夺冠那晚,周浩民主动来电祝贺,令林庭倍感欣喜,可当时身边都是队友,她没好意思多说。除夕,二人再次通话,畅谈至深夜。直至挂断手机,最实质的那句话仍未出口,林庭暗骂自己:真笨!平常天不怕地不怕的劲儿哪儿去了?

初八给师爷拜寿时,得知杨絮、戴颖马上要登记结婚了,林庭大受鼓舞,生平头一次涌起了那种冲动。她返回家中挥笔而就,把心里话通通表白出来。

不料,林庭的一片浓情蜜意竟被周浩民拒绝。他回信言辞很郑重,说自己现在刚开始读研,将来肯定还要读博,三五年内根本不想考虑感情问题,但他很珍视同窗之谊,希望二人不要因此而形同陌路。

甭管信里写的是实情还是借口,反正人家不乐意。林庭觉得自己太幼稚,从未有过恋爱经历,就这么直不棱登写求爱信,结果还被硬崩回来,连点儿余地都没留,再上赶着追求,岂非典型的剃头挑子一头热?

林庭从小性格要强,此次受挫已是无地自容,心里再失魂落魄也要竭力克制。好在很快被国家队召去集训,训练场上一打球,心思就会被转移。可就怕歇下来,即使短暂的休息,那种难以释怀的情绪便像抖落不净的爬虫叮咬着她。大奖赛夺冠后,听到孙红雁开心地给男友打电话,林庭悄然抹泪,心里苦涩得越发不是滋味。

察觉林庭近来老是闷闷的,孙红雁遂再三追问。林庭终于忍受不住,哭诉了原委,但恳求好友为其隐瞒。孙红雁对旁人都守口如瓶,却不敢对章志强撒谎。

女孩子的个人隐私,男教练们如何干预?陆鸣说:"咱成什么啦?刚管完早恋,又管失恋。且梁胜男就是个小毛孩,可林庭多有主意。"

"再成什么了也得办。队员跟咱自个儿闺女一样,必须负责到底。尤其林庭是国手,心理出现问题,既影响个人发展,也关乎集体荣誉。下月初就打世界杯了,她后天回北京,咱这边还得抓紧想办法。"

知道林庭自尊心特强,章志强认为自己去劝导,反让她觉着没面子,斟酌再三,决定先找一下她父亲。

第二天,章志强便约出林旭东,当面讲明情况。

林旭东感慨道:"林庭就是不说,我跟她妈也瞧出来了。二十三四了,正是谈恋爱的年纪。咱的上一辈差不多全是父母包办,你我这一代呢,靠亲友同事介绍,差不离就行了。如今的孩子追求自由恋爱,这可就麻烦喽。没啥社会经验,凭直觉和感觉,能靠谱吗? 章指,您甭劳神了,这事我自有办法。"

52

有人说,普天下的父亲都犯一个通病,那就是可以对儿子千般严厉,而在女儿跟前,总没理可讲地化作万种呵护和疼爱。林旭东不反对,但也不尽相同。对于独生女儿林庭,他有别于其他父亲的娇惯溺爱,除了不断施压,自己观察的眼睛从没离开过。那么,什么原因让林庭的情绪一落千丈?恋爱谈得不顺?和那个周浩民?果真如此,可就不好办了。

林旭东深知,失恋问题一旦处理不当,会给女儿带来极大的影响,万一再受到伤害,那种打击很难抚平。看来,这次自己必须强势介入。

三十多年的执教生涯,林旭东自认为对青少年心理教育颇有心得。但医不治己,如何化解女儿当下的情感危机,真让他挠头。

自2000年起,国务院决定增加公众休假日,中国人自此开启了春节、五一、国庆几个小长假,但在京集训的国手的假期要缩减一半。林旭东决定带上老伴儿,利用女儿难得的四天假期,好好给她做番心理疏导。

这天吃罢晚饭,林庭声称身体乏累,想早点儿回房休息,林旭东却说有段与排球密切相关的录像,提议一起看看。林庭无奈,勉强坐回沙发。

将一盘崭新的录像带推进录像机,林旭东按下播放键,电视屏幕上立时现出世界女排大奖赛的画面。第一组镜头就是中韩对阵,林庭发球下网,接着她又一传不到位,之后扣球出界、与队友失配……失误接连不断。林庭有所不知,她看到的这些,是父亲花了整整两天工夫,把自己大奖赛中所有的失误片段剪辑出来的。

大奖赛后,虽说程教练也尖锐指出林庭存在的不足,但林旭东这手来得更直观,冲击力更强。饱受刺激的林庭脸上发烧,如坐针毡。特别是在父亲身边,她真恨不得找个地缝钻进去。

"丢人吧？这仅是技术问题吗？"

听父亲这样问，林庭又委屈起来，只是强忍着眼泪。

"你跟周浩民那点儿事，我和你妈都知道了。"

"都知道？您和我妈还知道啥？"林庭颇为惊慌。

"你说破天去能有多大生活圈？正月初八晚上你给谁写信来着？初十又是谁回的信？不用问，猜都能猜到。爸妈没那么保守，不想干涉你自由恋爱，可有些话不能不说。没错，初中你是帮过他，他高中也帮过你，为此还惹出好多麻烦，得了警告处分。可从中学毕业到现在，五年都拐弯了，你俩总共见过几回面，哪来的爱情？清华才貌双全的女孩有的是，人家怎么就找不到比你更称意的？没有付出就别指望收获，这同不刻苦训练就拿不了冠军道理无二！"

林庭垂下头，不再应声。

林旭东接着道："做事千万要有准头。别干那种在机场等船、在码头等飞机的事，不是别人让你失望，而是你抱错了期望。眼下，你要做的是踏踏实实把球打好。奋斗这么多年，不就为拿世界冠军吗？大奖赛不算什么，不过各队以此练兵，见真章的还得说三大赛。去年世锦赛你们才第四，还闹个'让球风波'。如今世界杯迫在眉睫，全国上下都期盼女排夺冠，这种时候，你却为了泡沫一样的虚幻真爱自暴自弃，像话吗？告诉你，中国女排荣誉面前，我决不允许自己女儿是那个拖后腿的。"

"不会！我不会！"林庭抬起头，她看见两行长泪已从老爸的眼眶流到了嘴角，"爸，我错了。对不起！"

当夜，林庭妈特意同女儿睡在一块儿，就势谈起自己对婚恋的看法："其实，人心上没有过不去的坎儿，因为心坎儿都是自己筑起来的。在你特别看重的时候，心坎儿就在那里。当你翻过去后，再回头看，其实那里并没有坎儿。"

见林庭不住点头，妈妈接着道："时代不同了，到了今天，女人不见得都待在家里相夫教子。你都是国手了，就该去闯，去开创事业，别让感情影响到自己。他周浩民不乐意算个啥，一旦你成了世界冠军，多少好小伙儿还不排队追求你？"

林旭东两口子的功夫没有白费，女儿林庭的心结虽未完全解开，但已不再影响训练和比赛了。

又何止林庭父母，所有女排选手的家人都在球队背后默默支持奉献，所有热爱女排的国人都在给球队加油鼓劲。而中国女排也不负众望，在日本举行的第九届女排世界杯上，以十一场全胜的战绩，时隔十七年再次获得三大赛冠军。

二十世纪八十年代初，中国正百废待兴，女排以顽强拼搏精神赢得的五连冠，是中国开始辉煌腾飞的重要象征，中国女排更成为举国上下学习的楷模和民族骄傲。自那时起，亿万民众心中便有了一份浓得化不开的女排情结。挺过了二十世纪九十年代成绩下滑的低谷，此次世界杯再次夺冠，中国女排如凤凰涅槃般浴火重生！

可就在中国人欢贺久违的胜利之际，个别外媒却鼓噪称，本届世界杯含金量不高。原因很简单，不久前结束的欧锦赛似乎着了魔咒，许多一流球队的表现都大失水准，尤其俄罗斯仅列第六名。按照国际排联标准，各大洲锦标赛的冠亚军方有资格入围世界杯，因此俄罗斯黯然出局。意大利也差点儿阴沟翻船，欧锦赛排名第五，凭借去年世锦赛冠军身份才获准参赛。世界顶级强队或缺席或状态欠佳，中国队不过侥幸夺冠。

吃不到葡萄，就说葡萄酸！对那些故意贬低中国女排的言论，向来谦逊的程教练罕见硬怼道："竞技体育就这么残酷。没资格参赛，说明水平不行。状态欠佳不是失利的遮羞布，谁不服气，咱明年雅典奥运会上见。"

对老外们的唧唧歪歪，中国老百姓更不放在心上，大家忙着用各种方式表达自己由衷的喜悦。女排尚未回国，民间的贺信已雪片般飞至体育总局,还有不计其数、花样繁多的贺礼,更有铁杆球迷不知从哪儿搞到了教练、队员的手机号,爆打电话爆发短信,有的文采斐然,有的开心幽默,通通用生花妙笔极尽赞美。

出乎林庭预料,周浩民也给她发来了一条短信,话语热情洋溢,无非是向其表示祝贺与敬意。不知怎的,林庭从中读到的却是生分,她随手回了俩字"谢谢"。由此,胜利的欢愉瞬间便被这百余字的短信冲淡了。

发现林庭眼神僵直,细心的孙红雁忙询问缘由。这回林庭并未隐瞒,直接将那条短信拿给闺密。

孙红雁看完,咂着嘴:"我觉得也没啥。"

"正因为没啥,所以才没意思。"

"人家都说不谈感情了,就还当老同学走动呗。"

"走动没可能啦。倒不如断个彻底,以后谁也别再烦谁。"

"要不,你找他当面说?"

"合适吗?"

孙红雁没想到,遇事一向果决的林庭也会如此犹疑。但这次自己不能再坐视不管,她当晚便暗自给林庭家打了个越洋电话……

中国女排载誉凯旋,体育总局隆重欢迎。但由于全国联赛本周末即将开锣,庆功会一结束,球员便马不停蹄返回各自省市。

津海距北京最近,体育局遂派专车将林庭等三位功臣直接接回体工大队,简短表彰后,让她们抓紧时间休息,明天继续参加集训。

林庭到家时,已近晚上七点,父母欢天喜地将新晋世界冠军迎进门。看着满桌自己爱吃的饭菜,林庭心里暖融融的,疲惫和忧烦顿减大半。

"还是回家好吧?记住,家永远是你最温暖的港湾,父母也永远是你最坚实的后盾。"林旭东顿了顿,"知道吗?我和你妈为你特地跑了趟北京。"

"去北京,干什么?"

"上清华找周浩民。"母亲道,"你磨不开说,我得跟那小子讲讲清楚,免得他有事没事地招惹我闺女。"

林庭惶急得直跺脚:"这怎么成?"

"怎么不成?"母亲严正地说,"周浩民到底是怎么回事,不得弄明白吗?光自个儿瞎寻思,能解决啥问题?你以为自己都长大成人了,但在爸妈眼里,还是小毛孩儿。那周浩民整个一书呆子,原本担心跟你关系闹僵,结果适得其反。按当下时髦话讲,就是典型的智商高、情商低。"

林庭妈这番评价可是经过实际查访的,绝非信口开河。那晚接到孙红雁打来的电话,夫妻俩一宿没睡好,转天早上跟单位请了事假,坐火车赶到北京。

清华大学材料科学与工程学院并不难找。林旭东拿出工作证和身份证,很快见到了周浩民的硕导。林旭东对其坦言相告,硕导表示理解,遂扼要介绍了自己这位爱徒的情况。

实际上,周浩民这些年就简单地一门心思想着做学问搞研究,闲七杂八的一律不参与,也始终没谈恋爱。倒有同学好心帮他介绍了一位,他硬着头皮同人家见了两回面,可除去专业上的事都不知聊些啥。第二次约会期间,他忽地对一道困扰多日的难题来了灵感,竟丢下姑娘自己跑去了图书馆。等把难题解开,他早把约会的事忘了个干净,回宿舍睡觉了。这对象能不吹?

53

"你说说,这不是学魔怔了吗?"林庭妈苦笑着跟女儿道,"随后我们又找到他本人。浩民说得很实在,他已定下来明年公派美国读博。读完博,还要继续深造,你想想这得啥时能回来?"

林旭东接过话茬儿："我跟他把话挑明了，今后他保证不再跟你联系，你就安心打球。没几天就要打联赛了，明年还有奥运会，对于你，那才是真正的顶级大考。"

父母真是用心良苦，林庭觉得之前误会了周浩民，对其的厌烦瞬间化解。但周浩民与自己完全是两条并行的铁轨，不会再有交集，她要彻底放下那份感情，将所有的精力都投入训练和比赛中。是的，人与人之间最大的差别，并不在于出身、外貌、学历，而在于行进的方向。

训练起来比林庭更不惜一切的还有个人，那就是"拼命三郎"谭晓岚。然而谭晓岚父亲谭凯近来却有些反常。按说此次夺取世界杯冠军，谭家三代人夙愿得偿，谭凯还不得美翻了，可他非但不高兴，还整天心事重重：这个世界杯冠军，我闺女仅是国家队替补，十一轮大战，上场时间满打满算不到俩钟头，这金牌拿的，着实令人不自在。

如今黄薇薇乃国家队绝对主力副攻，其位置无人能撼动。全队的战术布阵也围绕这一核心进行。考虑到谭晓岚迥异于黄薇薇的打法，程教练权衡再三，最后敲定来自辽沈女排的柳艳与黄薇薇打对角。谭晓岚只能当替补，啥时候黄薇薇下场休息，再派她上去填个空。

偏偏黄薇薇在世界杯上发挥出色，以 61.34% 的得分率当选"最佳扣球"，这一来她更成为中国女排的头号明星。既生瑜，何生亮？谭凯仰天长叹的同时，更替闺女愤愤不平。

因此，谭凯几次暗自叮嘱女儿："国内联赛上，必须把军旅队揍趴下！也让那些人看看，谁才是当今中国球员中最棒的副攻。"其实，不用父亲多说，谭晓岚心里早憋着口气，越发咬牙发狠苦练，她要以实力来证明自身价值。

考虑到后面不能给球队太大压力，体育局领导宣布，本届联赛打进前四即算完成任务。但津海女排从教练到队员的目标只有一个，那就是卫冕冠军。

然而总在追求革新的全国女排联赛,再次更改赛季规则:所有参赛球队按上届排名分成甲、乙、丙三组,分别进行主客场循环赛,再按积分排出各组名次。第二阶段复赛时重新分组,获得乙、丙组前两名的升至上个组别,各组后两名降至下个组别。第三阶段再进行交叉赛,划分出前四名和保级区。最后阶段才是保级赛、半决赛和决赛。

甭管怎么变换,竞技体育就是靠实力说话。花样来花样去,仍是相继将其他球队挑落下马的津海队、军旅队携手闯入决赛。2004年1月17日,时隔一年,代表国内最高水平的两大强队,再度隔网一较高下。

貌似上赛季的翻版,细微处则悄然发生了质的变化:去年是军旅队希望蝉联,津海队要首次夺冠;今年是军旅队欲一雪前耻,津海队则要歃血卫冕。

经过世界杯洗礼,黄薇薇、张依娜、赵燕妮等军旅队国手愈发成熟,"不倒翁"俞双坪更为这场决战殚精竭虑了一整年。半决赛后的记者会上,俞教练直白地讲,军旅队此次出征,就是为在决赛场上攻克津海队这座堡垒!"高妹"黄薇薇毅然谢绝了央视春晚"零点仪式祝福人"的邀请,与队友专心致志地进行针对性训练,誓要夺回失去的荣誉。

业界并不看好津海队,认定整体实力军旅队要更胜一筹,决赛输赢比率应为四六开,津海队明显处于下风。

不管外人说什么,津海队主帅章志强始终在暗中加劲儿。这场决赛前,即便联赛期间,他带领教练组平均三天分析一次军旅队。半决赛结束后,他立即将全队拉到新港集训。

赛前动员时,章志强再次强调:"技战术上,要比拼发球,竭力破坏对方一攻,自己的相持能力、防反成功率很重要,但此役的胜负关键还是心态。无论遭遇什么,都立足于拼,才不会重蹈上届军旅队的覆辙。"

因还是津海队的主场,汪冲有幸再次担任现场解说,而同他搭档的是央视年轻主播高航。人民体育馆内,随着近年观战经验的积累,越来越懂球的津海球迷升级了带响儿的家伙什儿,胡喊乱闹的少了,为己方队员的加油呐喊也在点儿上,将现场气氛渲染得恰到好处。

军旅队首发阵容与去年无二,津海队这边二传、接应、副攻、自由人也都是原来班底,只是杨絮有膝伤,主攻搭配改为倪鹃和常丽。

随着主裁判哨声一响,比赛正式拉开帷幕。还是军旅队率先发球,津海队稳稳接起,二传戴颖将球送至4号位,常丽平拉开得手,顺利拿下第一分。接下来,谭晓岚以其看家绝技——大力跳发打乱对方阵脚,军旅队不是垫飞,就是一传不到位,津海队很快6∶2领先。俞双坪两次叫暂停,仍无法挽回局面,军旅队始终被津海队以六到八分的比分压制着。

毫不费力打到24∶17,津海队手握局点。又是谭晓岚大力跳发,军旅队勉强抵抗两下,便丢掉首局。

赢得如此轻松,球迷们嘻哈着议论:

"太菜啦!有阴影了,见着咱就犯怵。"

"人民体育馆真是风水宝地,只要在这儿比赛,咱女排准能赢!"

…………

首局结果着实出人意料。高航分析说:"这一局,津海队发挥出防反和小球串联的特点,谭晓岚的发球更成为主要得分点。军旅队没把握好开局,网口优势没打出来,传接配合也不及津海队默契,主攻打法尤其单一,除了使死力气,什么轻抹、平打、软吊都很少。津海队一旦看准路线,派专人封堵,军旅队主攻就很难下分。"

汪冲皱皱眉:"那也不至于如此不堪一击呀!去年军旅队首局失利,是因其换上了半数替补,今天几个主力打还这样,就不大正常了。"同女排打交道久了,汪冲已成大半个行家,津海队压倒性的态势反让他疑忧。

作为主帅,章志强更不敢掉以轻心。这肯定不是只打三局的比赛,即便军旅球员发挥失常,老谋深算的俞双坪也不会任人宰割。趁局间他告诫队员，千万别大意，就照现在的节奏压住对手，不让她们有丝毫喘息机会。

第二局，俞双坪对阵型做了调整，黄薇薇与另一副攻互换位置，改到 5 号位，这样她很快转至网前，开局阶段就进入强轮。但这招似乎并不见效，在风雨不透的津海队防线前，黄薇薇、张依娜、蓝芸三个攻击点全部哑火，津海队完全控制了场上局面。观众席上的球迷喜出望外，大鼓小喇叭此起彼伏，欢庆之声灌满整个体育馆。

津海队形势大好之际，军旅队换上了绰号"无声手枪"的副攻何雅。此队员虽不如军旅队那些大牌明星抢眼，但球路刁钻古怪，善于偷袭。因平时没太关注，津海队队员有些大意，何雅伺机两个后排进攻，孙红雁反应不及。紧接着，"大鸟"张依娜又一开网进攻，军旅队首度与津海队战成平手，章志强连忙叫了暂停。

刚稳住局面，林庭发球踩线丢分。这可是危险信号：津海队要失控。果然，黄薇薇随即凭身高优势，一个超手扣球，军旅队实现反超。

高航解释道："只要军旅队保证一传，像黄薇薇这种高点球对方根本没法拦。津海队的技术已发挥到极致，已没什么上升空间，如压不住军旅队反扑，局势就要变复杂了。"

这之后，军旅队起球质量越来越高，攻击成功率直线上升，开始稳步领先。章志强再叫暂停，而此刻津海队队员心态已现慌乱，不能贯彻好教练的新指令。由 15∶18 到 19∶23，津海队被逼得退无可退。转到谭晓岚发球，观众齐声欢呼，期望她力挽狂澜，结果盼来的却是跳发出界。

这个时候发球出界，不仅让军旅队夺得局点，津海队士气也大大受挫，最终 20∶25 输掉第二局。

高航摇摇头："津海队后半程自失太多了，白送对方的就有 6 分。在场上，你得通过多年的比赛经验，才能想到扭转的办法。面对混乱局面，相信津海队也知道扭转调整，但是怎么调整？这是相当难的。"

"没错，两局打下来简直判若两队。毕竟津海队从未打过卫冕战，经验不足啊。"汪冲附和着高航,同时暗道:高航果然是技术流,几句话就点到了要害。漫说球员心态不稳容易波动,就是主教练章志强也是首次带领冠军队。但津海队此刻的短路跳闸,恰被老辣的俞双坪窥视到。

54

足球世界杯常有种怪现象,只要到下一届比赛,上一届冠军队十有八九无法小组出线,被足球迷戏称为"卫冕冠军魔咒",类似情形在其他赛事也屡见不鲜。球队自视过高,依赖上次夺冠经验,对困难预估不足,没做好受挫的心态建设等,这些因素转化到比赛场上,一旦进展不顺,短时间内很难找到解决办法。有个概念叫"空杯心态",是说任何事情若想取得新成就,得先把自己想象成一个空着的杯子,否则,过去的成绩就如同一座大山,将直接把你压垮。

俞双坪深知,去年军旅队就吃过这个亏,但津海队不会轻易盲目自满、固步自封,所以首局一上来并不攻击津海队最弱的地方,而是以骄兵之计来分散她们的注意力。待对手中招后,再突施反攻。果然,矢志复仇的军旅队火山爆发般袭来,打得津海队堪堪不支。

陆鸣似乎看出了其中门道:"俞双坪刚才是故意示弱,好麻痹我们。《笑傲江湖》里的岳不群就用过这招,不但骗过了左冷禅,还夺了五岳盟主!"

章志强怎会不知此间凶险?他急着提醒队员要相互弥补,多打配合,一板打不死的话,也要注意力集中。可惜任凭他再怎么大声吼,也未能唤醒大家。到第三局,津海队连续丢分后一传压力巨大,平时能接起来的球也走火入魔似的被垫飞,关键球更拿不下来。又一个20:25,原封复制了第二局比分。

侧脸朝津海队球队席瞄了一眼，俞双坪嘴角露出一丝微笑。从那很有内容的笑纹中，章志强分明读出六个字："'智慧囊'，你输啦！"

局间休息时，央视主播高航一边不住夸赞着高歌猛进的军旅队，一边分析津海队的结局："不出意外的话，应该没翻盘的可能。"汪冲在一旁默不作声。

"军旅队二传赵燕妮现在渐入佳境，本来打第一点已经很成功，她却主动改打第二点，让津海队扭不过弯来。相形之下，戴颖经常组织调攻，还传出个倒三角。"

高航所说的"倒三角"是指二传把球传到攻手的身体后方，让队友怎么扣都不舒服。汪冲仍鸣不平道："但这不代表大势已定。毛病主要出在一传，一传不到位，二传是可以调整的，但如果一传太差劲，戴颖也无能为力。"

高航理解汪冲的辩白，补充道："这正说明，津海队球员的心态出现了问题。"

问题确实出在心态上。俞双坪看过来的那一眼，虽瞬间而过，还是刺激到了章志强。《道德经》中有句精辟名言："祸莫大于轻敌，轻敌几丧吾宝。故抗兵相若，哀者胜矣。"无论个人还是团队，自我迷失，必丢掉宝贵的韧劲儿。

先清醒下来的章志强，耐心叮嘱队员要放缓节奏："即使是军旅队的弱轮，也不用急于得分，更不要指责埋怨，大家要拧成一股绳。记住了，发球才是第一次进攻！用发球冲她们，然后打防反。"说到这儿，他提高嗓音道："这个时候，须把过去的成绩从咱脑袋里立即、马上归零！"

接连两局惨败仿佛两盆冷水，给球员浇了个透心凉，但主帅一番话却让大家如梦方醒。队长戴颖用力伸出右手："一起来！拼到底！"

濒临绝境的津海队再次准备绝地反击。而军旅队则风头正盛，誓要以雷霆之势一鼓作气拿下比赛。

第四局伊始,军旅队火力点全开,转眼就是 3:0。既已没了退路,津海队队员放下心理包袱,死死咬住对手,就是不让军旅队拉开比分。

场面重现去年决赛时的胶着,这可不是俞双坪乐见的。好在大局完全可控,战至 19:16,军旅队仍然领先 3 分。

章志强叫了第二次战术暂停。他没有厉声训斥,反是表扬大家打得不急不躁,进而指出进攻要灵活多变。特别提醒谭晓岚跑动再积极些,不要死盯着 3 号位暴扣,配合戴颖多把球传向 2 号位、4 号位。

谭、戴二人心领神会。返回赛场后,军旅队的何雅发了个勾飘,林庭俯身垫起,戴颖见是个到位球,就势背后一传。谭晓岚上前佯装起跳,黄薇薇以为她要打背快,忙跃身拦网。但谭晓岚突然向侧跨步上纵,一记极具杀伤力的背错得手,不但改写了分差,还为己方赢得了发球权。

"好球!接下来,就看谭晓岚的发球能否在关键时刻起到扭转乾坤的作用。"汪冲对着话筒亢奋道。

通常情况下,谭晓岚总是习惯拿过球便跳发,这回她略加思忖,竟罕见地发了个勾飘,直奔对方小主攻童灵菲,后者只想着防跳发,结果用力过猛,球垫得太靠网前,二传赵燕妮勉强横推给 4 号位。这种球,即便不被拦死,也没多大威胁,"大鸟"张依娜打算变换线路,急促下却扣到了界外。

18:19。

"这 1 分来得太及时了,之前两队比分从没如此接近过!"高航也激动起来。

俞双坪赶紧叫了暂停,一是调整战术,同时也有意干扰下谭晓岚的手感。暂停结束后,主裁判哨声一响,谭晓岚立即高高跳起,不想,她这铆足劲儿搔过去的球,竟把对方自由人黎樱砸个腚蹲儿。见一传仍不到位,赵燕妮只好组织调攻,这就给了津海队反击的机会。戴颖一个斜传,林庭

3 号位起跳掩护,主攻倪鹃手起刀落,扣了个痛快的钉地板。

19:19。

"这个战术组合真漂亮!"高航道。

"津海女排的作风更值得称道,困难面前吓不倒,打不垮!"汪冲紧跟着道。

之后的态势又与上届决赛的第四局惊人相似,双方比分交错上升,从 19 平一直打到 23 平,俞双坪把两次暂停都用完了。生死时刻,两位主帅不再顾及什么风度,相继起身来到场区边,高声提醒球员。

这边何雅又一个 3 号位偷袭,24:23,军旅队拿到局点,这极可能也是整场比赛的赛点。章志强将微微发抖的双手插进裤兜,现在他已帮不上球员什么,就看大家如何临场发挥了。

轮到军旅队张依娜大力跳发,孙红雁稳若泰山,高质量的一传让戴颖快速组织起一攻,常丽 4 号位重扣得手。24:24。章志强来不及欣喜,形势又瞬间发生变化。

"25 平! 25 平! 双方打到这个份儿上,相信现场所有人,包括电视机前的观众全都屏住了呼吸。"

汪冲话音未落,黄薇薇网前一个超手扣球,津海队双人拦空。副攻陆月洁忙单臂拦了一下,球仍飞向后场。林庭抢上鱼跃扑救,惶急中没控制好手型,反将球垫得更远。这时,令人难以置信的一幕发生了:孙红雁迅速移动,闪电般奔出底线,背向球网,一个海底捞月,硬是把就要飞出场地的球勾了起来。

军旅队还以为此球势在必得,正欢呼雀跃时,哪想球居然又准确无误地飞回网带,黄薇薇赶紧跳起拦网,仓促间将球按在网带上。主裁判也不敢相信眼前的一幕,迟愣片刻,钦佩地朝津海队这边笑笑,转而示意军旅队持球。全队唯一不准主动进攻的自由人,竟为球队夺得了最宝贵的 1 分。想来,再严格的规则,也决定不了以命相搏之人对命运的主宰,也剥夺不了渴望胜利者的进攻权。只要球没落地,孙红雁永远在追逐!

汪冲的嗓子已嘶哑:"我简直不敢相信自己的眼睛!可如此超质量的防守起球,确确实实出现在了津海人民体育馆!"

高航啧啧赞道:"自由人打到这种境界,真令人叹为观止。难怪世界杯期间,孙红雁被业内称为'自由女神'。"

"我更喜欢球迷给她的绰号'不死鸟'!"

这种震撼,让军旅队陡然间心虚起来,动作明显变形,随即的拦防没打好,津海队乘势进攻,凭谭晓岚 2 号位的背飞,终以 27∶25 拿下第四局。

双方大比分 2∶2 平!

看台上的球迷们已是欣喜若狂,越发地卖力呼喊吹奏。汪冲有些哽咽:"此刻我又想起了那句话,在竞技场上,没有什么是不可能发生的。"

比赛尚未结束,惊险拿下第四局的津海队气势高涨。接下来的第五局虽也紧张激烈,却远不及去年联赛争冠那场决胜局让人惊心动魄。

军旅队当然不甘轻易落败,泼命抵挡。鏖战至 11∶13 时,津海队拦网失败,军旅队将差距缩小至 1 分。接下来是黄薇薇发球,军旅队似乎重见曙光。但黄薇薇没能顶住压力,发球下网,直接拱手奉送了赛点。在津海球迷山呼海啸般的欢呼声中,这位集万千宠爱于一身的"高妹"黯然退场。疲于招架的军旅队很快以 13∶15 告负。

"津海女排卫冕成功!蝉联全国联赛冠军!"随着汪冲激昂的声音,津海人民体育馆又沸腾了……

颁奖礼上,队长戴颖高举起冠军奖杯,继而交到孙红雁手中,孙红雁递予谭晓岚,谭晓岚又递予林庭,奖杯接着往下传,球员们幸福地分享着荣耀带给她们的难忘时光。

高航连声感叹:"津海女排真是一支神奇的球队,别人都善于打顺风球,可她们却专打逆风球。"

汪冲应道:"逆境中,总有人坚如磐石!这就叫'无逆转,不津海'!"

55

如果说上届失利,军旅队还耿耿于运气不佳,今日兵败,她们不得不口服心服。

主教练俞双坪不住地摇头,谋划是否成熟周详,对于一场比赛的成败影响太大了。没有呼风唤雨的命,却患上颐指气使的病,其结局自然以失败告终了。俞双坪的战术已经很独到了,也一度把对手逼入圈套,但问题是,只要遭遇强压,津海队即刻变得橡胶般扛摔禁打,蚂蚁护窝般拼命。这种泰山压不垮的劲头,一旦凝结为一种精神,将是不可战胜的。今后再碰上这难缠的对手,自己依然没办法。

赛后记者会上,俞双坪当众宣布辞职。就这样,屹立排坛二十余年的"不倒翁",颓然地倒在了津海女排面前。这也预示着,长期雄踞霸主的军旅女排跌落神坛,中国女子排坛自此进入津海女排的时代。

2004年恰逢津海建市六百周年,女排夺冠无疑是为此献上的一份大礼。凌副市长亲临庆功会,无比激动道:"我是南大毕业的,当年,老校长非常重视体育,在其引导下,学校广泛开展了各类体育运动,1935年以学校主力队员组成的中华足球队是我国有史以来首次战胜洋人而折桂的足球队。身为南大学子,我一直期望津海体育能在国内占据一席之地。如今姑娘们以优异战绩为津海增光添彩,也实现了津海球迷的多年夙愿。我衷心感谢大家,你们都是好样的!"

二度荣膺"最佳教练"的章志强,被各路媒体争相追逐报道。每次接受采访,他都反复强调:"津海女排乃密不可分的整体,再次夺冠,全体队员皆功不可没。"经他介绍,外界对教练组成员越发熟悉,遂有球迷将章志强与三位男助教徐国祥、陆鸣、赵亮合称为津海体坛"四大天王"。

"球迷真可爱，又真能瞎编！"章志强开心道。

"咱的球迷至少是夸咱们。"陆鸣接过话茬儿，"江浙福广一带球迷还叫你'章小强'呢。"

"嘛意思？"徐国祥莫名其妙。

"太孤陋寡闻了。没看周星驰的《唐伯虎点秋香》吗？"赵亮在旁道，"片子里有个经典桥段，唐伯虎和人比谁更惨，对方踩死一只蟑螂，他捡起蟑螂呼天抢地道：'小强啊，小强！你咋死得这么惨？'从此，人们就叫蟑螂为'小强'。"

"真够损的。这不拐弯抹角骂志强是蟑螂吗？"徐国祥恼道。

章志强哈哈大笑："蟑螂生命力多强。章某还就是只'打不死的小强'！"

"得嘞，就这么着！"哥儿四个乐着相互击掌。

当晚，"四大天王"在体工大队食堂的单间里边吃边聊，徐国祥顺口点了个砂锅豆腐。章志强心头一动，蓦地想起当年自己出国前夕，数次与三位好友聚餐卫津河畔的情形。如今徐国祥、赵亮都在身边，唯独缺少了"砂锅李"。

"也不知李和平现在怎么样了，好久没他消息。"

赵亮拊掌长叹："甭提啦！那哥们儿算是落赔了！"

见章志强连连追问，赵亮遂道出近些年来李和平的诸多不幸。

当初李和平投奔下海的萧茂元，拿出多年积蓄加盟公司的虹鳟养殖项目，又撇家舍业常驻黄山，本指望大赚一笔，却赔得差点儿卖血。

冷水养鱼，并非搁家里鱼缸养着玩的观赏鱼，这里边学问大了去了。萧茂元、李和平两人在基本常识都不具备的情况下，就要搞冷水养殖。岂不知这虹鳟喜寒凉、怕温热，就是北方地区，也仅慕田峪一带，因地处长城脚下有常年保持低温的活水，冷水养鱼才能成功。安徽山区一旦入夏，气温时常蹿高至35℃，而温度一超过25℃，虹鳟鱼很快眼瞎不能进食，继而全身长白斑肚皮朝上。刚够斤把重的没活几条,加之雇工薪水、鱼食费、煤水电费,人吃马喂的搭上老本也不够。

老板都赔了个底儿掉,入伙的李和平自然没得分文。两手空空回去怎向老婆交代?让人一忽悠,他便跑到滇缅边境赌翡翠,结果又被耍了,欠下一屁股债,还险些搭上小命,这才认头返回津海。但债主三天两头堵门追债,李和平只得卖掉房子,先还上大头,剩下的罗圈债再慢慢消化。

"据说卖房后,他就三天两头租房住。连手机号也换了,我们最后一次通电话,怎么也有两年了。"赵亮无奈道。

章志强感喟不已:"这两年光忙排球了,也没顾上这位老哥们儿。其实老李的人品没得说,球技也很好。咱得拉他回来,接茬儿干本行。"

"萧科肯定知道和平行踪,要不去找找他?"徐国祥说。

"这事交给我,现在就办!"

拨打萧茂元电话,不想竟是空号。章志强二话不说,骑上车便赶到海天大厦,这才知道茂元公司早搬走了。

经四下询问,他终于打听到准信:茂元公司没有消亡,而是做起了房地产,并已迁至东沽区的盛润名邸。好家伙,这年头干房地产的,都是梁胜男父亲那样的大富商,萧茂元哪儿来的这财力?

寻至茂元公司时,章志强发现萧总可是鸟枪换炮了。近百平方米的办公室陈设现代,手机则是百万像素的新款诺基亚。萧茂元的谱儿虽比以前更大,但一见到故交章志强还是相当热情。

攀谈中,章志强才弄清楚,原本萧茂元黄山投资失败元气大伤,仅靠箱包生意勉强支撑。赶巧,东沽区负责基建的领导从他那儿购得优惠正宗的名牌奢侈品,欣喜之余便提供了条重要讯息:由于东南亚金融危机,一位华侨资金链断裂,其在本区开发的商品房项目已成烂尾楼,尚不知由谁接盘。

萧茂元坐不住了。不久前,有位搞金融的朋友也曾这么说,1998年金融危机对国内造成严重冲击,财政吃紧下,各地政府遂决计扶持房地产业,以积极促进经济加速发展。据此看来,日后房地产必"钱"途无量。既然这样,自己若抄底接下楼盘,一旦楼市高企,日进斗金便指日可待。

这之后,萧茂元动用各种关系一番运作,又逢政府鼓励商家搞房地产,果真弄到贷款,购得烂尾楼,重新施工。随着房地产市场越来越火,萧茂元手中的商品房一天一个价,从原来一平方米不足八百元,眨眼就涨到三千多元。

"你都是大老板了,该给李和平多开点儿工资,也让他的日子好过些。"

萧茂元摆摆手:"公司最难的时候,他离我而去,跑外面倒腾完翡翠又倒腾西药。似这种没常性的人,我可帮不了。"

章志强一惊,忙追问:"你有他最新的联系方式吗?"

"有也是他辞职前的那个电话号码。"

所幸电话一打就通了。

听出是章志强,李和平激动得不行。但无论章志强对着电话怎样劝说,他执意不愿去球队:"好马不吃回头草。津海女排爬坡时,我没出丁点儿力,如今蒸蒸日上了,我哪儿还有脸回去?再者,就算我乐意,人家上边嘛想法还不知道呢,劝你还是省省吧!回见。"说罢便撂了电话。

章志强叹了口气。大时代浪潮冲击下,真正能"立潮头、踏浪行"的弄潮儿毕竟是少数,芸芸众生大多是随波逐流。

"这么说,咱体育界不单李宁会做买卖,萧科也不简单呀!"听说萧茂元摇身变为房地产商,几位助教惊诧不已。

"那不正好?就让他出钱帮帮孙红雁家。"徐国祥道。

"她们家又怎么了?"章志强忙问。

"刚得着信儿,她家那片筒子楼,仨月内就拆迁。"

依孙家的经济状况,就眼下这离谱房价,他们买得起吗?章志强心道。

章志强找来孙红雁细问，得知她家的存款连同拆迁费不足十万块，顶多够买个城乡结合部的小独单。

了解完这些，章志强旋即去见萧茂元。后者合计半天，才答应给孙家打八折。

"我说，还能不能再便宜点儿？"

"现在这儿的房子嘛价钱？八折就省去五六万！再便宜，我干脆搞慈善得了。"

"别张嘴闭嘴钱钱钱的，孙红雁可是国手，马上要参加奥运会，你帮她家解困，只当支持国家体育事业了呗。"

"少给我道德绑架！你是体制内旱涝保收习惯了，怎知私营之艰辛。再者，优惠孙家太多，其他业主不平衡了咋办？要怪就怪你们自己，体育职业化步子迈得太慢。否则，像这种顶尖球员，怎会连套像样的房子都买不起？"

章志强想起当年曾经与萧茂元联手筹划中日友谊赛的情形，心中不禁感叹：时过境迁，现在二人完全是两条道上的人了。

无奈离开茂元公司，章志强一路在想：二十四万购房款对孙家而言无异于天文数字。背负巨额债务不说，东沽区离体工大队也有将近一个小时的路程。

56

难题无法解决，愁坏了章志强。正在这时，梁胜男三叔梁季兴找了来，说他大哥梁伯成西河区的房地产项目中，刚好有片新房即将出售，开盘第一天搞促销抽奖活动，头等奖七折优惠不说，只需两成首付立时拿到钥匙，余款五至八年内分期支付，且不收取额外利息。

听上去是很诱人，章志强马上打电话通知孙家。孙父还在犹豫，却架不住一旁的梁季兴可劲儿忽悠，便过来碰碰运气。没想到，还真就捡到了"狗头金"。

孙父欢喜得差点儿犯了心脏病："苍天有眼，也该着我们孙家转运啦！"

他哪里知晓，这"狗头金"不过是梁季兴施救孙家的一个善举，那张头等奖票早已被梁三爷揣进裤兜里了。

梁季兴这样做，当然不全是为了孙家，他大哥的想法是，借助孙红雁世界冠军的名头给自家楼盘打广告。倘若本届奥运会孙红雁能再夺冠，那影响力就更大了。

可见，梁家的眼光和经商智慧高出萧茂元好几个档次。而孙家购房成功，也不全是沾了开发商的光，究其根源，还是他们培育了一个有出息的好女儿。

虽然买到了称心如意的住房，但分期付款也等同于变相负债。孙红雁可不想父母再过苦日子，遂向妈妈保证自己力争夺得奥运冠军，一旦获取丰厚的奖金，房款就能还上了。

孙母听罢竟沉下脸来："你现在是国手，不能老惦记家里这点儿事，心思全得搁在训练和比赛上。打不好球，丢人不说，国家队的成绩也会受影响。"普通老百姓讲不出多深道理，但他们朴素仁义，有大局观，这就难能可贵。

孙红雁怀揣父母的嘱托，与林庭、谭晓岚一道乘车来到北京，会同其他省市队的国手，开始备战奥运。

此次雅典奥运会，女排队伍强手如林，世锦赛冠军意大利队、世界杯亚军巴西队和季军美国队、老牌劲旅古巴队、综合实力最强的俄罗斯队均悉数参赛。

中国女排虽处于上升势头，要想夺冠也艰险重重。特别身高方面是绝对劣势,主攻手张依娜和严跃只有一米八出头,同欧美大个子们拼强攻自然吃力,所以特别依赖亚洲第一高度——"高妹"黄薇薇的牵制,如此,其他队员才能获得更多得分机会。可偏在这么关键的节骨眼儿,这位战术核心却遭遇了人生滑铁卢。

原来,自春节后归队,黄薇薇时感腿部不适,她以为只是肌肉疼痛。3月底的一次训练中,她起跳扣球,双脚刚落地,队友和工作人员同时听到矿泉水瓶被拧断时才会有的声响。黄薇薇一声惨叫,竟是她的骨头碎裂了。

经队医诊断,黄薇薇小腿疲劳性骨折,这对中国女排不啻晴天霹雳。伤筋动骨一百天,距离奥运开幕还剩不到五个月,就算黄薇薇手术后腿伤能康复,停训这么长时间,会有多大战斗力,还能否承受高强度的比赛,都是未知数。而失去网前最高点,中国女排的技战术打法及队员间的配合全得改变。怎么办?

缺乏高大球员,只能仰仗小快灵和过硬的后排防守,战术风格上就是特大号的津海女排,由此长年坐板凳的谭晓岚担纲了主力,其与众不同的打法也就有了用武之地。

谭晓岚日日挥汗如雨,每次停下喘息时,黄薇薇的身姿时常在脑海中一闪而过。自己同黄薇薇都是自小开始练排球,奋斗这许多年终于成为国手,咬牙坚持到今天,终有机会一登奥运赛场,她却意外受伤,搁谁接受得了?

这天,训练结束后,谭晓岚犹豫再三,还是给家里打了个电话。电话那头,谭凯也为黄薇薇唏嘘不已。

"我还以为您会高兴呢。"

"谁家孩子不是苦巴巴熬出来的?作为老体育人,我还没那么狭隘。少了这么个优秀的高大副攻,中国女排损失太大了!但说一千道一万,没有严密的集体配合,再好的个人技术和战术作用也难以发挥。水平越高的队伍,集体配合就越严密。"说到这儿,谭凯沉默了一会儿,"此次你侥幸上位,看似是最大受益者,但如果不处处加以小心的话,球队出现任何闪失,极有可能赖到你头上。津海女排已是两届联赛冠军,其他队员没少被你们揍趴下,自然会对你有怨气。这段时间,除去保持低调,一定同大伙儿搞好关系。"

老爸谨慎有余,但到底是过来人,有些话竟给他说中了。此后训练中个别队员真就常拿谭晓岚与黄薇薇作比照,尽管谭晓岚加倍努力,仍不时受到指责。

谨记父亲的叮咛,谭晓岚能忍则忍,却还是同主力接应朱苏娅发生了口角。

自小到大,一直被老爸当男孩子养的谭晓岚不拘小节,朱苏娅则精致细腻,行动表现截然不同的二人,话不投机就顶牛。为了加强强项、恶补短板,近来队内天天魔鬼训练,疲惫不堪之下,人就容易烦躁。一次演练战术组合,应该是副攻作掩护,然后背传打 2 号位。朱苏娅嗔怪谭晓岚假动作不够真,谭晓岚没能控制住,与之大吵起来,所幸被林庭、孙红雁及时拉开,事态才未升级。

程教练见此,一改常挂的微笑大发雷霆,当众狠批了朱、谭二人,接着严厉道:"排球是集体项目,内部不团结,哪儿来的凝聚力、战斗力?大赛当前,还这般鸡吵鹅斗,就不配做国手!谁敢再生事,立刻开除,离开国家队!"

调解纠纷需刚柔并济,程教练训斥完,文领队又分别找朱、谭二人谈话,苦口婆心做心理疏导,两个人也都承认了自己的错误。

翌日早上,谭晓岚才到达训练场,便发现衣物箱上塞着张纸条,打开一看,竟是朱苏娅写给自己的:"从今天起,放下所有,一切为了奥运。"

是啊,奥运在即,肩负着中国女排再续辉煌的重任,什么个人嫌隙不能放下?望着留言,谭晓岚咧嘴笑了。一张纸条,是美好的传递;一个微笑,是美好的展开。经历此次风波,球队思想更加统一,球员们虽来自不同的省市,但大家的目标只有一个:站到奥运冠军领奖台上。

队友们夜以继日在苦练,黄薇薇同样没放弃为国征战的梦想。术后不久她便挂着双拐来到训练中心,积极做着恢复运动,期待以最快速度跟上球队。刚过百日,黄薇薇已开始试着起跳,一个半月后,她又被编入奥运大名单。

再次让出主力副攻位子,谭晓岚内心极不平衡:"来来回回的,总这么被拿上拿下,难道我就是个替补的命?"

见谭晓岚牢骚满腹,林庭劝解道:"以奥运为重吧,程教练一句'朱苏娅的特点更适合全队战术',我不一样乖乖坐板凳?除了'土豆',咱俩的位置,谁也做不到无可撼动。"

"土豆"是国家队队员对孙红雁的昵称。由于为人厚道,又必须每天在地板上滚来滚去,因此她是既"土"得朴实,又逗人开心!

虽百般不情愿,谭晓岚也自觉服从安排,除基础训练还给主力做起陪练,即使如此,她也不习惯耍滑偷懒。这日,趁午间休息时,谭晓岚正在骑健身车,黄薇薇拖着不大灵便的右腿也上了另一部健身车。

"你的腿才好,多注意保养。"

"保养,哪还有时间?"黄薇薇侧过身悄声道,"别看我归队了,状态很难回到以前,副攻这位置,就得咱姐儿俩一起扛。"

2004年8月,盛夏似火,草木葳蕤。中国奥运代表团即将起程奔赴雅典。

临行前,林庭接到了章志强的电话,询问中国女排备战情况。

"您放心吧,这半年我们仨比在津海练得都要苦。"

"中国女排向来逆境中求生存,想决胜奥运就该这样。有句话说,鸡蛋从内部打破,是生命;从外部打破,是食物。所以,你们一定要靠自己赢得比赛,而不是傻兮兮将这四年来的努力拱手变成别人的食物!"接着,章志强又郑重道,"顽强拼搏、坚韧不拔是一名优秀运动员必备的意志品质,有它在,竞技场上你们不会轻易言败!"

章志强说得极是,即便当初五连冠时,中国女排也没绝对优势,之所以节节胜利,靠的就是顽强拼搏。近些年中国女排虽陷入低谷,但她们青春无悔,坚韧不拔。纵然前方荆棘遍布,也阻挡不了女排姑娘为国争光的决心和勇气。

57

然而命运之神挥挥手,第一道难题就出给了中国队。8 月 14 日,球队首战美国队,开赛刚两分钟,黄薇薇那愈合不久的右小腿便再次断裂。一瘸一拐回到场边,她紧咬牙关一拍谭晓岚肩头:"你,替我顶上去!"

事发太过突然,谭晓岚想也没想,懵懵懂懂就上了赛场。由于惦记着黄薇薇,每打完一个球,她便朝球队席望一眼。文领队见状,干脆地嚷道:"别看了,看也没人替换你!"谭晓岚这才意识到,黄薇薇伤情不容乐观。

黄薇薇是中国队绝对的战术核心。美国队在赛前也完全针对这一情况进行了备战。孰料,那位核心主力刚开赛就受伤退场,换上个谁都不熟悉的替补副攻,这一来反将美国队的部署打乱了。而谭晓岚的跳发和暴扣,更让她们难以适应,结果美国队竟以 21∶25 丢掉首局。

美国队教练赶忙进行全面调整,并告诉队员,中国队的"高妹"肯定不能再上场了,对手实力已大打折扣,让大家趁其士气低落,加紧发动攻势,即可速战速决。

果然,中国球员对黄薇薇重返赛场原本还抱着一线希望,但局间休息时得知其小腿已再次骨折,心理难免受干扰。尤其谭晓岚意识到,此后所有赛事都要自己一个人扛,压力陡增,以这种状态投入比赛,必然影响发挥。第二局,中国队越打越不顺手,美国队则趁机反扑,以25∶23将局分拉平。

第三局,美国队更一路领先,打得越发肆无忌惮,结果自身防线却出现明显漏洞。程教练洞若观火,立即叫了暂停,稳定军心的同时,再次改变战术。其实,中国队之前为防备黄薇薇受伤已做过多套预案,而经方才一番波动,队员的内心也逐渐平复,遂遵照教练指令,全力防反、打快攻,且专朝对方后场空当下手。棋胜不顾家的美国队猝不及防,以致频频失分。形势自此发生骤变,中国队后来居上,25∶22拿下第三局;进而穷追猛打,一鼓作气以25∶18打败美国队。

3∶1,中国队首战告捷。然因黄薇薇的彻底伤退,前景并不被外界看好。怎料,主力缺阵的中国队,却众志成城地迸发出强大战斗力,小组赛五战四胜,名列前茅;四分之一决赛以3∶0轻松击败日本队;半决赛苦战五局,3∶2掀翻昔日排坛霸主古巴队,最终挺进决赛。

几场硬仗打下来,谭晓岚发挥出色,进攻成功率也很高,七场比赛拿到了89分。作为司职防守的副攻,如此斩获真是令人惊艳。

电视机前,女儿亮眼的表现让紧张得几近窒息的谭凯数次泪目。各路媒体也纷纷关注谭家,当初谭凯培养谭晓岚的点点滴滴,已被传扬为励志故事。决赛当天,津海电台、电视台负责现场报道的记者们,更早早来到她家蹲守。

津海市另两名国手林庭和孙红雁,也成为炙手可热的新闻人物。这个热度,精明的梁伯成当然得蹭。他命手下制作一面特大号横幅,上面写"我们很幸运——能与奥运冠军为邻",一旦女排夺冠,这横幅瞬间就会高悬孙红雁家小区正门。此外,他还派人买来成堆的烟花爆竹,待中国队取胜,就让小区内外鞭炮齐鸣。

女排决赛定于8月28日,也就是雅典奥运会闭幕的前一天。此时中国代表团业已豪夺三十枚金牌,历史性地位列奥运奖牌榜第二。皆大欢喜下,独缺一枚含金量最高的集体项目金牌。

从国家到民众都对女排夺冠充满期待,但程教练却不敢盲目乐观。他很清楚,决赛对手可是当今世界女排综合实力最强的俄罗斯队。

别的不论,只说俄罗斯队的平均身高就超中国队五厘米,其两大攻手索科洛娃一米九四,加莫娃更有二米零四,身高臂长,一前一后,轮番超手进攻,会让身材相对矮小的中国球员极难防范。

整个奥运周期,针对不同对手,程教练和他的团队早已做了大量功课,像俄罗斯队这种典型高举高打的对手,中国队看似无法与之抗衡,然而对方一传不稳,脚下移动慢却是其短板。中国队可反其道而行,灵活多变,以快制胜,专打"下三路"。中国队赛前准备得很充足,程教练再次向队员们强调此役的总战略,就是用咱的"六杆快枪",对付她们的"两门大炮"!

当地时间晚八点整,中国女排队员身着红色运动服步入雅典和平友谊体育场。因时差达五个小时,此刻初秋的中国已是半夜。但数亿国人仍聚集在电视机前,瞪大眼睛关注这场奥运决赛。

一开局,俄罗斯队凭身高优势主动发起攻击,且连连得分。中国队则坚定不移打防反,死死拖住对手,与之展开消耗战。从整体态势看,俄罗斯队的网口实力占绝对上风,中国队虽竭力抵抗,仍以 28∶30、25∶27 连丢两局。

大比分 0∶2 落后,程教练脸上仍保持着标志性的从容微笑。生死攸关之际,这么不紧不慢的,难不成打算放弃?

此时津海女排"四大天王"也凑在办公室内,不错眼珠地观战。赵亮还拎来两瓶好酒和几样下酒菜,准备在中国女排夺冠时,和哥儿几个喝他个一醉方休。

但中国队的这种局面却让陆鸣坐不住了,他急得蹦了起来:"又只差

2 分！咋还不变招？别等死啊！"

"就你猴急！"章志强摆手叫陆鸣重新坐下，"程教练这人外柔内刚，看他这么淡定平稳，说明心里有底。再看咱队员脸上那劲儿，并非打到哪儿算哪儿，而是一分一分磨对方。俄罗斯队越是急于一口吃下咱们，越是动作僵硬技术变形。时间一久，保管那两'娃'就蹦不动了。"

果然，第三局一开始，俄罗斯队渐渐力不从心，中国队趁机翻局，终以 25∶20 艰难扳回一城。

徐国祥一字一顿道："简直了，这不就是国际版的津海队对军旅队吗？"

章志强笑了："没错，照这么打下去，中国队必胜！"

赵亮站起来："那，要不我先把酒倒上？"

陆鸣开心道："倒满！倒满！"

…………

趋势虽朝着有利于中国队的方向扭转，可俄罗斯队绝非等闲之辈。其主教练卡尔波利不但以脾气暴躁闻名世界排坛，临场经验也相当丰富，发现苗头不对，忙勒令球员稳住一传，加强 4 号位火力，破坏中国队拦防；另外，用大力发球阻止中国队副攻的跑动。

对付网前俩"娃"的超手进攻，中国队真是毫无办法，孙红雁在后排拼力保护，无数个鱼跃扑救，为队友创造了多次反击机会。就这样，双方从第四局伊始便反复拉锯。

担任本场嘉宾解说的正是当年的中国女排队员"铁榔头"郎平，她语音凝重道："这么打很难分出输赢，就看局末关键球谁能把握住，好在咱们现在足够稳。"

鏖战近半个小时，俄罗斯队凭高点压制再次超出，以 23∶21 领先，距离冠军赛点仅两步之遥。

一为干扰对方节奏，也为安定军心，程教练此时叫了暂停，告诫队员集中精力，别有太多想法，注意动作连续，尤其多加跑动。之后，他再次换上林庭巩固后防。

返回赛场的中国队沉着应战。看准机会，朱苏娅打了个前交叉，22∶23。谭晓岚又于1号位、6号位间跟着插进一个开网暴扣。这球线路极长，正压俄罗斯队底线，23∶23。继而中国队靠双人拦网再下1分，实现反超。

郎平兴奋之余，明确指出："生死关头，必须豁得出去，敢打敢拼。俄罗斯队还是太保守，不敢打快球，光指望4号位这一个点，可她们的主攻已经跳不了那么高了，自然要被咱们封杀。"话音未落，主攻严跃强攻得手，25∶23，中国队起死回生，将大比分扳成2∶2。

诚然，竞技体育主要是实力的较量，但在奥运会决赛双方陷入胶着时，心理就会成为场上的决定性因素。眼见对手一路奋起直追，力拼四局与自己打成平手，俄罗斯队的意志力彻底动摇，第五局时已全无斗志。待中国队8∶6领先交换场地时，俄罗斯队队员满脸尽显疲态，加莫娃更为自己的一次扣球失误而绝望。严格说，俄罗斯队还有翻盘的机会，但整支队伍心气已散，任老教练卡尔波利哇哇大叫也无济于事。

偏偏此时，裁判误判中国队过网击球，两队比分又逼近了。谭晓岚毫不手软，一个背快，干脆利落，13∶11。

郎平高声赞道："好！打得果断！漂亮！"

电视机前，谭凯一直用手中的笔记录着女儿的得分，此刻他在扣球栏添了一道。到目前为止，谭晓岚本场已独得25分，其中扣球21分、拦网3分、发球1分，另有二十次破攻。看着这些数据，谭凯嘴里不住地叨念："好样的！这才是我谭凯的好闺女！"

俄罗斯队后排进攻，中国队三人拦网夺得赛点，只要把握好一攻，冠军即可到手。中国队的网前队员接连发起冲击，疲于招架的俄罗斯队勉强把球推过网口，这可是绝佳机会。见一传到位，队长马昆2号位将球横向传出，本可打快球的谭晓岚却没有争功，于3号位假跳掩护，主攻手张依娜 4 号位挥臂重扣,落地开花,15∶12!

双眼直望向永远定格的 15∶12,电子记分牌上那闪闪的鲜红,如出炉热铁般烙烫着程教练的双颊。须臾,标志性的微笑又回到他的脸上,他在心里道:命运之神,真得感谢你。正是你的难题,才成就了我们!

58

"中国队胜利啦!在奥林匹克的诞生地,她们用钢铁般的意志战胜了强大的对手,以总比分 3∶2 击败俄罗斯队,夺得雅典奥运会冠军!"

在央视解说员狂喜的喊声中,球队席的众教练率先冲入赛场,与女排姑娘们拥抱欢呼,而俄罗斯队球员则黯然神伤,加莫娃更是哭得稀里哗啦。

郎平发自内心地感慨:"这块奥运金牌实在来之不易。八场大战,队员一场一场拼,尤其决赛,在先失两局的不利情况下能连扳回三局,这是作风的胜利,是我们女排拼搏精神的胜利!"

津海女排教练组的办公室,几乎被激动的"四大天王"挑翻了房盖儿。没多一会儿,两瓶酒已经见底,平时滴酒不沾的徐国祥也喝得满脸通红:"不容易呀,这冠军的背后,是队员多少次挥汗如雨、多少次带伤苦练呀。"

"哪种成功都不是轻而易举就能得到的,眼前的荣耀,背后的汗水。都满上,今晚,咱不醉不归!"陆鸣站立不稳地去抓酒瓶。

"在咱体育圈儿,哪个项目不靠拼?但奥运会三大球中的排球,奖牌含金量太重了,我们这些地方队教练为了中国队能夺冠,从来就没轻松过。可就算付出得再多,今天,全值了。"说时,章志强已双目潮湿,"赵亮,拿根儿筷子,我要吟首词。"说完,他左手举杯,右手击节,有力地放声道：

> 百年复几许，慷慨一何多。子当为我击筑，我为子高歌。招手海边鸥鸟，看我胸中云梦，芥蒂近如何。楚越等闲耳，肝胆有风波。
>
> …………

赛后的颁奖仪式上，中国女排姑娘们头戴奥运花环，胸佩奥运金牌，每张脸上都散发着喜悦的光芒。伴随雄壮的《义勇军进行曲》，五星红旗在雅典和平友谊体育场冉冉升起。全场欢声雷动。

距希腊万里之遥的中国大地，此时已是一片沸腾。尽管长达两个半小时的激战已将时间拖到凌晨四点，但彻夜未眠的全国观众毫无倦意，大家冲出家门，挥舞国旗游行庆祝。而孙红雁家小区的大门口，鞭炮烟花更持续燃放了一个多小时，地上积起的碎屑足有两寸厚……

快二十年了，我们终于等到了这场胜利。此间岁月漫漫，中国女排的光环一度黯淡，而今天，在雅典，她们用一个令人骄傲的奥运冠军，让自己再次登上了世界之巅。这是老女排精神在新世纪的完美传承，这支光荣的球队，后来也被国人称为"黄金一代"。

在奥运女排的单项奖名单里，中国女排队长马昆当选"最有价值球员"和"最佳二传"，孙红雁以 74.48% 的传球到位率当选"最佳一传"，谭晓岚则以 40.66% 的进攻得分率当选"最佳扣球"。

荣誉实至名归，但个别国外媒体对谭晓岚质疑：一个中国女选手怎么会有这样充沛的体力？一名副攻怎么可能单场独得 25 分？说不定服用了兴奋剂……

这些负面言论，让奥组委也犯起了嘀咕。颁奖礼刚完毕，工作人员就叫走了谭晓岚，又是血检，又是尿检。

这边昏天黑地一折腾，谭晓岚缺席了中国代表团随后的记者会和庆功会,引来外界诸多猜疑。直至检测结果出来,她才彻底清白。

"欢迎奥运冠军凯旋,全市人民为你们干杯!"才走出津海火车站,映入林庭、谭晓岚、孙红雁三人眼帘的就是这红色的大横标。"咱的孩子回家了!"林旭东连连握住谭凯的手,激动道,"老朋友,我们成功了!""是呀,你闺女也是好样的!"两位父亲和孙母挤出人群,上前拥抱自己的女儿。

津海女排中一下子冒出三名奥运冠军,体育局倍感荣耀,社会各界也给予盛赞,称其为"津门三杰"。林庭、谭晓岚、孙红雁载誉返津后,等待她们的是应接不暇的表彰和褒奖。

还有铁杆球迷给她们三人各做了一首打油诗,分别为:

> 心智聪慧身法灵,无论攻守俱从容;敢问接应谁魁首,砥柱中流属林庭!

> 替补副攻举世惊,跳发拦网皆显能;最当称道是暴扣,横扫强敌扬威名!

> 摸爬滚打满场冲,绝地反击建殊功;红雁防卫如天助,自由女神立巅峰!

光荣只代表过去,要想更进一步,就必须从零开始。因为,下赛季的联赛已在备战中。

这天,一个陌生电话打了进来,章志强拿起手机一听,对方竟是"不倒翁"。

向章志强表示完祝贺,俞双坪又坦诚道:"以前输给津海队,我心里总有几分不平,如今看来,你们有谭晓岚这么杰出的副攻,打防反、打快攻怎会不赢?真后悔,当年在军旅青少队时没能把人留住。还有孙红雁,也了不得。中国女排的软肋是强攻不强,只要一传被破坏,以快和变为核心的战术体系极可能土崩瓦解。多亏了这只'不死鸟',后排防线才固若金汤……我现在到国家青年队当教练了,你手里如有好苗子,可得及时推荐。"

"那还用说?地方队的天职不就是为国家输送人才嘛。俞指,你调到北京,和津海近在咫尺,有空常来玩。"

"一定一定!"

两个昔日的老对手,两个为排球事业奉献大半生的优秀教练,真挚地畅谈了良久……

雅典奥运会闭幕,北京奥运周期开启。之后一千四百多个日日夜夜,大小各类赛事都在为"北京 2008"练兵。

随即而至的首个国家级大赛便是一年一度的全国女排联赛,之后还将在南京举办第十届全运会。为此,津海女排再次拧紧发条。

运动强度一大,困扰杨絮多年的伤腿又吃不住了。队医耿大夫诊断其为疲劳性骨膜炎,必须停训休养,否则会像黄薇薇那样小腿骨折。杨絮只得遵照医嘱,被丈夫接回家。

看着妻子红肿的腿,段军心疼得不行,极力劝她退役。

"还没拿着全运会冠军呢。就一年——"

"但,这一年你扛不下来。小絮,要再打下去,腿就得残废!"

丈夫并非夸大其词。杨絮前思后想,最终无奈地选择了退役。

大家真舍不得这位元老级功臣离开,为其举行退役仪式那天,老教练韩珍也专程赶来。

众人将杨絮送至体工大队门外,杨絮拉着好友戴颖的手,无限感伤道:"以后不能一起打球啦。你那腰比我的腿也强不到哪儿去,可要特别小心。"

"知道。咱们都是三十出头的人了,早过了运动员的黄金年龄。其实我也想过退下来,可陈静姝刚入队,怎么也得带到她能独当一面吧。"

杨絮再次和众人挥手告别,继而在段军的陪伴下,走向远方。

告别了破旧局促的筒子楼,搬进崭新明亮的单元房,孙红雁父母体会到了从没有过的满足和舒畅,就是喘气都比从前痛快了许多。

房子大了,收入多了,不必再为生计抠搜犯愁,夫妻俩也学着鼓捣起花鸟虫鱼来。孙父又从沈阳道淘换来一个木炭铜火锅,天冷后隔三岔五涮火锅。食材一次比一次丰富,除必备的牛羊肉片、各种鲜蔬、肉丸和豆制品,再搭二两小酒。餐毕,孙父背靠暖气边的摇椅,眼睛看着盆里的月季、架上的吊兰,耳朵听着笼中的黄雀叫、葫芦内的蝈蝈鸣,任室外天寒地冻,家中一派花香鸟语。只要物质条件允许,津海人总能把平凡的日子过得有滋有味……

女儿常年在外训练、比赛,守着套大单元的夫妻俩便时常将林旭东、谭凯请过来吃饭聊天。三个奥运冠军家庭聚到一块儿,边热气腾腾吃火锅,边聊这聊那,末了儿,中心话题还得回到"咱家的闺女"和"排球"。

说来,今年全国联赛已至收官阶段,津海队一路过关斩将,十四轮大战仅负一场,待杀入决赛,发现对手仍是军旅队。本届新赛规改冠军争夺战为三场两胜制。在上周的首次交锋中,津海队未费多大气力即以3∶1获胜,占得先机,本周移师潇湘银城,如能拿下此役,便可成功卫冕。

"对比两队目前的水平,明天这一仗,咱就是老太太擤鼻涕——手拿把攥了。"孙父轻松道。

林旭东赞同:"这两年津海队整体实力已在军旅队之上。尤其黄薇薇、童灵菲两人伤退后,除主攻张依娜和接应蓝芸外,余下的对咱构不成威胁。只要堵住那俩火力点,她们也就成了没牙的老虎。"

"话虽如此,就怕再出意外。"谭凯微微皱眉,"自打到了银城,晓岚始终没跟我联系。"

孙父一脸不屑:"你就是个嘀咕神!不清楚她们赛前实行准军事化管

理,手机一律上交吗?"

"但以往上交前,晓岚准会来个电话,至少发条短信,也让人放心啊。"

闻此,林旭东忽地想起,白天有学生跟他讲,排球论坛上说津海女排好像有人生病了。

孙父摆手道:"网上都是小道消息,信不得。"

"我原想问问章指的,可又怕干扰队里备战。"谭凯道。

"不妨向杨絮打听一下。"孙母在旁插言,"她现在常给电视台做嘉宾解说,比咱清楚怎么回事。"

三位父亲点头称好,孙母遂拨通了杨絮的手机号。

59

当初孙家困难时,杨絮曾慷慨解囊,自此两家关系走得较近,孙母与杨絮说话也没顾忌,直接询问起球队情况。杨絮稍加迟疑,而后轻描淡写地讲:"她们都挺好的,只是个别队员着凉感冒了,吃点儿药发发汗也就没事了,不会影响比赛。"

孙母挂断电话,谭凯越发嘀咕:"杨絮没照实说,估计队里感冒够厉害。南方的冬天又湿又冷,还没暖气,咱北方人特不适应,头疼脑热是常有的事。不过即便输球也不算啥,可以回津海再赛,千万别闹场大病。"

谭凯越这么说,一旁的老几位越发为远隔千里的女儿揪着心。

当爹妈的真不是杞人忧天,备战 2004—2005 赛季第九届全国女排联赛总决赛次回合赛事的津海女排,困难比想象中的要严重。将近三个月的连续作战,球队上下已非常疲惫,提前四天抵达银城后才发现,虽然这里室外温暖如春,但体育馆内冰冷如冬,队员们明显感到不适。适应场地的训练被安排在上午进行,这个时间段,缺少暖气设备的场馆内最高温度仅 5℃。结果球员相继咽疼咳嗽,主教练章志强也因重感冒发起烧来,倪鹃、林庭两人更被送去医院打点滴。球队住宿的宾馆,整整一层楼都弥漫着浓浓的熏醋味……

病号满营,如何应对明天的比赛?有人提议,应向排协申请弃赛,先白送军旅队 1 分,等下周咱们主力养好身体,再战不迟。

"这个恶例开不得!"章志强断然否决道,"不了解内情的会说咱故意逃避客场,再者,津海女排的字典里就没有'放弃'这个词!要我说,主力能上几个是几个,剩下的位置由替补顶。"

"可咱那些替补多是十五六的娃娃兵呀。"徐国祥一旁提醒道。

"那不正好,借此也让她们亲历一下大阵仗。"

主帅拍了板,为了尝试以老带新,此番队内几个小字辈都得以首发,唯陈静姝继续坐板凳,二传一职仍交予老队长戴颖。

与陈静姝同来自青少队的尹倩,长了张圆鼓鼓的娃娃脸,平时说话炒崩豆似的,被队友们亲切地唤作"豆豆"。尹倩天性率真,肚里从不藏东西,听说这回有幸首发主攻,乐得逢人便炫耀。见陈静姝独自神色黯然,她很快收敛笑容,为其鸣起不平来。

"你比队长差不了多少,凭啥老被压着?换作我,就找章指主动请战。"

陈静姝摇摇头:"章指这么安排,必有他的道理,找也没用。"

"总得争取一下吧?"

"我想,只要技术到位,属于你的机会就跑不了。"向来温顺的陈静姝依旧选择了服从。

倒是徐国祥对此有些想不通,悄悄问询章志强。章志强边打着喷嚏边道:"即便是练兵,也不能全上小字辈,唯戴颖上去压阵,场上才控制得住。否则军旅队饶着赢了球,还会得便宜卖乖,说咱不尊重她们的主场。我才不留那话把儿呢。况且,此战我们未必没有胜算。"

"胜算？你没烧坏脑子吧？"徐国祥纳罕道。

章志强揉着堵塞的鼻子："咱是打副攻的队，谭晓岚没生病，陆月洁虽说在低烧，状态还不错，只要发挥正常，足能与对手抗衡。而军旅队知道咱病倒一大片，以为有机可乘，加上主场压力，一旦碰了钉子，更容易心理失衡。咱输球不丢人，她们可输不起。"

徐国祥点头笑道："照你这么一说，这场比赛指不定谁胜谁负呢。"

"更重要的，别忘了咱津海人那股不服输的艮劲儿，哪怕只有一线希望，也不轻易放弃！"章志强说得很带劲，然接踵而至的变故还是令他猝不及防。当夜，主攻常丽由低烧转为高烧，转天早上，临时改打接应的南亚芳又扭伤了膝关节。

南亚芳是从新港渔村走出来的孩子，平时训练中的狠劲儿毫不亚于谭晓岚、孙红雁，还时常给自己加码。这次获得首发机会，她练得格外卖力，哪承想过犹不及，反而受了重伤。这下又增加一名伤员，晚上的比赛咋办？

林庭、倪鹃打完点滴从医院返回，得知这情形，当即前来请缨。哪有让刚拔掉输液器的队员立马参赛的道理？可眼睁着手里真没牌可打。

见章志强左右为难的样子，林庭急了："您还顾忌什么，救场如救火。我俩现在烧也退了，再歇上半天，保证顶得住！"

难得球员这般顾全大局，为今之计也只得如此。于是章志强最终敲定了此轮决赛的首发阵容。

当晚，银城奥林匹克公园体育馆座无虚席，除去当地观众，不少津海女排的铁杆球迷也带着各种乐器，千里迢迢赶来为自己球队助阵。等章志强率众队员一现身，大伙儿立马鼓掌欢呼，紧接着便吹打起来。

虽然裹着厚厚的棉服，章志强仍感阵阵寒战，林庭、倪鹃两人也不住冒虚汗，但听到熟悉的锣鼓喇叭声，大伙儿立时来了精神，向热情的家乡球迷挥手致意。此情此景，让转播席上的津海电视台解说汪冲很是感动，他禁不住将球队伤病情况广而告之。很快津海《竞技风暴报》便以"津女排做客银城再遇麻烦,外热内冷众将被感冒击倒"为标题,报道了姑娘们客场遭遇的麻烦。球迷得知后更加卖力地为自己球队呐喊助威。

但大大出人预料的是,津海队病号们在体力占优的军旅队面前竟毫不示弱,几位无名小将尤其斗志旺盛。近来双方交锋无一胜绩,早让军旅队队员产生心理阴影,今晚凭借主场之利,军旅队若再不能战胜伤兵满营的津海队,让人情何以堪!但越是背负着无形的重压,军旅队技战术水平越难以正常发挥,稍一落后就倍感紧张,更咬不住关键球,终未能挡住谭晓岚的背快,23:25,无奈地丢失首局。

如此状态还能赢球,这使得疲惫中的津海队姑娘无比振奋,她们早把伤病丢在脑后。新兵尹倩更是初生牛犊不怕虎,全场跑动积极,扣球异常刁钻,军旅队不得不抽出专人对其防范,这又给谭晓岚、陆月洁提供了可乘之机,2号位、3号位的快攻连连得手。第二局津海队始终领先,直至以25:21告捷。

赛前谁也料想不到,津海队会在客场给军旅队一记迎面掌。大家都盼着速战速决,比赛越快结束,越能早早回家歇息。

但没了牙的老虎并非待宰羔羊,为保住颜面,军旅队开始背水一战,红着眼睛全力反扑。津海队这边因急于求成,自失开始增多,加之林庭、倪鹃两人重病未愈,前两局拼得过猛,体力不支,本是己方强轮,却只剩副攻一个有效下球点。军旅队趁势全线压上,25:22扳回一城。

津海队赛前也对场上可能遇到的困难做了准备,但继续往后拖,两员带病主力极可能撑不住。为此,章志强果断调换主攻位置,让状态极佳的小将尹倩来打大主攻。

军旅队本以为对手会继续打防反,哪知返回赛场后,津海队不但主动发起进攻,火力还异常凶猛,尤其尹倩连扣带吊,还强硬封住对方老将蓝芸的快球,一气儿连拿3分。加上谭晓岚、陆月洁两大副攻交替发威,始料不及的军旅队越打越乱,蒙头转向间大比分落后。

"17:8 了,相差 9 分,单从比分上看,两支队伍不在同一档次。"汪冲感慨道。

军旅队本就苦于招架,但屋漏偏逢连夜雨,核心主力蓝芸这时又崴伤了右脚,被迫下场,张依娜更加孤掌难鸣。尽管主场球迷的加油声仍不绝于耳,军旅队球员却再也提不起精神。未出十分钟,津海队已 24:16 夺得赛点。

靠"大鸟"张依娜的猛扣,军旅队扳回 1 分。但之后的发球并未破坏津海队一传,戴颖接过尹倩垫来的球,横向传给 3 号位,似乎想让陆月洁打短平快,但见陆月洁虚晃一枪,4 号位的倪鹃起跳扣出个小斜线。第四局时,林庭、倪鹃主要负责防守和掩护,军旅队的注意力全放在津海队副攻身上,怎料倪鹃却突施冷箭,不及反应,球已落地开花。

汪冲拊掌赞道:"难怪球迷都叫戴颖'戴老板',手段真够老辣的!25:17 啊!津海队以无可争议的实力,大比分 3:1 完美收官,再胜军旅队,豪取全国女排联赛三连冠!"

返程路上,津海女排上下还沉浸在登台领奖的喜悦中。助教陆鸣得意之中又不无遗憾道:"个人奖项里除了章指一个'最佳教练',冠军队竟什么也没捞到。按理'最佳拦网'应该有咱的林庭。"

林庭眯起眼睛,坏坏地说道:"您还想连肉带汤都揣走?油大,小心消化不良。"

倪鹃接过话:"主要是我和林庭病歪歪的没发挥好。多亏了月洁姐,她今天的表现更加印证了她才是津女诸多金花中,香气最淡却延绵最持久的一朵。"

陆月洁开心地回道:"还夸呢,我这面土豆再脆点儿,就 3:0 拿下了。"

闻此,整车的人被逗得哈哈大笑。大伙儿聊得热络,只有后排的谭晓岚一言不发。林庭探身一拍她肩膀："想啥呢？"

谭晓岚拿起胸前的金牌看了看："我在想，如果这是枚全运会金牌该多好！"

章志强扭头冲谭晓岚道："好样的！我们真不能满足于这个全国联赛三冠王，还得往更高峰发起冲击。别急，等过完春节，咱就到昆明打预赛。这段时间大家得先把身体调养好！"

60

女排凯旋当天，恰好是腊月初八，津海体育局举办完庆功会，又特意让食堂熬制了一大锅本地特色的腊八粥，热热乎乎犒赏大家。

主厨宁师傅不仅在烹饪上是行家里手，更通晓各种美食典故。给大伙儿盛粥空当，他又打开了话匣子：

"传说呀，最初腊八粥内只放七种食材，调出五种味道，又称'七宝五味粥'。随时间的演化，再根据各地物产与民众口味，制作方法及种类就多了起来。南方偏甜，北方偏咸，中原一带还加入肉丝、豆腐什么的。但说来说去，顶数咱们这儿的最为独特。津海虽地处华北，腊八粥却是甜口的，用材起码十种以上，什么莲子、百合、珍珠米、赤豆、绿豆、桂圆、红枣等等，还得配上桂花冰糖，熬出来的粥才色、香、味俱佳，且具有健脾、开胃、补气、安神、养血的食疗功效。"

听宁师傅这么一讲，众人越发食欲大增。那些咳嗽鼻塞的，更是每人都来它两大碗，直喝得满身透汗，顿觉舒爽许多。

"咋样，好不好喝？"宁师傅问。

从教练到队员皆挑指称赞，林庭更高声道："鼻子终于通气了。我连输三天液，也不如您的一碗粥！"

宁师傅笑道："你这张巧嘴,比我的粥还甜。"

他俩这一说一逗,满屋人乐不可支。

因工作离不开,章志强平日极少着家,内心总觉得亏欠妻子女儿很多,所以每次联赛结束,回家第一件事就是下回厨。可自己的厨艺实在不敢恭维,尽管翻遍《大众菜谱》,到了儿也只会做两个菜——西红柿炒鸡蛋和醋熘土豆丝,土豆还得爱人事先帮忙切好了。

这次一进家门,放下行李,章志强又直奔厨房,但见案板上盖着块大屉布,刚要伸手揭,爱人赶忙提醒他慢点儿。

"啥玩意儿神秘兮兮的?"他小心翼翼掀开屉布,一下看到由上百根长短不一的土豆丝拼出的九个字"欢迎三冠王教练凯旋",外加一大叹号,周边还用小西红柿摆成一个"心"形,煞是好看。

"真漂亮呀!我可舍不得拿它炒菜。"章志强欣喜中透着惊诧,"我说夫人,咱啥时也玩起浪漫了?"

"我可没这心思!都是你闺女弄的。"

章志强眉开眼笑:"原来如此。宝贝闺女哪儿去了?"

"别那么大嗓门儿,楠楠正在里间屋复习,后天就该期末考试了。你这甩手掌柜当的,孩子今年初三毕业,你有啥打算?"

章志强清楚这句话背后的含义,却张着大嘴不知如何回答。

"一沾自家事就装糊涂。"爱人忍不住道,"同楠楠一边儿大的陈静姝、尹倩都入队了,你怎么就不考虑下自个儿闺女?"

"楠楠还是条件差点儿,都十五六了,个头儿才长到一米七。副攻和接应肯定不成,瘦巴巴的又不是打主攻的料。"

"段军可跟我说过,楠楠可以当二传手嘛!"

"二传可不是谁都能干的。她要有陈静姝六成天赋,我一准会全力培养。"

"照你这么说，咱闺女就啥也不是了？"

"依我看，可以当自由人。将来成不成材，还得看她自己。"

爱人连连摇头："我可不让闺女去擦地板！"

"擦地板？孙红雁也擦地板，不照样擦成了奥运冠军。"

"要练到人家'不死鸟'那份儿上，得多苦啊。"

"怕苦？怕苦就别打排球！"

爱人见丈夫态度坚决，知道再争执下去也是白瞎。特别是眼下再让女儿转行也不可能，受其父及周边环境的熏陶影响，章楠已爱上了排球，若真去当自由人，这孩子也不会轻易放弃。

虽然刚才的话有点儿冲，但身为父亲，章志强岂能不为女儿的未来着想。多年经验告诉他，体育人的黄金时光极其短暂，容不得大把浪费，一旦选错方向或位置，就会耽误一辈子。

章楠期末考试结束，章志强与女儿好好聊了聊，把成败利害郑重地推心置腹地向她说清楚。

在章楠记忆里，老爸似乎永远没有休闲时间，特别是当上冠军教练后，父女俩更没机会面对面。章楠没想到，老爸不但时时惦记着她，还把今后的发展方向摆在了自己面前。

那次长谈后，章楠不再纠结定位问题，继而找到队里，用一双亮亮的黑眸紧紧盯住父亲："我决定了，就练自由人。但只要技术过了关，一队可得要我！"

"当真达到入队水平，老爸自然举贤不避亲。"

"这可是你说的。"

章楠使劲同父亲击了下掌，转身刚要走，又回头追问："如果中考后再入队，还能赶上全运会吗？"

"当然来得及，问这干吗？"

"全运会四年才一届，比全国联赛更受关注，又是新一轮奥运周期的头个大赛,若表现抢眼,入选国家队的概率不就更大了?"

章楠所言也不是妄想,从某种角度讲,如今全运会确已为备战奥运的预热练兵场,比起各省市奖牌榜排位,国家体委更希望通过全运会物色下一届奥运会的后备人才。

"你怎会有这心思?进国家队不能靠投机取巧,得凭真本事!"章志强摇头笑道。

"明白!我会加倍努力的。不过信息时代,主动抢抓机遇也至关重要!"

女儿的回答,让章志强意识到当今社会信息爆炸,孩子们知道得越多,想法就会越多,管理起来自然要比戴颖、林庭那两代球员难得多。

　

由于今年将召开全运会,春节过后,津海女排便迅速集结,突击训练一周后起程赶赴昆明,进行全运会 B 组的预赛。津海女排首轮 3:0 拿下澳门女排,总比分为 75:22。六战全胜晋级后,就要为 10 月的决赛做准备。

5 月中旬在越南河内举行的第六届亚俱杯,成了津海女排的绝佳练兵场,结果球队兵不血刃,以全胜战绩轻松折桂,这样大家对赢得全运金牌更充满信心。

金秋十月,桂子飘香。南京彻底告别溽热,迎来一年中最舒爽的时节。全国各地的体坛精英荟萃云集,将在这六朝古都内展开一场场龙争虎斗的胜负较量。

三大球历来是综合运动会中备受瞩目的体育赛事。在国内,由于有着曾经令举国自豪的女排情结,观众对于女排比赛尤为关注,几乎场场爆满。之前球队的全运会最好名次仅为第五,体育局领导不想施压,此次的目标为获得奖牌即可,但大家心里明镜似的,以津海女排当下的实力,即便谦虚点儿讲,夺冠至少也有九成把握。

比赛的实际进展也没太大意外。津海队一骑绝尘,小组赛六战六捷,继而连克江浙队、辽沈队,顺利挺进决赛。与之争冠的还是军旅队。所不同的是,这回津海队球员少有伤病,正状态良好地准备迎战老对手。

近三年来,两队凡在重大赛事相遇,军旅队几无胜绩,所以尚未交锋,津海队队员已自信满满,首局即以25:22先拔一城。

央视解说员不禁感慨道:"津海女排虽然攻击力稍显薄弱,但每次拦防都堪称完美,纵使国际大赛上也难得见到,实在令对手望洋兴叹。"

第二局,军旅队猛烈反扑,一度以11:7领先,津海队及时稳住阵脚,将比分追至15平。谭晓岚获得发球权后,凭借既稳定又具攻击性的高质量跳发,匪夷所思地上演了神奇的"十连发",其中三球直接得分,余者对方一传也只是半到位,简直就是世界波。军旅队连遭卡轮,眼睁睁看着津海队得分一气儿升到了25。

谭晓岚在雅典奥运会上的神勇表现,早让她威震排坛,这次第二局局中阶段的"十连发",更是技惊四座。这之后,便有球迷将这"十连发"当作经典传奇广为宣扬。

被全面抑制的军旅队第三局越发低迷,津海队很快将领先优势扩大到16:7,眼见大局已定,津海队球员注意力放松,竟连续失分,军旅队趁机将比分追至17平。

章志强连叫两次暂停,并用两点换三点战术,让体力更为充沛的陈静姝、尹倩上场,津海队颓势有所扭转。僵持状态下,两队比分犬牙交错战至24平。

关键时刻,军旅队球员心态仿佛惯性地再次波动,年轻主攻胡婧扣球出界,将冠军点送予津海队。下一轮一攻,"大鸟"张依娜来了个超手,津海队队员误以为球打飞了,正欲欢庆胜利,却见那球直奔底线。说时迟那时快,突然一道白色闪电划过,鱼跃而出的孙红雁拼命捞起了险些滑落的全运会金牌。

全场观众沸腾了,无不为这个精彩绝伦的飞身救险而鼓掌喝彩。

继而,小将尹倩强攻得手,津海队26:24有惊无险地拿下第三局。

由此,全运会决赛场上,津海队又给军旅队上了一课——何谓高质量的防守反击。

一年之间,"联赛三冠王""亚俱杯冠军""全运会冠军",津海女排可以说达到了建队以来的巅峰状态。

尾　声

全运会落幕前,国家女排程教练特约章志强夜游秦淮河,二人利用难得的闲暇,到江南锦绣之邦来饮茶赏月。

如今秦淮河岸边依旧栉比错落着经典南方建筑,但它已不再是俞平伯笔下充满"六朝金粉气"的销金窟,现代商业气息相当浓郁,尤其入夜的灯光秀分外抢眼。霓虹灯构成的各式图案点缀着历史感十足的两岸,与斑斓的星辉倒映在澄碧的河面上。

良辰美景间,舒心惬意地海阔天空一番,但三句话不离本行,强烈的责任感让两位征尘满身的排坛名帅没聊几句,便再次将话题扯到如何备战北京奥运会上。

程教练明确地说道:"近一年来,巴西队进步神速,俄罗斯队的'双娃'组合愈加凶悍,塞尔维亚队和意大利队上升势头也相当猛,荷兰队、德国队同样不可不防,就是日本队,还有个号称'世界最小最强二传'的竹下佳江。强敌环伺,中国女排漫说三年后蝉联冠军,就连明年的世锦赛都危机重重。我手下的'黄金一代',2004年已把实力发挥到极致了,别期望再复制雅典奇迹,必须出新人,改进技战术。所以津海女排这样的地方劲旅,要抓紧培养好后备梯队。"

章志强深以为然:"您说得是,真不能坐井观天哪!津海女排也一样,看似风光无限,实则暗藏危机。没有高大的强力主攻,靠打副攻,终究瘸条腿；戴颖三十四了，还不敢放手；更没有顶戗的人替代林庭。照这么下去，再有个两三年，我们同样面临青黄不接。"

"所幸还有个谭晓岚，她是不可多得的暴力副攻。手握这样的王牌，才敢跟世界诸强叫板。"程教练呷了口茶继续道，"我看你们的倪鹃也不错，腰腹力量好，柔韧性强，弹跳出色。虽没入围 2004 年奥运阵容，其锋芒还是无法遮掩。再就是陆月洁，好像在某个电视节目上，有位嘉宾说她是联赛以来最被低估的球员。没这么悬吧？她挥臂速度快，视野开阔，又是个全才，可以当奇兵使。还有那个十六岁的小二传陈静姝，前景可待，未来可期，不如先让她到国家队的候补阵营历练历练……"

章志强点点头："虽说创业难，守业更难，但长江后浪推前浪，每有一批旧人退下，必有一批新人跟上来，这就是竞技体育的铁律。咱们上下齐心，共同奋进，一定能守护住中国女排的辉煌！"

跋

2019年6月一个暖洋洋的夏日午后，为创作一部以天津女排为原型的长篇小说，作家郁子登门对我进行了专题采访。说起天津女排的故事，我如数家珍，一口气讲了三个半小时，直到夕阳落入窗内，才送走满心欢喜的郁子老师。

2023年春节前，郁子老师打来电话，一是说她与作家立民共同创作反映天津女排的长篇小说《咱家有女初长成》（上部"追梦无悔"、下部"青春风暴"）即将由百花文艺出版社出版，二是约我为这部小说写一篇跋。思前想后，到底从哪里下笔，怎样评价天津女排和这部"大事不虚、小事不拘"的文学作品？这让我颇为惶恐。但作为天津女排十七个赛季的转播解说员、四十多年长期关注女排运动的球迷，我又对完成这篇跋信心满满。实话讲，我真心愿意借此说说我眼里的她们。

难忘周总理那期待的目光

1997年我刚刚接触天津女排，就发现主教练赵雪琪非但训练严厉、刻苦，且对排球有着深刻的理解和独到的训练方法。赵教练带队训练量之大全国罕见，却几乎没人受伤，这在今天的排球界也是一种奇迹。

给人留下深刻印象的是，赵教练带队虽然无比严格，生活上却极为关心自己的队员。1999年，为转播比赛我随天津女排去成都，当时运动员们吃的是大桌饭。饭毕，赵教练便悄悄走到空了的饭桌前，仔细察看孩子们吃了多少，她心里就有数了。

除了注意运动员的营养、训练和休息，赵教练平时还特别重视文化课学习。当年，张娜、李珊等一批日后成为天津女排主力的队员还是体校的学生，每天有半天文化课，有时训练累了就不想去上课，赵教练就跑去砸门，愣把她们硬叫起来。

2012年，赵教练接受我采访时说："我们打球的那个年代，受过日本排球教练大松博文的训练，运动员的思想相当纯粹，一切都是为国争光。敬爱的周总理特别关注中国女排的训练。后来，我到了国家二队，再后来我担任天津女排教练，脑海中总会回忆起周总理亲临球场观看我们训练的情景。他老人家的目光里，满怀对中国体育振兴的期待。快六十年了，我永远不会忘记总理的眼神，也常常想起贺龙老总那句'三大球不翻身，我死不瞑目'。直到七十多岁，我还会经常在凌晨惊醒——是不是该起床带队训练了？张娜是适合打沙滩排球，还是适合打自由人位置？吕超膝盖有伤，到底应该怎样调整？等我完全清醒后，才会想起来，自己已是退休二十多年的老太太了……"

带病训练的天津爷们儿

提起主教练王宝泉，在天津无人不知，正是这位"铁帅"，率领天津女排夺得了一个又一个冠军。

认识王宝泉的时候，他正在国家排球队当陪打教练。在我的印象里，王宝泉是个典型的天津爷们儿。

2004年全国女排决赛前，天津女排在大港油田封闭集训。我从小生活在大港油田，得知天津女排来了，我们一家三口全体出动，跑到超市，从奶粉、茶叶到饮料、大苹果，给女排的姑娘们买了两推车好吃的。

结账时，听说这些东西是送给天津女排阿姨们的，当时只有两岁的女儿高兴极了，非让我带她去看女排打球不可。在大港油田体育馆女排训练场上，女儿看着女排训练，在场边快乐地奔跑着。

现在,我的女儿已经二十岁了,业余时间,她会在天津女排老队员张晓宇的跆拳道馆学习。女儿说,她要学习天津女排的拼搏精神,即使不能上场比赛为国争光,也要通过体育锻炼来磨炼自己的意志。

还是接着说宝泉教练。

2004年,我去国家体育总局天坛公寓,采访当时国家排球队的领队,请他讲讲王宝泉教练当年患病的事。

我万没想到,这个话题刚一提出,领队立刻哽咽了:"我们对不起宝泉!他当时在国家队病了,那么严重的病,可他不告诉我们。后来,我的一个朋友看见宝泉走路往一边歪,赶紧提醒我,宝泉的身体有大问题,因为这个朋友家里就有这样的病人。必须让宝泉赶紧停止训练!必须火速让他住院!"

说到这里,领队泪如雨下。

过了好久,他哽咽着对我说:"我和宝泉是好兄弟、好战友,我作为领队,工作有失误,没照顾好他,我对不起他!"

他哽咽得再也说不下去了。

成长壮大的女排队伍

2000年9月,悉尼奥运会,我在央视解说沙滩排球比赛。当时安排给我解说的一场比赛,恰巧是张静坤、田佳两名天津籍运动员对战德国选手的比赛。

天啊!真是太巧了,她们的分站赛、她们的技术特点和战术打法,我太熟悉不过了。甚至就在大赛前,静坤还告诉我,悉尼邦迪海滩的沙子比较软,不利于弹跳。正是提前有了这些了解,那场比赛我解说得得心应手。

记得二十世纪九十年代中期,天津女排的赵雪琪教练就力主天津要大力发展沙滩排球,而在短短几年后,她的弟子就打进了奥运会。后来,张静坤成了天津少年排球队教练。

今天，那批 2013 年由陈友泉教练和张静坤教练在蓟州区封闭训练的孩子里，成长出了陈馨彤、王媛媛、王宁、刘立雯、杨艺、于鋆伟等，后来都成为天津女排的希望之星。2013 年 3 月，我援藏前解说了最后几场青年女排比赛，场边满脸"婴儿肥"的短发小球童，已经成长为中国女排的大将——李盈莹！近二十年来，天津女排为中国女排贡献了七位世界冠军。

小说结尾部分写到了 2017—2018 赛季天津女排和上海女排七战功成的比赛，使我回想起当时上海卢湾体育馆里的情景。赛前热身的杨艺见到我，兴奋地说："王喆叔，您来了太好了！您解说的比赛我们拿了九次联赛冠军和全运会三连冠，这一次也一定行！"这句话，被随队记者报道出来。于是，网络上"吉祥王大爷"的名号不胫而走。

可以肯定的是，天津女排的拼搏精神是中国女排拼搏精神的组成部分。天津女排，丰富发展了和丰富发展着中国女排的拼搏精神！

掩卷长思，小说兼具思想性、艺术性、故事性，在以天津女排近三十年辉煌历程为蓝本的基础上，反映出在中国改革开放滚滚大潮中，天津这座渤海明珠城市惊涛拍岸、九万里风鹏正举的气魄与气概。体育战线，特别是天津女排，思想上彻底得到了解放，从名不见经传，到今天的十五冠王……

回首往事，二十五年来，作为一名体育评论员，我在传统媒体和自媒体中，讲述着一代又一代天津女排教练员、运动员的故事。通过我的讲述，更多的人被打动。作为一名高校教师，在播音主持艺术专业的课堂教学中，我努力讲好中国女排拼搏精神的思政课程。

太多的五局逆转，太多的拼搏故事，历历在目，仿佛就在昨天。

我相信，你已和我一起看到——

什么叫"锐意进取"？那就是天津女排的赵雪琪带领全队卧薪尝胆，从原来的全国排名三十名以外，三年打入全国甲级队行列！

什么叫"迎难而上"？那就是天津女排的张静坤丢下刚满月的儿子，远离家乡，苦练高原，为天津女排培养出过硬的后备力量！

什么叫"顽强拼搏"？那就是天津女排的王宝泉身患重病，为了不影响国家队训练，一声不吭地坚持，再坚持！

什么叫"争创第一"？那就是一代又一代的天津女排人，用一场又一场荡气回肠的比赛告诉我们：只要比赛没有结束，那就要拼尽全力，争取胜利！

这，就是天津女排！

这，就是天津女排的精神！

这，就是天津的精神！

三十年来，天津女排用她们一场又一场的胜利，极大地激励了天津人，提升了天津人的幸福感。生活在这样的城市，每个人都有一种自豪感。我们热爱天津女排！我们热爱中国天津！

2023年1月25日，我用了一整个白天，十几个小时，一口气读完了这部三十五万字的作品。作为女排报道的过来人，我被书中精准的细节回顾所折服；作为女排依旧狂热的粉丝，我被文中经历过和经历着的一个个故事所打动；作为客居天津二十五年的外地人，我被小说里充满天津语言特点的文字所感染；作为正好半百的壮年人，我被作品浅切平易又热情洋溢的表达所震撼！这是一部值得一读的好书，是一部值得珍藏的好书，更是一部可以传诸后世的好书！

王　喆

写于2023年1月25日

（天津女排首夺全国联赛冠军二十周年纪念日）

王喆，播音指导，天津传媒学院特聘教授，西安石油大学兼职教授，中国传媒大学访问学者，全国科普讲解大赛国赛评委，2008年北京奥运会火炬手，天津市第五批宣传文化"五个一批"人才。曾解说报道从1997年到2013年十七个赛季的全国女排联赛。著有《电视体育解说论纲》。

祖国至上
团结协作
顽强拼搏
永不言败